梁山 著

窠

KE

四川民族出版社

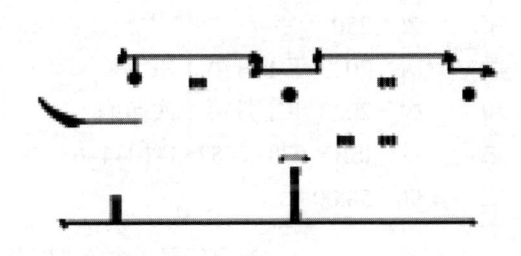

图书在版编目(CIP)数据

窠 / 梁山著. -- 成都：四川民族出版社，2023.1
ISBN 978-7-5733-1044-6

Ⅰ.①窠… Ⅱ.①梁… Ⅲ.①长篇小说-中国-当代 Ⅳ.①I247.5

中国国家版本馆 CIP 数据核字（2023）第 021261 号

窠
KE

梁山 著

出 版 人	泽仁扎西
责任编辑	陈　晔
封面设计	力扬文化
责任印制	谢孟豪
出版发行	四川民族出版社
地　　址	四川省成都市青羊区敬业路 108 号
邮政编码	610091
印　　刷	成都兴怡包装装潢有限公司
成品尺寸	145mm×210mm
印　　张	10.5
字　　数	250 千字
版　　次	2023 年 1 月第 1 版
印　　次	2023 年 1 月第 1 次印刷
书　　号	ISBN 978-7-5733-1044-6
定　　价	58.00 元

版权所属，盗版必究。

一曲杭嘉湖风情的岁月清唱

韩 锋

梁山的《窠》是一部描述杭嘉湖地区风情的长篇小说。作家带着对岁月的沉思和追忆，以第一人称落笔写了唐栖西太洋三代人：爷爷、父亲和"我"毕生对"窠"苦觅的人生，展示了大地臣民的淳朴、厚实、博大和悲悯。

窠是一个带着南方音韵，是吴越语系中用来表示人与动物生存宅穴的古老文字，有"鸟窠""猪窠"等，用在人们家里便有"金窠、银窠、草窠"之称，是下层百姓生存境遇的写照，芸芸众生中多少酸甜苦辣都可包裹在这个"窠"中，品读起来别有苦涩味道。

这些年，梁山先后出版了作为唐栖三部曲的《长桥边的涟漪》《三家墩纪事》和最新的《窠》的长篇小说。作家饱含艺术情怀，为"唐栖"这块土地留下了特定的时代人文音容笑貌，记述了故土的社会演变和中国知识分子自古以来的忧思，为文坛添加了厚实的记忆。

小说的开头就把我带进一种对岁月无限追怀的情绪之中，让人重新走进童年的山道和小径。作家以江南民间"大头天话"的方式拉开小说的序幕，首先出现的是一位有着不寻常经历的"开档人（唐栖人所指的外地人）"隔壁爷爷和一群幼小的"跟屁虫"在一起那种天人合一、极有画面感的场景。无论南方还是北方、国内还是国外，听大人讲故事永远是孩童们最大的期待和快乐：

"这个夏天，我们一群孩子仿佛都入了迷，只要他一出现，我们就会蜂拥而上，跟在他的身边。他与我爸爸一起在一片高大的枇杷林底下修着农船，他的脑袋里装满了故事。一个讲完后，我们会催促他再给我们讲另一个。"

活脱脱地把读者带进一种"从前，有一个……"这种天下孩童着迷的故事开讲场景。童年的抽象世界里总有一根系在心间的红线牵动着他们扑棱着翅膀，在想象的天地里笨拙地飞翔。这里是龙飞凤舞、你寇我王，可以腾云驾雾打得不可开交的九万里昊天，而这九万里昊天全是他们心里隐蔽着的私处。翻开人生之初的书本，哪个童年没有这样光怪陆离的想象世界？这些故事，便是他们人生空白画册里最初的涂鸦。人和人，人和自然或者自然和自然的故事都是这帙长卷里的篇章、音符或者色块，而自然与自然的故事本质上也就是人和人或者人和自然的故事。

这种让孩子着迷的故事开启方式，好像是天下大人们遵循的一种通识。我们中国的方式是"从前，有一个……"而英语世界里便是"Once upon a time"这种互通的方式，以示故事中岁月的遥远和充满悬念，让屁孩们插不上嘴，只有乖乖听的份。在这样的情景里最淘气的娃也会敛声屏气走进静谧的世界，万籁无声,只等长者喷着口沫开启下面"高高山,低低山……""老和尚和小和尚……"或者来一点《聊斋》式的惊悚,比如"红眼睛,绿眉毛……"一把抓住那些小屁孩——让他们心扑通扑通直跳,夜里不敢走路、不敢睡,又很想很想听的小屁孩。

在 21 世纪这列人们习惯于浮光掠影看世界的高速列车上,几千年沉淀下来的风情正在淡远,或遗忘在已经下车轰隆轰隆前去的列车上。人们捧着奶妈的奶子那样的手机或如土拨鼠那样忙忙碌碌地从地上钻到地下又从地下钻到地上,或寄生虫那样从四轮蠕动的怪物里爬进去又爬出来,全无曾经有过的那种岁月的醇厚和从容,那头悬梁锥刺股,点着灯芯熬寒夜读探幽的苦乐。而在这个物理学上高速旋转的物体具有稳定性——地球自转和公转就是这样 24 小时和 365 天稳定呈现世态的时代,人们也似乎有些眩晕的倦怠。人们在心灵深处其实是想要有一份曾经有过的岁月的清新,那个不远处曾经山青天蓝、流萤夜放、水秀蛙鸣、鸟鱼自洽、人静夜默的记忆回放,听那乡音或者文字码下的岁月涟漪或坊间的风花雪月,那秦汉的明月、春秋的阳光抑或上古的传说。

于是乎,读着《窠》,我似乎赤裸着穿越时空,重回那白驹过隙的童年:炎夏里"双抢"归来,喝过姑姑做的奢侈的榨菜汤,屁颠屁颠地跟着梁山来到他的"枇杷树"下去听隔壁爷爷一边与父亲修船,一边讲那些"大头天话"和西太洋村在跌宕岁月里的故事,体会他们一家求"窠"的筚路蓝缕。

读着这部带着浓郁的杭嘉湖地域风情的小说,让我想起了威廉·福克纳对家乡密西西比州北部的沉重写意。故乡是写不完的热土，福克纳一生都在写着他家乡密西西比州下属的一块"邮票大小的土地"。他虚构却有典型的密州北部地区文化特征的约克那帕塔法县（Yoknapatawpha County），在这片土地上播种着思想的种子。福克纳写班吉、凯蒂、迪尔西奶奶等被这块土地打上胎记的人物形象时一个个信手拈来，从他们身上挖掘着密西西比北部现实土地上白人和黑人的文学人格特征。或许有与福克纳这种死盯故土"这枚邮票"一样的艺术通觉，让梁山用"我家我村"这一更具现实主义的创作风格去呈现西太洋村的人文史，在河渚边采撷历史的菱角荷莲，伺蚕摘茧，汰衣淘米，顺便回忆那些家长里短、你争我夺、人性相煎、艰难生存的往事，还有那曾迈不过去坎又走回来的如烟云般远去已成为岁月记忆的往事。

对故土唐栖，梁山爱得深沉，在呕心沥血即将写完唐栖三部曲中最后一部《窠》的时候，作家面对今非昔比、人世沧桑的时世，吟出了艾青那最著名的诗句："为什么我的眼里常含泪水？因为我对这土地爱得深沉……"这种让人永远值得体会，永远无法忘怀的痛切情感。

唐栖在哪儿？唐栖是塘栖的古称，是世界遗产良渚遗址边上那个有着浓厚杭嘉湖地域风情的古镇，是良渚文化深深浸润的一部分。塘栖也是另一世界遗产大运河的一个重要驿站，在明、清并接驳前缘的历史中风雅婀娜，暗香袭人。起源于公元前486年，吴王夫差开邗沟而成雏形，在元、明、清时期成为水上"高速公路"的漕运要道的大运河在塘栖流过。至今大运河唯一保留下来的七孔石拱桥就是塘栖的广济桥，大运河上这座最大的石桥至今还在用她的青石板迎接着来来往往的行人。

与所有作家一样，梁山有着自己的使命，无须人授只听从心灵的呼唤，自觉作为故土的代言人，一草一木、一水一山，父老乡亲的一笑一颦如数家珍，时时在拨动他的心弦。

"大头天话"，"枇杷林"的阴凉，"船匠"的技巧，让男人们想入非非的"轧蚕花"，"开档人"那生存的尴尬，"猪头疯""猪水泡"的谐音绰号，养蚕人忌讳"亮"字……这些地域风情让作家津津乐道。文化语境南、北、东、西存在着巨大的差异，时代的发展、交流的频捷，让普通话成为国民交流的主语。然而，地域文化特有的语言韵味始终无法让人忘怀，不深入这块土地，不在这块土地上跌打滚爬，没有经过这块土地上的风吹雨打、与其同甘共苦的交流是无法领悟到其奥妙的。作家在通识的文字作为基础的表达上，更多着眼的是创作中的地域的鲜活性，点缀了别有承载的吴越语系的文化音韵在整部小说中星星眨眼，让人爱不释手。读着他的小说，我的耳边响起了幼年时听过的，那无比悠扬的以杭嘉湖为生活的歌曲《蚕花姑娘》：

鱼米乡，水成网，

两岸青青万株桑，

满船银茧闪亮光，

照得姑娘心欢畅……

我再一次感受到塘栖和包裹着她的杭嘉湖地区的温暖。如果你在白雪皑皑的东北，或者你在大漠黄沙漫天的西北，抑或烈日炎炎的岭南，你如没有到过这片东海边广袤的平原，没有触摸过这里悠久的历史人文，没有看过这里曾经江河湖汊恣意横流的地域特色，你或许不太容易感知到她岁月的醇厚。这块土地已经有着近万年文明史的浸润，散发着新石器时代先民的气息，山岩的风化留下的是沃土，河渚边先民舟楫荡过，波纹一圈圈荡漾，一代代相传，留给今天无限的隽永……

　　我在想，作家写的是塘栖的岁月，如果我抬一下头便是良渚的遗韵，再放大一点便是杭嘉湖的风情的清唱，如果放在人类历史的长河里，这又何尝不是华夏文明交响里的一个个清新婉约的音符？

唐栖民谣：金窠银窠，不及自家草窠。

【一】

这已是很多年前的事,那时我还在上小学二年级。

在农村,我们上的是半天学。记得那是一个天气特别炎热的盛夏,每当我放学回家后,草草地吃上午饭,总会迫不及待地搬上两条凳子,一高一矮,一大一小,把它放在屋前那棵浓荫蔽日的枇杷树底下,高大的当桌子,矮小的当座椅,然后就会快速地做起家庭作业来。

我知道我并不是一个非常认真好学的孩子,当时连我的老师也经常这样说我。但那会儿鬼使神差,我在大人的眼里确实表现得非常认真,以至于我的家人一时都不敢相信,我一下子怎么会变得这么自觉地爱好学习了。

这个原因现在想来无非是因为天气热,那个时候家里穷没有空调、电扇什么的,树底下阴凉又通气;加上那个夏天有件特别的事情让我魂牵梦绕着,那就是每当我自觉飞快地做好作业后,就可去听我家隔壁的爷爷讲一些我从未听过的故事。这些故事被我们村里的大人们叫作"大头天话"。在大人们的眼里,"大头天话"也就是指那些胡编乱造、毫无根据的话。或者说，就是空话、大话、笑话等不着边际的、云里雾里的话。

可是，我们这群小孩子从不那样去想。每天对此都充满着期待。

每当隔壁爷爷讲起"大头天话"来，总是绘声绘色，会吸引着众多的小孩来听。特别是像我这样大小的一群孩子，简直是入了迷，围着他常常听得如痴如醉。

我家隔壁的爷爷从外表上看一脸凶相。眉毛长长的，粗犷的脸蛋上肌肉凹凸不平，恣肆地横长着。他虽然只有中等身材，但四肢很发达。穿短裤时看上去肌肉硬硬地鼓在那里，似乎有一种用不完的力。

他不是我们本地人，大人们在背后都"开档人开档人"地叫他。我当时有些纳闷，这"开档人"到底是什么意思呢？后来我爸爸告诉我："开档人"是一种不雅的称呼，是指外乡人或外地来我们这里居住的人。

说实话，平时我们这群小孩都不敢接近这个"开档人"，只有在他讲那些"大头天话"时，我们才会团团地围在他的身旁，不管谁赶也赶不走。尽管他讲话时，时不时总会夹杂一些让我们听起来很别扭、很吃力的外地口音，但这并不影响他那"大头天话"对我们的吸引力。

我这隔壁爷爷平时还常在晒谷场上跑跑步，打打拳，与我们的父辈有着极其不同的表现。这样一来，我对他可就更好奇了。对我来讲，他的身世是个很深的谜，有好多次我都试图想解开这个谜，但是我问了好多大人，大家都有意无意地不太愿意给我讲个明白。总是三言两语搪塞我一下说："你一个小鬼头要晓得那么多干啥。"所以，至今我对隔壁爷爷都所知寥寥无几，对他还是不了解。

那个夏天，我们一群孩子仿佛都入了迷，只要他一出现，我们就会蜂拥而上，跟在他的身边。

他与我爸爸一起在一片高大的枇杷林底下修着农船，他的脑袋里装满了故事。一个讲完后，我们会催促他再给我们讲另一个。他也会不厌其烦、绘声绘色地跟我们讲。但有时也随着我爸爸一声使唤，他便去换手中的活了，只好在我们听得很起劲的某一刻，戛然而止，露出一副无奈的表情，舌头往外一拖，对我们说："啊哟！今天只能到此为止了，要听明天再来吧！"

每当这个时候，我们也知道他要去忙别的活了，无法再接着给我们讲了，只能悻悻而归，心中却盼望着他的"大头天话"在第二天能早点开始。

【二】

那个夏天,是隔壁爷爷的多事之秋。

用他自己的话来说,叫"运气不佳"。也就是因为他运气不佳,才让我们有了这个听不完"大头天话"的美好时光。

那是一个非常潮湿、闷热的晚上,在他趿着一路"啪嗒啪嗒"作响的拖鞋,又去村东头老相好家时,为了避一下熟人的眼,放着近路——平坦的机耕路不走,偏偏走上了一条长满了杂草的小路,兜上一大圈,想偷偷地从人家的后门进,而且手里拿着个手电筒,却没见他照过路,结果被一条全身黑不溜秋的,我们当地人叫"狗污扑"的毒蛇,在他的脚背上狠狠地咬上了一口。他的脚一下子就肿了起来,一时连走路都变得困难。这种蛇的学名叫"蝮蛇",盘在地上像一堆狗粪,毒性很重。当时蛇毒已危及到了他的生命。万幸的是,他是个蛇医,用他自己的话说:

"这手艺总算没有白学,到头来不光可以救别人,也给自己捡回了一条命。"

被蛇咬伤后，在生产队里靠赚工分度日的他，暂时无法像往常一样出门了，只能待在家里干着急。在当时，一个家里的壮劳力没法干活，一天一天的这样下去，到年底分红时，不要说想能拿到现钱，不成倒挂户（倒欠着生产队里钱）都不错了呢！

我爸爸是个船匠。他的技术在当地算是数一数二的，同时数一数二的还有他的身高，长得足有一米八。他常年在室内或浓荫繁茂的大树底下干活，吃的又是百家饭，东家肉西家鱼什么的，人自然又白又胖。很长一段时间，他总是挑着一担干活用的各式家伙，早出晚归，勤勤恳恳地替方圆十几里内的乡亲们，打起新的木船或修理已漏水、破损的旧船。

每到一处，那些要打新船的东家，早已买好了新木料在等他。那些要修的大大小小的旧木船，也都早已被搁在了岸上，船体已被晾得干干的了。他给人家干活，对方总会以工为单位给他现钱，他拿现钱回到自己生产队里，再来买他的工分。这样做就不会影响到队里的分红与分粮。每次他用现钱买了工分后，自己手头还总会多出几个零钱。所以说，起初我们家的日子过得要比村子里大多数人家好一些。家里隔三岔五总会买点荤菜。每当收工后，爸爸自己也时不时弄点小酒喝上几盅。有时看到生产队里的队长，还总会你邀我往地一起来上几口。可是命运多舛，在后来的好多日子里，大家也受尽了磨难，尝尽了人间的疾苦。

队长个子不高，勉强也就一米六左右，人长得还特别的瘦。长时间在太阳底下干活，脸庞黑黑的，所以有时我会俏皮地叫他"猴子队长"。这话恰如其分，也倒是入木三分。只要他俩在一起的时候，一上桌，常常脸对着脸坐着，两人形成了鲜明的对比。

一个高一个矮，一个胖一个瘦，一个白一个黑。每当我看到他俩，总会情不自禁地笑出声来。

都说远亲比不上近邻，加上时不时地酒肉穿肠过，日子一长，他俩的关系自然铁得不得了。那次隔壁爷爷被蛇咬了，待在家里，脚伤下不了农田，刚好我们自己生产队里有几条小木船要修一下。猴子队长还吩咐我爸爸要快点给修好，他说："接下去要农忙了，在抢收抢种时，少不了这几条船啊！"

猴子队长这么一说，我爸爸自然得答应。但他工作时要配的辅助工呢，他也直言不讳地跟猴子队长说了。

"这活让我隔壁的大阿哥来干吧，他的脚被蛇咬伤了，下不了田，目前只能呆坐在家里，天天歇着。叫他来做既不会耽误了工时，又让他也赚得几个工分，看看他家里目前的日子不太好过，好帮我们就帮他一把吧。"

我爸爸口中的"隔壁的大阿哥"，也就是我说的隔壁爷爷。因为他个头不大并且头有些偏小，所以村子里所有的人都喊他——细头阿宝。我爸爸这样合情合理地提出来后，猴子队长自然也同意。于是，第二天，我爸爸就带着隔壁爷爷，开始了他们的工作。

几条破船早已从河中被拉起搁在了岸上。具体地说是搁在了离我家不远的一块枇杷林里。

此时此刻，在几棵长得最高，叶子又最茂盛的枇杷树下，他们早已摆好了场子。一个量了船体上需要换补的木板大小，用斧头猛力地劈着一根木头，一会儿用眼睛瞄瞄，一会儿又拿起刨子刨着。另一个则坐在一旁,背靠着树干,手里拿着木槌,在一只形似高音喇叭的石臼里不停地敲打着油灰。油灰是一种填补船缝或补钉的必用材料,一般用白油或桐油加生石灰粉经反复敲打而成,必要时还会放入一些麻丝。打成后,用工具把它强行嵌入船板之间的微缝或钉子留下的疤痕中,可以彻底防止船身漏水。

【三】

"嘭嘭……嘭嘭……"

很长一段时间里,每天的下午,木槌与石臼的撞击声总会这样响起,清脆悦耳。每当听到了这响声,坐在家门口大树下写着作业的我,屁股上像是被抹了油,怎么也坐不住了。自然而然就会向着"嘭嘭"响着的地方跑去,来到那隔壁爷爷身边。这声音还像是一种接头的信号,过不了几分钟,小孩就会越来越多,然后会水泄不通地把他围起来。他一看我们都来了,就会习惯性地拿起结满了茶垢的搪瓷杯子,深深地喝上一口,润起嗓子来。润过之后,伸手把嘴巴上留着的那几片茶叶碎屑一撸,就会笑眯眯地瞄着我们说:"怎么,你们又想听了?"

这时,我们总会很认真地点点头,异口同声,像小羔羊似的说道:"嗯。"

于是,我们就看到他推开手掌,往手心上啐上一口唾沫,双手来回一搓,一边拿起木槌"嘭嘭"地干了起来,一边又开始给我们讲起那些诱人的"大头天话"来。

讲着讲着，有时也会走来一位妩媚的少妇。这少妇总会从他的背后杀入，人未走到，声音却总是先到：

"细头阿宝，你又在讲'大头天话'啦！"

讲这句话时，她声音故意拖得很长，语音中又夹带起女人特有的娇柔。隔壁爷爷听到后，就会扭起身子转过头，眼珠骨碌一转，谄上眯眯的一笑。然后用几分似醉非醉的腔调，含情脉脉地说道：

"白沙，今天你又来哩？"

话音一落，在对方一抹傲慢的神情中，他又"嘻嘻嘻"地讪笑了几声。我们从他最初的问声中，也认识了我们村子里这个叫"白沙"的女人。

每每如此，这个叫白沙的女人总会走到他的边上，手一伸，大拇指向上一翻，翘起兰花指，娇滴滴朝他说道：

"说说看，说说看，到底有什么事让他们这么好笑？"

说话中，她总会眼球向我们转上一圈，再盯一眼隔壁爷爷，说道：

"不要嬉皮笑脸了，快给他们好好地讲，好好地讲吧。"

每当白沙在向隔壁爷爷说话的时候，我们始终也弄不明白，她的眼神为什么总在不停地瞟向我爸爸。估计是在观察我爸爸看见她来了有没有反应吧。可是我们清清楚楚地看到，每当这个时候，我爸爸却总是顾着自己干活，从没有与她打过一次招呼。更是从来没有抬起过头，好好地看过她一眼。每次，她也只能失望地从我爸爸那里收回视线，露着一副根本无所谓却又若有所失的样子。收回了目光，她朝一直"嘿嘿"地傻笑着的隔壁爷爷白上了一眼。在一脸的万念俱灰中，迈开修长的腿拂袖而去。这样的时刻，对我隔壁爷爷来讲，她像极了一阵匆匆而过的风，但这突如其来的一拂，总能在他的心中吹起无数的涟漪，让他的眼神闪闪烁烁起来。

每当这个时候，我们一群孩子也能明显看得出来，我隔壁爷爷有些舍不得她走。眼中流露出想让她多待会儿的神情。可她就这么一阵风一样匆匆而去了。最后他只能对着她的背影，依依不舍地喊道：

"白沙，怎么这么快就走了？"

她佯装没有听到，一任自己向前走着。但没走出几步，又回过了头来，朝他嫣然一笑，极具撩人地说道：

"晚上有空吗？有空你就来白相①嘛。"

她吐完了话，一脸的轻松。双脚踏起碎步，屁股一扭一扭，身子极其夸张地在隔壁爷爷的视线中，优雅地远去了。隔壁爷爷呆呆地盯着她的背影，目不转睛地送着她。早已看不到人影了，他还迟迟不肯收回他的目光。

这时，站在他身旁的我们，常常会拉拉他的衣角，叫道：

"爷爷，爷爷，你再跟我们讲呀，再跟我们讲哦！"

于是，他又再次拿起那个搪瓷茶杯，深深地喝上一口水。还是习惯性地用手撸上一嘴巴，那些"大头天话"又开始继续进行了。且不知是什么原因，我们也根本弄不懂，他再次讲起来，总会越讲越起劲，越讲越好听起来。

---

① 白相：方言，游玩；戏耍。

每当这样的时候，我们会听得忘记了回家的时间，各自家中的妈妈或奶奶，大半天了没有看到我们的身影，就会出来寻找，在枇杷林的另一头高声喊着我们的名字。我们因为这些"大头天话"听得入了神，时常听不到她们的喊叫声。弄得妈妈或奶奶们一肚子的气。走近后，常会用手揪着我们的耳朵，把我们拉出人群，瞪起喷火的大眼睛，怒吼道：

"你的耳朵呢，你的耳朵呢？没听到我在叫你吗？小死尸，你就应一声也没空啊！"

每每如此，我们只好摸着耳根、心不甘情不愿地离开。隔壁爷爷也会朝着我们的妈妈或奶奶不好意思地笑上一笑，然后对大家说：

"回去吧，回去吧，大家都回去吧。看，太阳也快要落山了，天真的不早了。今天不讲了不讲了，要听明天再给你们讲吧，明天再给你们讲。趁现在天还亮着，我也要去干一会儿别的活了……"

我听了那些"大头天话"，回到家里，每天总会不停地想——我这隔壁爷爷脑袋是不是与别人不一样啊，不然他脑袋里怎么会有这么多讲不完的"大头天话"呢？于是，对他的身世和关于我们这个村子的故事，我更加好奇了。有一天，在我的再三要求下，他总算给我们讲起了那些事，听着听着，更加入了迷……以至于二十多年后的今天，也就是说，在我高考落榜，重新回到农村后的好多年之后，那些事还是让我记忆犹新，事事都成了烙在了我脑海中的一个个印记。说实话它时不时晃来荡去，让我的心从来没有好好地平静过。

刚好,时令上已到了时常小雨加雪的冬季,趁着这个农闲时节,我这个常常被村民们唤作"秀才"的回乡青年,也有了把那些故事和我后来的亲身经历,好好记录下来的冲动。抚摸着电脑的键盘,生硬的手指也不知从何入手。于是,我就干脆跑去商店买了几叠方格稿纸,同时又找了些平时没有用完,已丢在了一边的笔记本,把那些空白页一一拆下,整理成了一大沓,不分昼夜地写了起来……

怀"胎"十月,就有了你手中的"她"。

也算是有缘。现在就让我们一起,共同追忆我们西太洋里曾经泛起的一波又一波涟漪——

【四】

运河之水源远流长。从北京一路流淌而来,流经杭嘉湖平原后,孕育出了许许多多江南水乡古镇。我们的村子就坐落在一个叫唐栖的地方。

这古镇在明清两朝曾经位列江南水乡名镇之首。镇上别墅园亭,小巷小桥,梵宫伽蓝,至今仍古迹众多。后世学者曾这样恰如其分、入木三分地赞美过唐栖:

园亭别墅甲于两邑,文章科第炳耀一方。

在《杭县志稿》中,也有这样详尽的记述:

唐栖为杭州之首镇,土地肥沃,物产丰富,凡镇周围三十里内皆为枇杷产地。

唐栖田少,遍地桑果。春夏之间,一片绿云,几无隙地。剪声梯形,无村不然。出丝盖多,甲于一邑。

如果我们把江南水乡名镇比作一粒粒璀璨的明珠的话，那么唐栖古镇则是镶嵌在杭州古运河畔，分外夺目而又特别耀眼的那一颗。我们的村子从东、北、西三面紧紧地环抱着唐栖街市。大运河从古镇穿境而过，像是一把利剑，深深地劈开了这块神秘而又充满了诱惑的黑土地。我们的村子也被劈成了大小不一的南北两大块。在运河之水的主导下，我们的村子里河港池塘星罗棋布、纵横交错、星星点点，水系非常发达，是一块非常典型的江南水乡湿地。

在这样一块湿地里面，还深藏着一个在我们当地较为著名的湖，水域面积有1000多亩。一湖碧水，各种湖鲜应有尽有。湖的四周以枇杷为代表的各种果树浓荫繁茂，一年四季各式水果轮番上市，常常让城里人流连不已，醉而忘归。

这湖有个比较洋气的名字，叫——西太洋。

这名字取于何时已无从考证，我们村子的名字也依地傍水地被唤作了——西太洋村。时而缓时而湍急的运河水，不但孕育出了名扬四海的江南古镇——唐栖，还滋养了我们这里一代又一代的子孙，浸润出纯朴、善良和吃苦耐劳的乡风。我们时时为融入这样一个小镇之中而倍感荣幸。

出门在外一有人问你是哪里人，我们第一时间总会骄傲地报上名来——唐栖人。一是，唐栖对我们来讲确实有一份荣耀感。二是，当时被称为唐栖区域的地方，是比较宽泛的一个概念，确实涵盖了我们的村子。三是，那时我们要是报西太洋村的名字，大家都会摇着头说不知道。在当时来讲，西太洋村还没有开发，也确实是没有什么知名度。平心而论，知道这个地方的人确实寥寥无几。

西太洋村大大小小只有三十多户人家，一百多口人。唐栖是地地道道的江南水乡，素有"鱼米之乡""丝绸之府""花果之地"之美誉。而西太洋村又是这"鱼米之乡""丝绸之府""花果之地"中的一块风水宝地，或者说是当地的翘楚。

自古以来，西太洋村一向以农业为主，人们日出而作，日落而息，沿袭着固有的生活方式。一代又一代，大家过着躬耕生活。平时只要勤劳肯干，依托这样一个好地方，日子大多过得较为殷实。天长日久，虽然也有过磕磕绊绊，谈不上一帆风顺，但每当突遇大灾之年，添些杂粮，或相互周济一下，咬一咬牙也总能过得了关，也算是平平安安，快快乐乐。不管男女老少，大大小小，大家都拥有一个美好的信念——明天生活一定会更美好！

自从我懂事之日起，日出而作，日落而归，精彩纷呈的每一天，每一时，每一刻，都是我怀抱梦想的美好时光。日积月累，这一切也成了我追忆似水年华的出发地。

左顾右盼，思前瞻后。几天下来，茶饭不香寝食不安。日积月累的辗转反侧，我终于找到了切入口，我想我得从我的爸爸说起。

爸爸小时候走过一些弯路。按现在的话说，他也有过一段很传奇的经历。

那时他才十岁左右。他的爸爸，也就是我的爷爷，是个出了名的船匠师傅，在社会上备受尊重和欢迎。当时好多人都向他善意地提出，叫他该把儿子带在身边收为徒弟，当作开门弟子，他却一时不知哪根筋搭牢了，与乡亲们的想法完全背道而驰。向大家嚷嚷道：

"我家这小子，脑子聪明好用。我要叫他成为读书人，不想让他再像我一样东跑西走，一路日晒雨淋地去吃百家饭了。将来如能把书读出山，不光能为我争面子，更能为我们家光宗耀祖。退一步说，要是今后他书读不出来，我也心死了，再让他跟我学也不迟啊。"

爷爷是这样说也是这样做的。

四处打听了一番后，他要我奶奶拿出了所有的积蓄。翻来覆去地数了数，不够。咬了咬牙只得向亲戚开了口，借上了不小的一笔钱，还动用了多道人脉关系，托上了多年的好友去唐栖古镇上的"栖溪讲舍"大学堂，为爸爸争得了一席之地。他想让爸爸在这个本地最好的地方开启他舞文弄墨的华彩乐章。

可是爸爸却辜负了爷爷的一片希望。

他没有把心思用在读书上，从小就跟着几个同学学会了逃课。专门去干一些掏鸟窠、捅马蜂窝的事。几年下来书没有读进去，却成为一个掏鸟窠、捅马蜂窝技术精湛的小能手。

你看，中午放学后，早已过了午饭时间，爸爸耷拉着脑袋，有些无精打采地从学校里出来。这回他上课没有好好听，做不出作业，又一次被老师关了晚学。关晚学是我们当地方言，即留下来补作业的意思。今天他是被留下来要求补做昨天的家庭作业的，也就是背诵上一天刚学过的第六课《整洁》。

《整洁》——屠羲时曰：凡盥面，必以巾遮护衣领，卷束两袖，勿令沾湿，栉发必使光整，勿令散乱……

爸爸心不甘情不愿地翻开课本，似小和尚念经，摇头晃脑地背了起来。大概过去了一个小时，总算大功告成，在老师面前结结巴巴过了关。

教一件事，先教方法。道理在事体里，厚积薄发。外看是仪表，内中透情境。教孩子从小"勿令沾湿，勿令散乱"，从小知道仪表既是个人修养的体现亦是对他人的尊重。那时的课本也真是不简单，可以说真真地做到了润物细无声。可爸爸从没给爷爷好好争过一口气。

这个时间点了，肚子已是叽里咕噜地叫着。爸爸小脑袋一转，想到了要抄几步近路，可以早一点回到家。

出了校园，便是一片广袤的田野，他走上了一条细细长长的田塍，像杂技演员走钢丝一样，伸开双手保持着平衡和重心，快步走完后，又迅速拐入了一片枇杷林。这时，他听到了一阵鸟叫，心又一下子被一群鸟给吸引去了，驻足抬头看了一会儿，什么饥肠辘辘，一下子又被他置之度外了。

凭他的经验，已知道这几棵树上一定会有个鸟窠在。他的两颗眼珠就像是一部雷达，飞快地转动了起来，探寻着目标。

关于这些事，他与同学们总是乐此不疲。经常是把逃课后的"战果"，背着家里的大人在野外生上个野火，学着要饭的叫花子，用树叶包裹好后，再在外面涂上一层泥，烤着吃。说实话，那股香味也真的魔力无穷,越来越吸引着他们,还滋养出了他们独特的味蕾。其实现在想来也是难怪了他们,那个时候能有什么好吃的东西呢?再说就算有好吃的他们也拿不出钱去买,像他们这样的乡下孩子,那时只有在店里隔着玻璃柜子看看的份。所以按现在的说法,当时他们是没有条件并且在靠自己的努力创造着条件。当然,说一道万这事到现在看来还是有点出了格。

种桑数亩,春日发芽,芽渐大而成叶。农家妇女,携剪刀与筐,同往采桑,以为饲蚕之用。

第二天的课堂上,同学们在专心致志地听了老师的讲解后,都反剪着手,摇头晃脑地诵读了起来。当年的课本都是写的毛笔楷书,简单几句话,文白兼具,再配上线描画,疏朗别致。这随意选读的一小段,多么的优美、耐读啊。瞧,那么多的同学越读越起劲了。

可我爸爸却又开起了小差。时不时地低着头,把手伸向课桌抽屉的书包里,偷偷地玩起了什么……

"叽叽、叽叽……"

一阵清脆的鸟叫声突然在教室里响了起来。同学们都转起了头,你看看我,我看看你。大家都在想:

"教室里怎么又来了个'不速之客'呀?"

一小会儿的宁静后,"叽叽、叽叽……"鸟叫声又响了起来。这时,同学们都辨清了声音的出处,大家都朝着我爸爸看了过去。同桌的同学拉了一下他的衣角,用脚轻轻地踢了他一下,爸爸才抬了一下头，用眼扫视了一下四周，见都是看着他的同学们。还没来得及让他做出反应，老师已一脸不悦，拿着油光锃亮的戒尺来到了他的身边。老师推了推已滑在了鼻梁上的镜架。镜框的后面射出了一道严厉的目光，追随着目光又向他伸出了手，五个手指一一弹开，摊平了手掌，说道：

"小鬼，你自己拿出来，总不用我给你搜查了吧？"

尽管爸爸心不甘也情不愿，一手挠着头发，一手按着书包，但在老师的目光再次与他对视了片刻后，他败下阵来，只能交出了昨天放学回家时在鸟窠里刚摸到的"宝贝"——这只还没来得及被烤了的小鸟。

小鸟的羽毛已有些丰满，在老师的手中扑腾了几下，老师用另一只手轻轻地抚摸了一下它的羽毛。它"叽叽，叽叽"不停地叫了起来，仿佛是在对老师说：

"老师，谢谢你！谢谢你！谢谢你救了我！"

老师走到了窗前，推开了明亮的玻璃窗。手朝外面一伸，鸟儿扑腾着翅膀飞向了蓝天。

此时此刻，外面传来了一阵接一阵鸟儿们的欢叫声，此起彼伏，久久不停。仿佛是在欢迎走丢的小鸟归队，同时又像是一首大合唱，在为老师送上赞美的音符。

结局是，等鸟儿们的欢呼声远去后，爸爸被老师用戒尺大动肝火地教训了一顿，并将他"请"到了教室的一角。他只能站在墙壁旮旯头听老师讲课。老师用一种更加严厉的目光对他说：

"叫你好好地坐着听你却不听，那就让你长长记性，站着听一会儿吧！"

可是站着的他还是没有用心在听讲，没过一会儿，脑子里又像是在放幻灯片一样，一幕一幕又都是掏鸟窠、捅马蜂窝的画面了。

当天放学后，他们开始集结在唐栖古镇西南，一块叫"皇家坟地"的地方。这是块到处都布满了坟茔的杂地。据传，以前镇上住有皇家后裔，这地块虽然相对偏僻，但被多个风水先生称为是"不可多得的宝地"。于是，他们撒金倒银，就成了私家墓园。当年皇家的后裔们家中死了人，都会葬在这里。所以这里对我们一般老百姓来说，既神秘又神奇。镇上的很多人都想找个拿得出手的理由，来此地"白相白相"，看看这里面到底有些什么名堂？

但是，由于此地阴森森怪吓人，还听说曾瘴气弥漫，好多到过此地的人，回家后不明不白的都会起病，有的过不了几天还会死，所以后来人们都害怕了，白相的人也越来越少了。大家的那份好奇心，也就渐渐地偃旗息鼓了。大家都知道，早先那些坟修得非常不一般，但是日长天久，加上好多年没有好好地修葺过，现在大多数坟墓都已塌陷了。因为人迹罕至，自然就成了动植物的天堂。杂草丛生，野物四处乱窜。那荒墓前的几棵松柏和一些叫不出名的杂树，却抓住了它们的美好时光，早已深深地扎下了根，伸向坟墓深处。不管寒冬腊月抑或夏日炎炎，始终精神抖擞，肆无忌惮地疯长着。

爸爸他们今天来此是为了掏一个马蜂窝。

放眼望去，马蜂窝就长在那棵盘根错节、硕大无比的冬青树上，离地面大概有四五米高。它紧密地筑在了树的枝杈上，外观似一个圆饼。特别聪明的马蜂把两根树枝都交织在了里面,这样就显得更加牢不可破。任凭岁月风吹雨打,岿然不动。目测了一番,这个"圆饼"足足有三四十厘米宽,十几厘米厚。

"好家伙,这么大,这里面一定有很多的幼崽。"一位同学抬着头,用手放在额前挡了一下阳光,老练地对大家说道。

"是呀,一定不少!"边上几位也大声地回道。

在众说纷纭中,大家舌头舔着嘴巴,吞起了口水。那股烧烤的美味又已浓浓萦绕在了他们的中间。

可是,这次要掏的地方毕竟是太高了,难度不可小觑。爸爸和他的同伴们先是在下面观察研究了好长时间,一起来的几个同学看后都觉得这个窝位置实在太高,加上来来往往、进进出出的马蜂又那么多,比较难下手。大家一致认为:为了安全还是放弃算了。然而,唯独爸爸心却不死,见他死活不肯放弃。他用藐视的目光扫射了大家一圈后,斩钉截铁地说:

"原来你们都是胆小鬼!看我怎样上去采下这个'圆饼'。"

说时迟,那时快,他剥下了自己的外衣,向大家解说道:

"到了上面后,为防止马蜂螫人,我就用衣服把这个'圆饼'包下来。"

一说完话,他学起了大人的动作,摆出了一副志在必得的架势,伸出了双手,往手心里啐上了一口唾沫,双手来回搓了几下,然后"嗖"一下,就猴子般上了树。可是就在他快要爬到"圆饼"边上时,几只马蜂像是通人性一样,知道有人要来袭击它们了,立即主动出击,朝正向上爬着的爸爸攻击起来。爸爸一只手握紧了一根树枝,另一只手从另一根树枝上松开后,挥动起了手臂,想赶跑这些"嗡嗡"叫着的家伙。没想到他手挥得越起劲,马蜂跟得越起劲。一会儿,"嗡嗡嗡,嗡嗡嗡"地已组成了一个非常强大的团队,绕着他的头盘旋了起来,并以他的头为中心迅速地向整个人扩散。他马上解下了捆在腰间的外套,欲把自己的头先包起来。可是哪里知道,马蜂的速度比他还快,早在他的头上和手上,螫上了好多口。情急之下,他只得从树上跳了下来。可是他跳下时,凶猛的马蜂还在乘胜追击,不肯放过他,一大群都追了下来。同伴们见状后迅速散开,并及时对着他喊道:

"快跑,快跑!"

爸爸跟着大家跑了好长时间,然后大家又做了个猴散状,才甩掉了这群"追兵",其中有几个同伴也被螫了一两下,痛得"哇哇"大哭了起来。

他们精心策划的这次大行动,算是彻底失败了。

可以说是被马蜂打得"溃不成军"。主将——我爸爸更是惨不忍睹,全身都被螫到了,痛得在地上滚来滚去。不光"哇哇"大叫,还喊起了爹叫起了娘……

要说那天他们到底哭叫了多长时间,现在说来已记不清了,只是记得他们当时感到被马蜂螫过的地方又肿又痛,实在是难以忍受,大家东倒西歪地坐在地上一时又不知所措。这时,有个小伙伴"哎"地大叫了一声后,向大家说道:

"以前我听家里的大人说过,被马蜂螫了,用河里的淤泥涂在上面可以降温止痛的,而且我看见过我爸爸也这样搞过。"

于是大家来到了河边,伸手挖起了河中黑得冒油的淤泥,一一涂在了被刺的地方。我爸爸起先是不信这说法的,所以他没有

马上去,只是强忍着痛看大家挖。看到大家涂好后,都在说:

"哎,真的已好了好多,真的已好了好多啊!"

他也马上挖了一把,往自己的脸上身上涂个不停,一个白白胖胖的他,一下子被涂成了一个黑黑的小泥人,整个头上只露出了两个小眼珠子,如果黑黑的眼球不转动一下,也早已分不出彼此了。

就这样,这么一群似懂非懂的小孩,在吃了这次"败仗"之后,不但心情非常的沮丧,同时又把自己搞成了一个个"泥菩萨"。脸上虽然还能笑嘻嘻地相互调侃,但是心中都开始有了些后怕,他们都不敢回家了,他们生怕这个样子回到家,又会招来爸爸妈妈一顿痛训。

太阳渐渐地往西走着,走着走着它可能累了,于是就挂在西边的一棵大树上想休息一下了。大群大群的鸟"叽叽,叽叽"地叫着,都在互相提醒着该回窠了。

天快黑下来时,爷爷挑着他修船用的工具担子回家了。看了看小子不在,问我奶奶道:

"今朝屋里个小鬼头去哪了啊,怎么到现在还没有回家?"

奶奶不无担心地说:

"不知道他去哪了呀,连中饭也没有回来吃过。我刚才在村子找了一圈,也没有找到他的人影,又问过好多人,都说没有看到过他。我心里也急着。"

听到这话,我爷爷脸上飘过了一丝不安的神情,他眨了下眼,挤眉一思,自言自语道:

"总不会出什么事了吧?"说好后他的嘴巴还不停地在抖

动着。

其实他是把后面的话烂在了肚子里,没有再发出声来,生怕被一旁的奶奶听到。奶奶心急了老毛病又会上来,一下子会喘不过气来。他调整了一下自己的表情,向奶奶甩下了一句话:

"我去找一下看。"于是就快步向屋外而去。

一路上,他边走边不停地喊着爸爸的乳名——阿根,碰上村民就会停下来询问几声,四处打听着有没有人看到过自己的儿子。

天黑了好长时间,我爷爷才回到家,奶奶急切地问:

"人呢?找到了吗?"

爷爷心急如焚地说道:

"没找着啊,我想这个时候了他总自己回家了吧,所以我也先回来看看。"接着目光急切地又朝着奶奶问道:

"难道还没回来吗?"

听到这话,奶奶"呜呜呜呜"地哭了。哭声还越来越大。

正当爷爷一筹莫展,准备再出去找时,我们家的厢房里突然传出了一阵响声,朦朦胧胧中还晃动着一个人影。黑黑的一时也看不清是谁,爷爷急切又惊悚地问道:

"你是谁?你在这里干啥啊?"

那人低着头,声音弱弱地说道:

"爸爸,是我呀,你儿子啊!"

"你是我儿子?没错,声音倒是对的。可脸相不对呀,难道我连自己儿子的面孔都不认识了吗?"

爷爷说着一把把爸爸拉到了跟前,瞪着两只眼仔细地打量起来。

　　此时，爸爸泥头垢面，脸已肿得像我们农村里碾米时专门用来量米的巴斗那样大了。我爷爷简直不敢相信眼前站着的这个"大头鬼"是自己的儿子，但是听声音分明就是啊！于是他松开了手，问道：

　　"难道你真的中了'大头鬼'了啊？这到底是怎么回事？"

　　无可奈何，爸爸把白天去掏马蜂窝的事告诉了爷爷，并说发生了这样的事生怕回家后被爷爷他们骂，所以只能偷偷地钻进了厢屋里的那堆稻草堆里躲了起来。一躲却没想到睡着了。刚才被奶奶的哭声给惊醒了，心想躲也躲不过去了，所以才这般鬼鬼祟祟、非常紧张地走了出来……

　　奶奶见状，惊叫了起来，忙对爷爷说：

　　"快，快把他送到医院去看一看哦。"

　　爷爷马上转过身子，背对着爸爸半蹲在了他面前，奶奶扶着爸爸趴在了爷爷的背上，爷爷背着他健步如飞地出了家门。

　　一路上奶奶使劲地"阿根、阿根"地叫着爸爸的名字。起先是她叫一次，爸爸应一次。后来叫多了爸爸心里有些烦了，也就不再应了。她还以为爸爸快没命了，忙拉了他一下胳膊，没有直接的反应，就向爷爷哭哭啼啼地大喊道：

　　"老头子啊，快点，快点呀，好像连话也答不上来了，他已没有一点声音了啊。"

　　爷爷听后，用双手有力地把背上的爸爸往上送了一下，那双脚一下子铆足了劲，像是百米运动员的最后冲刺，背着爸爸飞似的冲进了医院的大门……

爸爸在医院里住了五天，医生说还好大人带他去看得早，不然待毒气行遍全身，那小命可能就难保了。奶奶听了医生的话后，学着生硬的普通话，动容地对他们说：

"你们也确实有本事，把我这个进来时好像已是断了气的儿子医好了，一下子又能让他在我眼前活蹦乱跳了。我得好好地谢谢你们啊！"说好话之后，她准备跪在医生面前，真心实意地磕上个响头，医生忙一把拉住了她，对她说道：

"起来起来，不要这样啊！我们不兴这一些，但是你的心意我们领了，谢谢了！"

这次住院，虽说花去了好多的钱，但是好事也有不少。按爷爷的话说，这回不光医好了爸爸的病，同时也治好了他自己的病。奶奶好奇地问爷爷道：

"你有什么病呀？"

爷爷把奶奶拉到一边，微微地笑了一笑后，轻声对她说：

"以前我总想着让儿子怎样好好去读书，长大了好给我们家荣宗耀祖，现在看来，他也不是块上学读书的料，还是早点让他跟我学打船、修船的手艺算了。学好了手艺，不愁将来无饭吃啊。"

听完了爷爷的话，奶奶朝爸爸上下打量了一番，然后轻轻地点了下头，说道：

"他也已读了几年书了，我看这几个字将来做个船匠师傅用用也足够了。他年纪虽小，但身坯已是人高马大的，那你就早点把他带在身边，叫他好好跟你学吧，免得在外面这事那事的，我们管不牢，到时反倒学坏了。"

爷爷抿着嘴，点了下头，用十分肯定的目光，惜墨如金又重重地撂下了一个字：

"对！"

【五】

"布谷、布谷……"

布谷鸟在一声声啼唤。大家都知道村子里的活又要忙碌起来了。

同时忙起来的还有各家各户的船。购物、运输肥料等都得用上它。这个时段,爷爷的活也忙得不可开交,手头的活堆了起来。东家叫西家催,弄得他一时难以应对。不光起早摸黑,还经常加起了夜班。

"他爸,你这么迟才回来啊!累了吧?洗一下就快点睡吧。"

"不晚不行啊,那么多的活等着干,已答应了人家总得给人家干好吧!"

深夜十二点,爷爷才回到家。还坐着等着他回家的奶奶与他互相嘀咕着。

"那不是正好吗?把家里的小子也带上,多少也能帮上你一把。"

"对呀!那我明天就带上他一起去干了。"

在我们乡里，不知从何时起，学手工业的大小都会搞个收徒仪式。这回爷爷收了自己的儿子为开门弟子，自然也不能例外。

"急起来这么急了？你是收开门弟子啊，形式也总得搞一下吧。"

"我收的是自己的儿子，形式就从简了吧！"

"知道知道，但过程总得走一下吧！"

一大早，奶奶早早地起了床，围绕着收徒仪式准备了起来。等爷爷与爸爸起床时，奶奶把要做的事情都已理好了。看到他俩，摸了把额头的汗珠，就一五一十地说了起来：

"父与子，师与徒。'关书'什么的我们就不写了。'中间人'么我已请了我娘家的哥哥，等一会儿他就要来了。鲁班像、香烛、菜等我也已都备上了……"

爷爷听着，看了她一眼，然后就一脸憨厚地"嘿嘿嘿"笑了起来……

奶奶看着他这副模样，轻轻地推了他一把，指指一旁的鲁班像，努了努嘴，说道：

"快，快点把它挂起来吧……"

仪式确实比较简单，按爷爷的要求，只走了个简简单单的小程序——中间人先说了几句开场白后，说道："俗话说'万贯家财不如一技在手'啊，好好跟着师傅学本事吧！"然后徒弟行上了大礼，师傅开始说起训勉的话：

"从小掌握一门手艺，强盗抢不走，贼骨头偷不去，只要手艺强，自然有活干，永远饿不死。"

删繁就简,言简意赅。一切就这样结束了。

可拜师酒还是没有少。中午一家人陪着爸爸的舅舅喝了起来,我奶奶拿着酒瓶拼命地给我爷爷和她哥哥倒着酒。

"妹妹,今天你也得让这小鬼喝点啊,今后他吃上了百家饭,经常会碰上酒席啊,也得早点让他学会喝酒啊!"

奶奶听到了他哥哥的这番话后,倒酒的手停在了那里,朝我爷爷看了起来。我爷爷挠了一下腮帮,点了下头,说道:

"好,也给他倒上点,让他试试吧……"

爸爸被爷爷揽在了手下,收作了开门弟子,起先一天到晚干的是打打油灰的活。别看这打油灰,学问也大着,能磨砺一个人的意志、锤炼一个人技术。爸爸一天又一天重复地干着,这让他有些不耐烦起来。大家都知道,爸爸是一个非常自由散漫、我行我素的人,一段时间下来,在爷爷的调教下,虽然他的野性与犟头犟脑的脾气跟过去比已好了很多,但冷不丁还是会旧病复发,在有些事上还总是让人不可理喻。不过真正让他改变一切的,是接下来的一桩接一桩的怪事——

一天,天蒙蒙亮,鸟儿的大合唱又在枇杷林里唱响了。在爷爷的一阵阵咳嗽声里,我爸爸跟着他,挑着一担干活的工具,走出了村口,直奔等着打新船的东家家中而去。

"儿子,到今天你跟着我已学了多长时间了?"爷爷咳嗽声停下来后问道。

"爸爸,已是三年了。"我爸爸抬了下头说道。

"哦,已三年了啊,那得满师了。"爷爷朝他瞄了一眼,笑呵呵地说道。

爸爸也跟着"嘿嘿嘿"地笑。

一路上,父子俩你问我答,不停地交谈谈着……

"师傅,这么早就来了!得罪得罪,得罪了!"

当父子俩挑着担子,刚跨进东家的大门,东家就迎了上来。还没来得及等他们放下担子,就招呼了起来,还递上了烟和浓浓的茶水。一到东家家,喝过一口茶水,爷爷就吩咐东家搬出了材料,于是父子俩就干起了活。

"儿子,刚才我们把要用的材料都理了一遍,一堆堆都放好了,你都明白了他们的用处了吗?"

"哈哈,这还有什么不明白的。不光已明白了,而且根据东家的要求,这条要打的新船的样子也早就在我脑子里了。"

"哦,那我就放心了。因为另有个朋友家催得紧,非要我明天去他家干不可,所以从明天起这里的活,就靠你干了,我得去另外一个东家家里干活了。"

"这样啊,没事没事,你就放心地去吧,这里我来干好了。"爸爸非常自信地朝爷爷看了一眼,干脆利落地回答道。

爷爷也朝他看了一眼,笑了笑,拉着长调吐出了一个字:

"哦。"

几天后,船体有了雏形,可看上去直挺挺的,没有一点东家所要求的"两头翘一点,船头船艄小一点"的模样。于是东家很婉约地问道:

"这船怎么船底平平的，船头又这么大头大脑的呢？好像没有我说的要两头翘一点，船头小一点的样子啊？它下水后能比其他船活泛一点吗？我可是要用这船去西太洋里舸鱼的，笨头笨脑的船可用不上的哦。"

爸爸听后，耳根红了起来，不过他毕竟已吃了三年的百家饭，很快就答道：

"现在还没有完全好，你放心吧，再过一两天，你就会看到你心目中想要的那条船了。"

东家一听，朝他看了一眼后，有些沮丧，但还是充满期待地说道：

"哦，这样啊，那就好，那就好。"

可是两天后，爸爸东改改、西变变，抓头挠腮了几番，始终没能让它如东家要求那般呈现出来。东家一看，只得摇了摇头说道：

"这怎么行呢？我花了那么多钱，怎么给我打出这么条船来？不要说工资不给，我连这材料的费用也要你给赔啊！"爸爸听着有口难开，装作没有听到，可整张脸都红了起来。

"爸爸，我把船打成了这个样子，东家不高兴了，昨天还骂骂咧咧的要我们赔钱，你得抽个空去看看啊，到底怎么改才好呢？"

晚饭的时候，我爸爸憋得沉不住气了，只能向爷爷开口了。爷爷拿起了酒碗，呷上一口，让酒液在喉咙里打了几个转"呵呵"一笑说道：

"喔，这样啊。那看看明天有没有空，要是有空的话我跟你去看看……"

第二天一早，爸爸就走到爷爷的床前，焦急地说道：

"爸爸，你可不要忘了，今天得跟我去看看哦。"

爷爷一听，咳嗽了几下，说道：

"好吧好吧，我起床了，我起床了。"

到了现场。爷爷这里摸摸那里量量，用笔画出了好多记号，然后对爸爸说道：

"你按我画的动一下吧。"

"动一下就会好？"爸爸疑惑地问道。

"我也不敢打包票啊，会不会好，你试试看吧。"爷爷笑呵呵地对他说道。说完他就走了。

下午两三点钟，下了班的东家回来了。他一番东瞧瞧西看看，朝我爸爸竖起了大拇指，十分高兴地说道：

"小师傅，哦，不不不，今天该叫你阿根大师傅了！你还真是有水平啊！真的把它打成了我心目中想要的那条船了啊！看来技术还真的有，水平真当不差啊！"爸爸听着这番夸奖强行让自己"呵呵"地应对着，可脸比上几次红得更深了，豆大的汗珠也跟着渗了出来。

"哦对了，阿根大师傅，刚好今天时间还早，你帮我再做把桨吧。"东家说完话，就捧出了材料放在了爸爸眼前。一个多小时后，爸爸就把它做好了。东家一看，脸色又非常难看地发话了，说道：

"阿根师傅啊，这柄虽然是弯的，但你总不能朝这个弯势配桨板啊，这怎么能用得上力呢？我虽然不是船匠，但一看也就知道呀！"爸爸一听，脑袋又"嗡"的一下，不知道说什么好，只是喃喃地说道：

"哦这样啊。那时候不早了，我拿回家去晚上给你改一下吧，明天给你送过来。"东家看到这番境况，感激地朝他点了一下头，连忙说：

"好的好的，可那麻烦你了。"

晚饭后，我爷爷拿起了桨，闭上一只眼，用另一只眼瞄了几下后，把柄转上了三十五度重新给装上了。爸爸一看，十分疑惑地问道：

"这样就可以啦？"

"当然啦！"爷爷非常自信地答道。

"为什么要这样转一下呢？"爸爸又问道。

"做桨呢你要考虑桨板下水时的角度，根据柄的弯势选择好角度来安装，那样划着水时既能顺手又能省力……"

爸爸一听，眨了眨眼睛，哑口无言了。

你们看，他的师傅，也就是我的爷爷毕竟是从小吃着百家饭长大的，管理起他的儿子来，确实还是有一套的。不知道让儿子喝上了什么魔水，前期经过他的言传身教，后来又让他经过一次次的风暴和打击，让他慢慢地悟到了自己的短处，彻底明白了自己的不足。让他也真的变成了一个与自己一样，特别能吃苦耐劳的人。一天天干下来，不光渐渐消去了他的内火和傲气，还渐渐地培养起了他的耐心与兴致，并且慢慢地爱上这个行业。从此,他也真正钻研起了业务。几年之后我爸爸也不折不扣地成了一个大师傅。在技术上,好多地方已开始逐步超越爷爷。

他虽然成了一个顶呱呱的好船匠,但只要有时间,还总是起早摸黑地干着地里的农活,从不让它落下。那精干硬朗的身子,一般的同龄人无法比得上。他干起农活来,让村里的同辈人都望尘莫及、甘拜下风、自叹不如。

一段时间里,在他的生命字典里,只有"好好干"与"多赚钱"这两个词。他的目标是:再过上几年,要盖上一座能与他爸爸盖的大楼房媲美的新房子,并且今后娶了老婆生了儿子后,还要再为后代添置更多的田地,也要像他的爸爸一样,为了子孙后代——不遗余力地付出,不求回报地奉献。他对生活充满了乐观,整天笑哈哈的,从来没有悲观失望。老挂在嘴边的一句话是:

"等我过世了,那样就可以体体面面、风风光光地去阎罗王那里报到了。可以向我的老祖宗们好好说说,自从他们走了之后,我是如何为了我们这个家,而滴尽最后一滴血和汗的。每天如何不分白天黑夜地为我们这个家操劳,又如何拼死拼活地给我们这个家撑起门面。我的老祖宗们一见到我,一定会夸我,一定会为我而高兴,一定都会出来笑脸相迎我的!"

面对爸爸的这一切,爷爷看在眼里喜上心头。从他拿起水杯,趁着喝水的间隙动情地看着儿子的眼神以及茶水流经喉咙时发出的"咕嘟咕嘟"的快乐声可以看出,他在为自己有这样一个儿子感到自豪。

【六】

天有不测风云，人有旦夕祸福。

中华人民共和国成立前一年，对我们西太洋村来说，那是一个悲怆到了极致的年成。这一年，一场突如其来的疾病，在我们的村子里暴发起来。

那场疾病让我们的村子一下子天崩地裂，让所有的人瑟瑟发抖。

那些凄惨的场景，多年前我听着细头阿宝讲的时候，也眼眶模糊了一回又一回。到了现在也还是边写边揩着眼泪，记下了这段我们村子的悲惨历史——

那一年，春节过得已接近了尾声。可是在我们乡村里，过年的氛围依旧很浓很重，并且元宵节的脚步正在走近，预示着又一波高潮也即将到来。

村子里，好动的孩子们，都动起了手，用红纸和竹条糊起了红灯笼。红红的纸常常把他们的小手指也染得红红的，他们你向我额头间一点，我向你脸蛋上一印，把那天真烂漫都点在了一张张幼稚的脸上。同时，在制作过程中，通过各自的想象，作品也各显神通。有大有小，有长形的也有扁形的。有几个能力强一点的还在大人的指导下，糊制出了各种动物的形状，看起来栩栩如生，惟妙惟肖。这着实给节日中的人们平添了不少话题与快乐。

元宵之夜，小孩们都会在糊好灯笼内的底座上，插上一根蜡烛，点亮后，提着灯火朦胧的灯笼，在路上东奔西走，寻找起玩伴。

一会儿，在村口就会形成一支浩浩荡荡的队伍。

大家比一比谁做得好，赛一赛谁的实用又漂亮。玩着玩着，调皮劲都上来了，大家不再叫对方真实姓名了。而是根据他们手中拿着的灯笼形状，直呼起"冬瓜""西瓜""老虎""荷花"之类的称呼，表达着他们特有的兴奋。这样的场面，不要说小孩，连大人也照样会忘了时间。持续的欢乐，把整个元宵节的欢快氛围，渲染得一潮高过了一潮。

每每如此，时间一长，家长们既开心又担心地四处寻找起孩子们，生怕他们在这节日里闹过了头，闯出点什么事来。

可今年有所不同，孩子们的"游走"活动刚开始，就有个大人提了个套着防风玻璃的煤油灯，借着昏暗的灯火光向他们走来，看到他们影影绰绰的人影，大声地喊了起来：

"'猪头疯'，'猪头疯'，你在哪呀？"

大家一个心思地玩着，似乎都没有听到喊声，没有人有一丝反应。于是来者又大声地疾呼起来：

"别玩了，快回家吧，回家看看你妈妈去，她刚才还跟我们在一起有说有笑的，可不知怎么，突然上吐下泻，我们已把她抬回家让她躺在床上了,可她不停地在喊着你的名字,你快回家去看看吧……"

"猪头疯"在与同伴们的一阵阵玩乐声中,忽然听到有人在喊她,抬起头有些不高兴。刚玩得意犹未尽,一时还不想回去,噘了噘小嘴,对来者说道:

"我还想再玩会儿,等一下再回去好吗?"

来者说:"细鬼,听话,回家吧,你妈妈生病了,在等你回家,你爸爸又不在家,身边总得有个人哦,万一想喝口水什么的,你也好帮她拿一下呀……"

听到这,"猪头疯"一脸无奈,有些不太情愿地迈上了回家的路。

因为她知道,自己的爸爸摇着船去山里买木头去了,出门时也对她说过:"今年要给家里盖座新房子了,搭上个漂亮的新窠。"此时,家中确实只剩下妈妈了。

"猪头疯"是家中唯一的女儿。她出生的那一刻,在她爸爸的一声叹息声中,给起上了这么个大名——朱头凤。后来就被大家叫上了绰号——"猪头疯"。为了这个名字,有好多次她偷偷地哭过。

话说她来到这个世上的那天,她妈妈肚子疼得不得了,指着隆得高高的大肚子,忍着痛对她爸爸说:

"我下面已经见红了,可能快要生了,你快去把阿仙娘叫来吧!"

阿仙娘是我们当地的接生婆,每当谁家的女人要生孩子时,都会请她上门帮着接生。

阿仙娘到后，马上吩咐她爸爸：

"你快去烧好一锅滚烫的水。"

她说完话，进了房间，把门关了起来，就一门心思地干起了自己要干的专业活。她爸爸烧开了水，也只能焦急地等在房门外，用耳朵贴着门板，听着里面不断地传出老婆的呻吟声，其间还有阿仙娘那沉静有力的"用力，用力……屁股下沉点，下沉点，再下沉点……"的叫唤声。

不久，里面突然"哇"一声，传来了婴儿的啼哭声。同时又听到了剪刀的"咔嚓"声和阿仙娘的喊话声：

"快把开水准备好！"

朱头凤爸爸听到后，飞快地搬来了一只木头做的脚盆，盛满了热水，心情非常急切地等在了门口。盆中水的热气蒸腾而上，把他团团地裹在了里面，远远地看过去，仿佛在云里雾里之中。

"嘎"的一声，门被拉开了一条缝，阿仙娘伸出头来，朝朱头凤的爸爸干净利落地说道：

"生了。大小都平安。"

在她接过水，头刚缩回门缝一半时，停在了那里笑着又补充了一句：

"名字起了吗？"

朱头凤的爸爸忙问道："阿仙娘，茶壶上有没有长有蒂头的？"

阿仙娘风趣地回答道："来时跑得太快了点，一不小心摔了一下，把茶壶蒂头给摔掉了。"

朱头凤的爸爸在递上热水，听到了这话后，心中顿生一阵凉意。他想了不知多少天了，想来想去想要个儿子，此时泡汤了，起先的那些期盼，就像泄了气的气球，一下子瘪掉了。只记得老婆曾经对他说过：

"生男儿名字中要带上一个龙字，生女儿名字中要带上一个凤字。"于是，耷拉着脑袋、无精打采地朝着阿仙娘说道：

"唉，是个细丫头啊！这是头胎，那就叫'头凤'吧。"

阿仙娘一听，应道："头凤，头凤。好，叫头凤好，叫头凤好。"在一个接一个"头凤好，头凤好"声中，她又回屋里去处理余下要做的事情去了。朱头凤也就在这一刻有了属于自己的名字，说来也怪，此时的她也不再是刚才那样哇哇直哭了，只是时不时挥动一下四肢，看上去安静了好多。可是他爸爸没有想到，因为朱头凤与"猪头疯"这个词声音十分接近，于是没等她长大，在这个茶余饭后爱叫绰号的村子里，大家看到她时，就你一句"猪头疯"、我一句"猪头疯"地叫开了。

于是，"猪头疯"也就顺理成章地成了朱头凤的诨名。

没过几分钟，"猪头疯"就回到了家。看到妈妈正在床上吐着，忙丢下手中的西瓜灯，走到妈妈身前问了起来：

"妈妈，妈妈你怎么啦？"

妈妈脸上淌着汗水显得非常吃力地说道：

"凤儿，也不知怎么的，突然间就上吐下泻、发起了高烧，时不时还感到肚子很痛，全身又感觉到非常难受，并且人没有了一点力气。"

"你爸爸为了今年能为我们建座新房子，想趁这节日的尾巴，去山里看看能不能买上点便宜点的木材，一个人摇着船去余杭的上柏山里了。他不在,这下我们怎么办呀?"

"妈妈,没事的,不是还有我在吗……"

"猪头疯"回答起了妈妈的话。看到她又不停地呕吐起来,还看到了她正用手指指自己的下半身。她知道这是妈妈在告诉她,下半身又在不停地泻着……

看到这一切后,"猪头疯"学着大人的样子,伸手摸了一下妈妈的头,感觉妈妈头上火辣辣的,问道:

"妈妈,你还发着高烧啊!"

妈妈想朝她点下头,但是实在一点力气都没有了,只是勉强地眨了下眼睛,翕动了下嘴角。看到这一切,"猪头疯"的嘴巴情不自禁地抿了抿,眼眶也开始湿润起来。别看她小,人却特别懂事,没有哭出声来,只是让泪水在眼眶中打起了转。她伸出小手拉着妈妈的大手,不停地对妈妈说道:

"妈妈没事的,妈妈不会有事的!"

半闭着眼缝的妈妈,听到了这话,眼底突然闪现出一抹亮色。目光虽然明显无力,甚至在外人看来连反应也有些迟钝,但电波一样一闪而过的眼神,已明显地少了好多的焦虑与不安,流露出了欣慰……

"猪头疯"和妈妈的手越拉越紧,可她毕竟还是个小孩子,随着夜深人静,可能刚才也玩累了,没过半小时,她就斜倚在妈妈的床沿,头靠在妈妈身上睡着了……

早上,一阵不同寻常的狗吠,在她们的家门口一声接着一声地响起。也把在睡梦中的"猪头疯"给吵醒了。

此时,早晨的阳光从妈妈床边的窗子上,透过一块玻璃,照在了"猪头疯"的脸上。她一睁开眼,被一束强力的光线迎面刺激了一下,突然感到眼前黑乎乎的一片。赶紧用小手搓揉起了眼睛,搓揉的过程中,她又突然想到了眼前的妈妈。于是,扭过头又"妈妈,妈妈"地叫了起来。

叫过几声,她发现妈妈没有回应。赶紧用手推了几下妈妈的身体,妈妈还是没有动。她又用手摸了摸妈妈的头,火烫的额头像是正在燃烧似的。在摸着额头的同时,她观察到妈妈的眼睛已一动不动了。眼球白白的,脸上也没有了一丝血色,已是一副吓人的样子。

"啊!妈妈,妈妈……""猪头疯"情不自禁地哭喊了起来。

"快来人啊,救救我妈妈呀!救救我妈妈呀!"

懂事的"猪头疯"在一阵大喊声中,跑出了家门,一路向左邻右舍的哥哥、姐姐、叔叔、阿姨、爷爷、奶奶们呼叫了起来。

左邻右舍的村民前前后后闻讯而来。

见状,有的给掐起了人中穴,有的使劲地在呼喊着"猪头疯"妈妈的名字。有个年龄较大的长者,捋了一下下巴上的胡须,伸出两个手指,贴在了猪头疯妈妈的脖子上,几秒钟后,马上有了结论,朝在场的所有人说道:

"人还尚有一丝气在,我看还是抓紧送医院吧。"

长者的话音刚落,一位眼疾手快的人就把那扇房门给卸了下来,大家七手八脚地把"猪头疯"的妈妈从床上移到了门板上。几个年轻人自告奋勇,抬起后就直奔医院而去。

几天下来,"猪头疯"妈妈的病不见一点好转,反而更加重了。又过上了几天,"猪头疯"的妈妈因医治无效,撒手人寰。可是一直到她去世后,收治她的医院还是没有弄明白她到底是生了什么病而死的。只是一个戴着眼镜的老中医,看着大家悲伤的样子,走过去把我爸爸叫到了边上,含糊其辞地对他说道:

"小伙子,从死者得病后的种种情况来看,跟一本医书上写的一种病非常相似,你叫大家注意一下,要是真的是那个病,可能会传染的,弄得不好一时无法控制,会出大事!"我爸爸听后,先是一惊,然后毫不在呼地哈哈一笑,对大家说道:

"这老中医可能是在吓我们吧,他说要我们小心点,这病很可能会传染的。这猜脉郎中,一张嘴就胡说八道,但愿他猜错了。"大家一听,也都哈哈一笑说:

"这老中医是在讲'大头天话'吧!"

"猪头疯"的妈妈死后,几个好心的年轻人又一起把她抬回了家,并在家里放上了好多天。等着"猪头疯"的爸爸回来处理后事。可是等啊等,"猪头疯"的爸爸始终没有回来,当时也没有办法联系上,实在等不下去了,再等下去尸体也要腐烂了。于是大家只好商量着叫我爸爸用几块木板钉了口薄板棺材,给她急急地开了丧,草草地给葬了。

果然一语成谶。不出老中医所言,在办完了"猪头疯"妈妈的丧事后,我们西太洋村里真的出大事了!

在那几个把"猪头疯"妈妈抬来抬去的年轻人中,有一个因发高烧,躺在床上起不来,并一直不停地叫着肚子疼,还时不时与朱头凤的妈妈一样上吐下泻。随着时间一小时一小的流逝,病情也越来越厉害。

第二天，又有一村民得了同样的病躺倒了。

才只是过去了十多天吧，整个村子里一下子就出现了八例相同症状的病人。更让人不可思议的是，这些病人中，有两位又在三天内相继去世了。

刚把前者抬出门放在地上葬好，回到家后又有人倒下了。短时间内，村子里已是人心惶惶，一时就连抬棺材的人也找不到了。我爸人高马大，力气过人，看到这样的惨状。他说：

"这怎么办才好呢？总不能让他们放在家里自己腐烂了吧？"

他看看没有人敢抬了，面对几个过世的小孩和身体较轻的，就求人辅助一把，将棺材往自己的后背上一放，像是对待自己的家人一样，一声不吭独自背出去给埋了。对于重的那些，他一个人动不了，就想方设法找来人，一起把他们的后事给处理了。这样一个多月下来，本来也就一百多人的村子，像是倒白菜似的，一下子倒去了三分之二，只留下了惊慌失措的五十多人了。村子里这样的情况弄得大家人心惶惶，外面的人经过此地，也都会绕上一个大圈，避着走，生怕一不小心也染上病了。这样的日子一直持续了好长时间，一年多后，看见不再有人生这样的病了，大家才放松了对我们村子的警惕，我们的村子也才慢慢地回归到了正常的生活之中，也开始渐渐地走出了那场大病的阴影。

关于这事，在听隔壁爷爷讲着的时候，我们有些不太信，大家都认为是他添油加醋加工出来的，还七嘴八舌地向他问道：

"这是什么病呀？不会是你自己编出来的吧，难道医院那么没用，都救不活大家吗？"

隔壁爷爷摇了摇头，一脸难过地叹了口气，这样对我们说道：

"唉，那时医疗条件差，技术水平又低，加上当时发高烧后没有特效的退烧、降温、止泻等药，医生也爱莫能助，只能眼睁睁地看着病人死去！"接着又说道：

"在当时，我们都叫它'瘟病'，没有现在这样分得清楚，现在一旦发现，通过积极治疗早就都可以治愈，听说这些都属于小打小闹了。"

他讲完后，朝我们看了看，看我们还是将信将疑地在那里站着，他把头转向了一旁，看着正用力在劈着木条的我爸爸，用一副欲哭无泪的样子，对我说道：

"再不信，你可以去问问他，当时你家里也死了三个半人啊！一个是你爷爷，一个是你奶奶，还有一个是你爸爸的弟弟，也就是你的叔叔啊！"听完后，我更好奇地问道：

"那半个是什么意思呀？"

隔壁爷爷无可奈何地朝我苦笑了一下，说道：

"还有半个呀，还有半个是你的爸爸呀！当时他帮了东家又帮西家，处理了后事，结果也染上了病。可能是那些逝去的乡亲们都在天上显了灵吧，为了感谢他的帮助，都在暗中保佑着他，那么多人得上了病，只有他奇迹般的活了下来。"

听完后，我望了望正在用力劈着木条的爸爸，陷入了一种对往日的追思之中。至此我也终于明白了，我的爷爷、奶奶和叔叔，为什么那么早就离开了爸爸——原来是死于一场瘟疫啊……

【七】

"喝了，喝了。"

大头阿宝借着酒劲，大声对我的爸爸喊道。

大家都知道，大头阿宝在我们村子里是出了名的铁公鸡，他要叫我爸去他家喝上几杯，绝对是又有什么"好事"将要摊到我爸头上了。

就在大头阿宝的那两声"喝了，喝了"的喊声中，天上下起了大雨，大头阿宝的喊声和天上的雨声一起，一下子汇入了"哗哗"的流水声中，我爸爸拿起酒碗，看了一下门外下着的大雨，发出了一声长叹。心想昨日刚播下的种子，又会被这雨水冲走了。于是，看着这手中的酒瓶，转眼间一口闷了下去，然后把喝空了的碗翻了身，拿着它做起了手势，向大头阿宝宣告自己已喝完了。同时又将眼光盯在了大头阿宝的酒碗里，略显不悦地对他说：

"我喝完了，你声音闹得这么大，连头顶上的这个天也被你吓出了个洞——下起了大雨，碗中的酒怎么还放在那里一动不动,难道不能表示表示你自己的诚意吗?"

此时,大头阿宝的态度却来了个三百六十度大转变,伸出的头缩了回去,两手一拱,向我爸爸示意道:

"慢慢来,慢慢来,先吃点菜吧,吃点菜。"

接着又强调道:"今天我找你来啊,有事要商量,有事要商量。喝得太快了要醉的,一醉就谈不成事了。"

说完话,他又大献殷勤地朝我爸爸诡异一笑,拍了拍他的肩膀,谄媚起来:

"来来来,快坐下来,快坐下来吧。"

边讲边指手画脚中,大头阿宝的眼光始终没有离开过我的爸爸。他看我爸爸已坐了下去,自己也"啊哟"一声坐了下来。

"外甥啊,我这几天手头有点紧。你也知道的,我好那一手,经常会去与人赌上几把。这段时间里,风头不好,要么不去玩,一玩就是输个精光。光了向人借,借了再输,输了再借,到最后还总是输得一干二净,成个赤膊老鼠回家。眼下那几个债主天天催着要我还钱,可是我实在是拿不出钱,人也已快要被他们逼死了。"

大头阿宝一说完话,两眼死死地盯着我爸爸,可能是想要看看我爸爸在听了他的这番话后,会有什么样的反应吧。

当时,我爸爸听后,一脸的茫然,倒不是因为听到了对方说钱的事,而是听到大头阿宝刚才分明在叫自己——外甥。他嘀咕着:

"我怎么一下子成了你的外甥了呢?从小到大,从来没有听我妈妈说起过呀。"于是他就问道:"大头阿宝,你刚才在叫我外甥？什么时候起我成了你的外甥了呀？"

大头阿宝笑笑说："这个么，本来就是嘛。你奶奶与我老婆的妈妈不是表姐妹后的表姐妹呀？"

"怎么还有这种事情，是表姐妹后的表姐妹啊！"我爸爸听后更是疑惑地重复了一句。

"当然是呀。你可能不太清楚。其实我们是货真价实的娘舅外甥呀……"

我爸爸在大头阿宝那句"我们是货真价实的娘舅外甥呀"中，听得有点云里雾里起来，眼睛睁得圆圆的，张开了嘴巴一时不知道说什么好了。

大头阿宝见此情景，又笑嘻嘻地说道：

"阿根外甥啊，你得帮我一下忙啊！"

我爸爸先是一愣，然后说道：

"帮忙？帮什么忙呀？"

大头阿宝伸了伸头颈，头移到了我爸爸的身边，嘴对着他的耳朵，看着有些神神秘秘地说道：

"阿根啊，其实也不是件什么大难事，对你来讲是举手之劳。成了，这不光是你给我帮上了个大忙，同时也是我给你成全了件大好事。"

"大好事？什么大好事呀？"我爸爸有点不明其意，动了动身子骨，一脸疑惑道。

大头阿宝抓住我爸爸提问之机，快速地拿起了酒瓶，"哈哈哈哈"地为自己绕着开拓道：

"来来来，先加点酒，先加点酒。"

可他话说得急,要干的事却明显慢上了一拍。慢吞吞地拔出了瓶塞后,只是摆出了一副倾情要往我爸爸已喝干了的碗中倒酒样子,却始终没有流出一点酒来。我爸爸看出了他的心思,伸出了两根手指,像是要拦着他,并故意说道:

"够了够了。"

说话中还用两根手指还像模像样地堵在了瓶口。"啊!哦!啊!哦"地几个回合后,酒瓶几经晃动,几滴酒自己跳到了桌面上。

大头阿宝立马见机停止了手中要倒酒的动作,"啊哟"一声,嗔怪我爸爸道:

"哎呀,你看你看,被你一拦,倒在了外面了,倒在了外面了。"

说完他忙放下了手中的酒瓶。用一根手指往桌面上一撸,放到了嘴中舔了起来。我爸爸先是朝他傻笑了一下,心知肚明,暗地里虽然摇了下头,可还是很给面子地装出了一副确实可惜了的样子……

大头阿宝看到了我爸爸如此反应,朝他讪笑了几下,为自己解围道:

"这一滴滴的酒都是钞票买来的啊!"

我爸爸看到了大头阿宝这别有用心的笑,忙一语双关地补充道:

"是的,是的,这么好的酒,浪费了是可惜啊。"

大头阿宝似乎早听出了弦外之音,满脸不悦。不过,他迅速地伪装了下自己应和道:

"对的、对的。"

我爸爸看到了这副场景，又说道：

"那你在赌博时为什么又不把钱当钱看了呢？"

"阿根，你说得对，说得对。""啪"一声，大头阿宝自己给自己来了个巴掌，一想这好像又有点不对头，又补充说道：

"不过那是两码事嘛。"

大头阿宝斜着眼，前后矛盾地朝我爸爸答道。我爸爸这么一说，他显然是有点生气了，但他还是努力压了一下自己心中的怒火，在语气上做了一些处理，让人听起来还是能接受的样子。

"我不管你是两码事还是三码事，我想你总得把你自己的家弄好吧？希望你再也不要去赌博了！"

大头阿宝听了连忙低头哈腰了一番，说道：

"那是的，那是的。"

接着挠了下头，又装出一副很可怜的样子，说道：

"可是我这些年里欠了人家那么多的钱，哪里还有现钱去弄房子啊。也只能求你给帮一下忙了……"

"帮一下忙？帮一下什么忙？借你钱，让你再去赌博？我是不会的，你还是早点死了这条心吧！"

大头阿宝一听，嬉皮笑脸了一番。拿起酒碗，谄谀道：

"阿根，吃酒吃酒。"

"不是跟你说过了，不要吃酒吃酒的，不借就是不借。"

"我哪里要向你借钱啊！我是知道，你这几年里风顺雨顺，又加上你起早摸黑的，不怕苦不怕累，把家里的产业做得铜钿银子叮当叮当地作响了啊。几年下来你家里虽然说不上盆满钵满的，但是我估摸着一定也有不少了。听说你到处在打听，哪里有田产可买，你看你看，这回你机会来了，真的来了。你呢，只要摸出几块小铜板，一大块良田就能归你了。"

"啊！有这样的好事呀？不过你会不会又在骗人啊？"

我爸爸听到了大头阿宝的这番话，一向视田地为宝的他，对"大块良田"确实来了兴趣，立即询问道。

大头阿宝朝我爸爸看了一下，伸手摸了几下自己的头，抓了下腮帮，定了定神，然后吞吞吐吐、皮笑肉不笑地说道：

"实话告诉你吧，其实呢是我自己有块田想卖，前段时间听说你到处在打听哪里有田买，一心想壮壮家产！而且我也听到你断断续续已置办了不少，所以这次我第一时间也就想到你。并且你也晓得的，我的这块田与你家的田又是连在一起的，你看这多好呀，别人想要买我还不肯卖给他们哦，我总得先要为你想一想，谁叫你是我外甥呀。"

说到了田的事，我爸爸那几年真的花上了不少工夫，同时确实也已买进了不少田。他一门心思想做好两件事——做好他的船匠和种好他的田。他想只要好好干，苦点累点又有什么呢？到时总会混出个人样来。他常挂在嘴边的一句话是："祖上已说了——田庄万万年。我们做田庄的，也就是做做吃吃，能吃饱吃好，能有穿有戴有个像样的窠，那就相当不错了。就是过上好日子了。目前袋里有几个铜钿了，多买点田可以多种些，不管年辰怎么变，家中有粮，心里不慌嘛。还可搞些副业，卖上几个现钱，把自己家里的窠给弄得更好些，那样才能让生活更会有滋有味更有保障。"

所以，今天大头阿宝这样一说，他留给大头阿宝的表情虽然有些迟疑不决，但心里对大头阿宝说的这块田，确实也已默默地动起了心。

"你真的要卖吗？那你说说看，你卖了田，钱要去干吗？千万不能再去赌了啊！"我爸爸这样劝道。

大头阿宝听到我爸爸这么一说，猜测事情会成了，急不可耐地说：

"阿根啊，你刚才不是说叫我把家里弄好吗，我当然是要把钱用在屋里头，把家里给弄好啊！"

他说完话又看了我爸爸一眼，看着我爸爸的反应，借机又谄谀一番道：

"以前娘舅确实做得不对，这回我要好好听外甥的嘞！"

我爸爸呆呆地坐在那里，看上去在思考着什么。他没有直接回答大头阿宝的话。大头阿宝明显有点急了，伸出手拿起酒碗响响地敲了一下桌面，说道：

"我的外甥啊，你在想什么啊？这么好的事去哪里找啊，我是特意留给你的，你还在左思右想什么呢？你不要人家可等着要啊！"

我爸爸眨了一下眼睛，回道：

"那明天定吧，容我再想想看。回去也得准备一下钱。"

"那你今天要交押金的哦。不然人家要是向我要，我不太好向人家解释哦。"

我爸爸摸了一下衣袋，拿出了几张纸币，说道：

"身上就这么多了，你先拿着吧。"

大头阿宝"嚯"地伸过了手,很快就把那几张纸币捏在了自己的手里,朝我爸爸说道:

"那其他的钞票你明天要早点给我哟!今天就这样定下了吧。"

……

据看到大头阿宝的人说,那天,当我爸爸走出了大头阿宝家后,大头阿宝又避开了熟人的眼,匆匆地赶往唐栖街上了……

第二天早上,天还没有亮,大头阿宝就等在了我们家的门口。等门一开,他就冲了进去,向我爸爸要起了钞票。他一拿到钞票,很快就出了门。看到有人在看着他,他整了一下衣,还摇头晃脑地踱起了方步,不停地吹起了口哨。一路上,还朝几个正在河埠头淘米的妇女同志说道:

"看看你们,看看你们,真是红颜薄命啊!是中了哪门邪了?是不是见了什么大头鬼了,放着床里火热的老公不抱,起得这么早上河埠头来淘米,'哗哗哗哗'地摸着冰冷的河水,都是些犯贱坯啊!"

有少妇听到后,亮起了嗓子大喊一声:

"大头阿宝,那你起得这么早,还一路吹着冰凉的风,不在家睡觉,来这里干吗?是不是也中了邪、见了大头鬼了呀?"

大头阿宝一听,扁了扁嘴,好像有什么话要说,但是又是一副狗眼看人低的样子。只是下意识地瞄了一下自己鼓鼓的衣袋,起劲地拍了几拍衣袋,看了看少妇无动于衷不屑一顾的样子,只得匆匆忙忙地走了。那少妇看他走后,对正在河埠头淘米的其他妇女说道：

"你们看，这个倒灶鬼真是不学好，今天衣袋鼓鼓的，好像又有点钞票了，看来又急着赶去唐栖街上推牌九或找相好的去了。"

【八】

　　苦难的日子像一只只嗡嗡作响的苍蝇，接连不断地飞来，挥之不去。这些天里，一阵阵的狂风时不时吹来，把大片大片枇杷树的叶子吹落了一地，让人滋生出一种莫名的伤感。

　　唉，还真是好事轮不到，坏事天天有。让一家人根本没有想到的是，就在那个还是寒气逼人的初春，那一天是我的爸爸二十岁生日，也是我的爸爸妈妈结婚三周年的纪念日。在这一切都是平平安安、快快乐乐的氛围里，谁也没有想到，一场灾难正在向他们袭来。

　　我妈妈是离我们村子较远的余杭镇上的人，她与我爸爸的结合，很有些巧合，在我看来那才叫缘分。村子里的人都说有些不可思议。有次爸爸在余杭镇边上的一个村子里修船，这天妈妈也正好在这个东家家中做客。东家看到我爸爸的一手好技术和行为处事的人品后，在一位姑娘从他们身边走过时，半开玩笑半当真地与他说道：

　　"船匠师傅，有没有成家了呀？要是还没有，你看我这个表妹怎么样？喜欢的话我给你做个媒？"

爸爸抬头一看，"啊！"心里一激，差点喊出声来。这姑娘苗条的身材，剪着短发，穿着花格子外衣，白皙的皮肤，黑黑的大眼睛水灵灵的，好漂亮呀！正当我爸爸看着她时，她也朝他莞尔一笑。爸爸从没有这样大胆地看过女人，特别是那姑娘朝他莞尔一笑后，他心"嘭嘭"地跳得快要出喉了，全身也一下子热乎乎起来。这可能就是我们现在所说的一见钟情吧。爸爸摸了摸头，抓了抓腮，有些腼腆地对东家说：

"你真的可以帮我做媒吗？这姑娘……这姑娘……我确实喜欢。"语毕，爸爸感到有些难为情，又不停地摸起了头、抓起了腮帮，脸上泛起了一阵羞涩的红晕。

"好呀，那我去问一下我表妹，看她见过你后有没有什么想法？"

东家跑进里屋，姑娘也一下子红起了脸，羞羞答答的没有多说什么话，在表哥问话时，只是朝他微微地笑了一下。这一下，让东家眼睛一眨，心中顿时有了数。默念道：

"哈哈，看来这事能成。"

事实也是，这事你来我往的还不到半年，他俩真的成了。结婚的那一天，也就是三年前的今天。

我爸妈结婚后，虽然妈妈的肚子在村民的眼中已大起来过两回：一回是在没有任何预兆的情况下，肚中的小孩突然落掉了。另一回是小心翼翼地用尽了各种秘方保住了胎，总算把孩子给生了出来，小孩子还肉墩墩的，人见人爱。可是不到三个月却夭折了。这样折腾过两次后，妈妈当然是伤心死了，长年累月闷闷不乐的，身体也自然弄出了好多的病。爸爸非常疼爱她，总不让她下地干这干那的，叫她天天在家静养。一段时间下来，身体给养得白白的，胖乎乎的，红润的脸色上也开始折射出无尽的活力。她伸出了胳膊，捏紧了拳头，朝我爸爸比画起来，按她自己的话说：

"我现在浑身都是力气，像武松一样了，你看看我，连老虎都快打得煞了！"

这一年的年初，气候也有些反常，没有往年的春雨绵绵，天气反而像冬天一样变得特别干燥起来。

在这样一个特别的日子里，妈妈起得特别早，按我们的乡风习俗，为爸爸烧了一碗糖水鸡蛋。因为爸爸感冒发烧了，所以还没有起床，她就送到了床边，温柔地吩咐爸爸道：

"他爸，快趁热吃了吧。"

爸爸虽然在发烧，尽管他双腿软软的感到没有力气，但是闻到了鸡蛋的香味，还是飞快地穿上了外衣，坐了起来。头颈一伸，一口就囫囵吞进了一个。然后又把另一个含在了嘴里，"吧嗒吧嗒"搅拌机似的嚼动着，可粗中有细的他似乎又想到了什么，朝妈妈摇了下头说道：

"我没有胃口，吃不下去了。"

妈妈说："那你再吃一个吧，不吃落去怎么长力气呢？"

爸爸朝她笑了笑，用眼深深地探了一下妈妈，再次摇了下头，说道：

"真的吃不落了。你不要老是让给我一个人吃，你自己也吃几个吧，你也要好好补补身子呀。"

妈妈接过了爸爸的碗，放在了一边，很体贴地摸了一下爸爸的额头，然后又摸了摸自己的头，对爸爸说道：

"体温还是很高呀，今天在家好好休息吧，田里要是有活要干，就让我去吧。"

我妈妈出生在小镇上，从小没有干过农活，自从嫁给我爸爸后，也只是象征性地跟在爸爸后面去过几次田里，可以说还没有单独干过一次真正的农活。这次她看到我爸爸感冒成这个样子，非常心疼地对爸爸说：

"今天你在家好好休息吧，地里的那点活就让我去干吧。"

爸爸在妈妈的一声声执拗中，也只好同意了。在妈妈要出门时，还不停地答应着她：

"好的好的，在家里一定好好休息。"

妈妈拿起锄头，出门了。两只燕子正在屋檐下忙忙碌碌地筑着它们的爱窠。等妈妈从它的下面一走过，就"叽叽喳喳"叫了起来，妈妈抬起了头看了一眼，朝它们笑了笑说道：

"你们真是好勤劳啊，我要向你们学习，我也去干活了。"

她边说边走，还向它们挥起了手。出了屋檐，阳光上来了，她把挂在脖子上的草帽往头上一戴，快步地走向村外，向田头而去。

出了村口，不远处，迎头传来一阵乌鸦的叫声。她抬头一看，那里有四五只乌鸦，正停在一棵苦楝树上，一字排开，像是排着队在朝她叫。她拿起了手中的锄头柄，来回挥了几下，想赶跑它们。可是这群乌鸦不但没有理睬她，反而朝着她越叫越起劲了。

再次听到乌鸦叫后,她拿出了农村里常用的对付方式——"呸、呸、呸"地朝乌鸦们吐了几口唾沫,用脚踩着唾沫朝地上用力地踩了几下,然后说道:

"让你们叫,让你们叫,我就用口水淹死你们,我就用口水淹死你们!"

说完,她想到了要去田里干活,也就不再去理睬它们,管自己走了。一到田间,她就专心地干起了活。

家门口。

此时,我家房门前道地上,一群小孩在跑来跑去地玩着,还不时大声地叫唤着,让爸爸一时难以入睡。他只能靠在床上,眯着眼养神。眯着眯着,不知过了多久,也就睡着了。

"救火啊,救火啊!"

迷迷糊糊中,突然间在一个老太太的喊叫声中,他被一阵越来越强烈的烟火味给呛醒了。伴着一阵咳嗽,他从楼上的破窗口往下一看,下面有一个老太太还在不停地"救火啊,救火啊"喊着,还有那群刚才还是鲜灵活跳,现在却被大火吓得瑟瑟发抖、躲在了一边、愣着不知所措的孩子们。

此时,火势已很旺。他想,光靠自己的力量要扑灭这场大火,已经不可能了。他就跑向里间,想把几件心中像样的衣物带出火海,可是刚跑了几步,就看到了平日里为了防潮湿,而放在了楼上的那一麻袋谷子。可能是正在生病吧,或者说是谷子太沉,他拉了两下,没有拉动,他想平时的力气去哪里了呢。他不顾自己的病体,用上了九牛二虎之力,连拖带拉,把麻袋拉到了窗口。这时火已通过楼梯蹿到了楼上,边上一些易燃物品已都被烧得"吱吱"作响。因为火已靠得太近了,他的脸也已被烤得通红,他的一头黑发,也像要"吱吱吱"地燃起来了。

爸爸已没有退路了。

他一个劲地把那一麻袋谷子翻出了窗子,自己也跟随着那袋谷子跳下了楼。随着"啪嗒,啪嗒"两声响,麻袋与爸爸都已落到了地上。可是他想站起来时,发现左腿一阵剧痛,怎么也用不上力了。咬着牙动了几下,下面一段已不听他的使唤了。原来他腿上的骨头已经摔断了。他强忍受着痛,艰难地向外边爬出了十多米,回头望着正在燃烧中的房子,长大后从来没有流过眼泪的爸爸,那一天却也悲悯地流下了眼泪。他向村里人,向这个世界,第一次发出了绝望中的痛苦声:

"啊!我的房子啊,我的房子啊……这是我唯一的窠呀!没有了这窠,今后让我去哪里歇,去哪里过夜呀?"

在他一声接一声凄惨的恸哭声中,那间全是木质结构的房子,被越来越大的火焰彻底地吞噬了,还不时发出"噼啪、噼啪"的巨响,随着巨声响起,一串串火苗,伴随着一截截弹出的小木头,在空中翻起了跟斗,火花四溅地飞向了远方。

看着这一切,泪流满面的爸爸先是瘫坐在地上,不一会儿又撕心裂肺地在地上打起了滚。

闻讯后,前前后后气喘吁吁赶来的乡亲们,看着这已完全被烧坏了的房屋,大家也无能为力了,只能目瞪口呆地望房兴叹。盯着眼前的熊熊烈焰,一边跺着脚,一边也一起悲悯地落下了泪水。

【九】

在田里劳作中的妈妈，抬头的过程中，突然看到了远处一股浓浓烟雾正在升起。她估摸着那地方好像是自己村子的位置。于是，就三步并作两步地往回赶。可她万万没有想到的是，一路上远远地望去，那烧着的正是自己家的房子。她始终不相信自己的眼睛，跌跌撞撞中反复地对自己说：

"这不是真的，这绝不会是真的！"

可是等她走到后，事实告诉她——真的是一场大火把我们家的破楼房已烧得差不多了。她天崩地坼般哭喊了起来。在一旁的爸爸看看妈妈来了，用手指着前面那袋上面还在冒着烟的麻袋说：

"快把它拉开点，里面都是谷子啊，不要让它也烧掉了。"

我妈妈顶着余火的炙烤，冲过去奋力地拉起了袋子，可能是力气不够，或许已被吓得力气全无了吧，拉了几下没有拉动。边上一个乡亲忙出手帮上了一把，用力一甩，把它撂在了几米开外的地方。

这时，妈妈冲到了爸爸的身边。惊恐中，扶了扶他已动弹不了的腿，"哗哗"地淌起了眼泪。怔怔地对视了一阵，就抱在了一起，"呜呜呜"地大哭了起来。这凄惨的场景，让一旁的人看了，都情不自禁地潸然泪下……

"这是怎么回事呀，怎么起的火呀！"人群中突然有人问道。

这时，蜷缩着身子正蹲着瑟瑟发抖的一个小女孩，站起身来向大家指着身旁的小男孩说道：

"是他，他说要带我们做烤番薯吃，还去家里偷来了火柴，点燃了放在这里的稻草堆……"

随着小女孩的指点，大家怒目圆睁，把心中的怒火都射向了小男孩。小男孩见到这个场面，更是吓坏了，也"哇哇哇"地哭了起来。

小男孩名叫朱水宝，是村东头大头阿宝的儿子。

大头阿宝的老婆在朱水宝出世的当天，因为产后大出血就撂下他们爷俩自己走了。从此大头阿宝把朱水宝往丈母娘家一撂，一直到了要上学了，丈母娘催得紧，才把他领回家中。丈母娘花了不少的心血，把他儿子朱水宝拉扯到了现在这个模样，没想到的是，他领回了家后，这么小小年纪的儿子，却给自己弄出了这么大的事情。

此时，站在不远的大头阿宝，也看到了小女孩的指点，突然一股怒气不知从哪儿来，猛地冲出了人群，先是用手掌劈头盖脸地给朱水宝来了一阵猛抽，然后厉声问道：

"水宝，真的是你？真的是你点着的吗？"

朱水宝眼泪汪汪地用手揩了一把泪水，又用力向回吸了一下鼻涕，抿了抿小嘴，哭着说道：

"我们……我们……我们只是想烤几个番薯吃吃嘛，没想到连房子也烧起来了。"

听到这话，大头阿宝拽出了小孩堆中的朱水宝，对着大家高喊了起来：

"你这个小死尸啊，今天你真是闯下大祸了，这债我们拿什么还啊！我看只有把你也烧死算了！"

在边拽边喊中，大头阿宝像平日里拘小猪一样，双手分别拘住了朱水宝手和脚，再用力往上一提，真的已准备要把他儿子扔进还未彻底燃尽的火堆里去了。朱水宝见势惊叫了起来。突然听到了惊叫声音，此时，正抱着一起痛哭着的爸爸推开了妈妈，大声喊道：

"大头阿宝，算了吧，这小孩子也还没彻底懂事，再说他也不是有意的，放他一命吧……"

边上的乡里乡亲听后，也上去劝起了大头阿宝。大头阿宝把儿子朱水宝狠狠地摔在了自己的脚下，仍怒火冲天地骂道：

"你这个小死尸，闯下了这么大的祸，还是给我早点死吧，你不死，今后叫我在村子里，怎么抬得起头来做人呀！"

说完话后，他蹲在了地上，双手抱起了头，也呜呜呜地哭了起来。

可是，不知怎么回事，刚哭了个头，他就马上停了下来，并且飞快地站了起来，换了一种神态对大家说道：

"哎，不对呀，我是不是阶级立场有问题啊！这富农的老窠被烧了，我却在这里帮他哭着？"

他瞪大了眼睛向大家瞟了一眼，看着大家没有反应，接着又严肃地向大家大声喊道：

"你们说是不是烧得好，是不是烧得好呀？"

听到了这话后，一旁的人们虽然不敢直接多说什么，但心中都憋上了一股怒气，咬着牙，朝他白起了眼。

他儿子朱水宝听到后，眨起了小眼睛，用衣袖揩了一把鼻涕，一下子停止了哭，很快就朝着他的爸爸——大头阿宝哈哈地笑了起来，握紧了拳头，用力举向了天空，振臂朝着大头阿宝说道：

"爸爸，你说得对，你说得对！"

……

这场火灾持续了好长时间，到天要黑下来的时候，还在气势汹汹地挣扎着。历经了几个小时，那些或明或暗的火星子，还一直在那里闪烁不定，一堆又一堆地努力集聚着力量，似乎还没有烧过瘾似的，在那里还梦想着死灰复燃。

爸爸在这次火灾中摔断了腿骨，但是他强忍着痛，迟迟不愿离开。很多好心的人都来劝他，说道：

"窠已经是没有了，你还摔断了腿，在这里伤心地看着也没有什么用了，你得快去医院看一下哦。"

可是他始终不肯走，他含着眼泪说：

"这是我唯一的窠呀，虽然破旧了一些。现在我的窠也没有了，我还能去哪里呢？"

极度的痛苦中，看着已变成了一片灰烬的房子，看着眼前火灾后留下的一堆堆瓦砾，他感到心正在被一把刀子割着。大家都说他的心已完全碎了。是的，我知道他早已碎得无法用言语来形容的了。

恰在这个时候，一场雨没有一点预兆地到来了。至此，那些或明或暗的火星子，在垂死的挣扎中，才算是真正的彻彻底底被灭了。

可是爸爸妈妈还在原地坐着，在雨中怔怔地望着那一堆堆灰烬，不管谁去劝，谁去拉，还是不愿离开。那种悲伤、凄惨的神态，让所有的人看了都流起了眼泪。

在雨停停下下的间隙中，刚才妈妈出门时看到的那两只屋檐下的燕子，也正伤心地在那堆灰烬上空盘旋着。此时此刻，那凄凉的"叽叽喳喳"的叫声，让这场面变得更加伤感、更加悲悯了起来。

勿搭俫借柴，勿搭俫借米，只搭俫借个地方躲躲雨。勿搭俫借柴，勿搭俫借米，只搭俫借个地方躲躲雨……

这儿时爸爸他妈妈把他抱在怀里时，就开始教他学唱的儿歌，开始在他的耳边不停地响了起来，并且振聋发聩地越来越响着……

但在此时此刻，声音中早就没有了小时候的那种欢快与清纯，有的都是他心中那些说不出的痛与满脸的惊恐。

他呆滞的目光随着燕子上下的起伏，更加迷茫了起来……

【十】

大雨过后,天早已黑了下来。

妈妈一手搀扶着爸爸,一手拖着那袋一小半已被烧焦了的谷子,来到了他们因土改先前已被没收了的家——不远处大头阿宝家的屋檐下,想在此先避下风雨。

早春二月,乍暖还寒。坐了一会天渐渐地冷了起来,寒意开始袭上身来。妈妈对爸爸说:

"我们敲下大头阿宝家的门吧,叫他开下,让我们进去暂时过上一夜吧,等明天早上天开眼了,我再去娘家借借钱看,借点钱来好给你去看病。"

妈妈说完话后开始看着爸爸,等着爸爸的回音。爸爸正一屁股坐在地上,被腿上的痛折磨着,并在咬着牙抚摸着自己的伤处。他可能没有听见妈妈的话,一时没有吱声。妈妈见他没有反应,也没有再多说什么。见状,把那袋谷子挪到了他的背后,让他靠了起来,尽可能地让他舒适一些。放好后,她就直接敲起了大头阿宝家的门,敲了好长时间也不见有人来开门。爸爸说:

"算了吧,他的为人,他的德行你又不是不知道,今晚就在这屋檐下将就一夜吧,等明天我们再找人想想办法看。"

妈妈听后,不知怎么的火气一下子就上来了,说道:

"他凭什么啊?这房子本来就是我们的呀,现在我们没地方住了,叫他开下门,让我们过上一个晚上,也总说得过去的吧?"

我妈妈的心里开始有些愤愤不平。说完话,她又用双手使劲地敲起了门。

敲了一会儿,这回总算"吱嘎"一下门开了。只见大头阿宝从半开的门隙中,伸出头来,吼道:

"敲什么、敲什么!这门是木板做的,敲破了怎么办啊!你们赔吗?"

这时,正待我妈妈要开口,爸爸抢先说道:

"娘舅,外面风比较大,还时不时有雨飘着,我们想到你屋子里面去过上一夜,避下风雨,躲一下冷气。"

大头阿宝一听,先是"呸、呸"地朝门外啐了两口唾液,然后向我爸爸怒吼道:

"娘舅?谁是你的娘舅?脑子不灵清了吧!"

我爸爸听后说道:"是有个把年头了吧,不过我还是很清楚地记得,那一回你要卖田给我时,不是对我说过,我是你的外甥吗?怎么现在又不是了呢?"

大头阿宝一听,嗓门越来越大了,面目狰狞地叫道:

"给我滚开,谁是你的娘舅,我怎么会有你这样的外甥呢?"说完之后,他把头缩了回去,用力把门"嘭"的一下给关严了。

站在门口的我妈妈,被这突如其来的关门声及关门时产生的一阵强气流，给当头一击，一个踉跄，退上了好几步。她站在那里感到非常的无助，蹲下了身子，伤心地看了一眼我爸爸，扭过头独自抹起了眼泪……

天刚蒙蒙亮，也不知是谁家的公鸡，又不停地叫了起来。野外，小草上都挂满了一颗颗小露珠，在微风中不停地摇曳着，像极了一只只夏夜里的萤火虫，在微弱的晨光中一闪一闪的。两条大黄狗一前一后，互相追打着嬉戏而过。

这时，不远处传来了一阵咳嗽声，没过几分钟，就看到细头阿宝带着他有力的脚步声，在向我爸爸妈妈这里跑来。他是早上起来去晒谷场上练拳的。路过这里时，一看到我爸爸妈妈就停了下来，问道：

"你们昨晚待在这里的啊？"

爸爸妈妈只能无奈地朝他看看。

"走，要不先上我家去住几天吧。"他说时迟那时快，一把拉起了我爸爸。我爸爸"啊哟、啊哟"地叫了起来，他问道：

"怎么啦？"

"昨天火烧从楼窗口跳下来时，把腿摔坏了。"我爸爸强忍着疼痛，愁肠百结回答着。

"那快去医院里找医生看看啊。"细头阿宝说道。在说话间他已把身子贴到了我爸爸的前面，背朝着我爸爸说：

"你走不动了吧？来，我背你去医院。"

我爸爸轻轻地推开了他，对他说道：

"阿宝，好兄弟，你的心我领了，可是我不想去医院。"

"为什么不去，不去的话，你的伤怎么好得起来呢?"

"阿宝，家里没钱啊，原有的那几个零钱，这次也被那把火烧了，找来找去没有了。"

"那这样吧，先去我家停顿一下。饿了呢，先弄点什么东西吃吃再说吧。"

细头阿宝说完这话，也没有征询爸爸意见，让爸爸往他背上一靠，背起他就要走。爸爸想了想也没有什么更好的办法，一时也只能这样了，就回过头去对我妈妈说：

"那就听我阿宝大阿哥的吧，暂时就去他家歇歇吧。"

接着又吩咐道："你不要忘了带上这一麻袋谷子了。"

妈妈把两鬓蓬乱的头发往后一撸，弯下腰，用力一甩把谷袋子挪到了肩膀上，伴随着袋子中散发出来的一股焦味，跟在爸爸他们的后面，有些东倒西歪，显得十分吃力地向前走着。

【十一】

"红种！红种！"

细头阿宝把我爸爸一背到家，蹲下后把他放了下来，并让他坐在了凳子上，又转过身把我妈妈肩头的谷袋子给接了下来，然后急切地向里屋喊着。

两声叫后，听着没有反应，他就向里屋走了进去。

"红种"是他老婆的绰号。他有个癖好，平时里只要有空，就会琢磨起村子里的妇女来，根据地上长着的一棵棵品种不一的枇杷树，按姑娘们在他眼中的好看程度，给她们进行了一对一的命名。这个叫"白沙"，那个叫"软条白沙""红毛丫头"，还有那个叫"杨墩"……一长串的绰号，给大家都取了个满满。

他一个一个给取出来后，在村子里叫着叫着也就被叫顺了口，接着大家见面时，彼此都不唤真名了，也跟着他叫了起来。但他是个典型的"妻管严"，对别人家的女人敢那样，对自己的老婆却唯唯诺诺，不敢在她面前多说半句，最典型的是，平日里老婆叫他过东他从不敢过西，甚至也不敢有朝西边看一下的想法。一天晚上，刚睡下后，他老婆问他道：

"阿宝，你这个大色鬼，我看你平时总是用色溜溜的眼睛，在看着我们村里的阿娘们，还给他们起上了什么枇杷名，你说说看，为什么这个叫'白沙'，那个叫'软条白沙''红毛丫头''杨墩'什么的？"

细头阿宝朝着老婆眯眯一笑，说道：

"老婆啊，我是根据她们长得好不好看，来取名的呀。枇杷中最好的是白沙吧，那几个最好看的就叫'白沙'或'软条白沙'，其他的嘛也只能就是'红毛丫头''杨墩'什么的了。"

他老婆听后白了他一眼，用力拉了把他的耳朵，斜起眼睛狠狠地骂道：

"你真是个不折不扣的'花鬼'啦，现在有把年纪了还是花心不改，色胆不减啊！"

细头阿宝被拉痛了耳朵，两脚不停地在空中来回踩着，嘴里还"啊哟哟"叫着。他趁老婆松手的一瞬间，骨碌一下翻了个身，想离得远点不理睬老婆。谁知他老婆又硬把他给翻了过去，点着她自己的脸蛋，对他说道：

"那你倒说说看，我在你眼中是什么品种的枇杷呢？"

细头阿宝喉咙稍微动了一下，可没有发出声音来。其实这个时候他本想对老婆说：

"老婆，你是棵'青癟种'。"但是他一想不对，"青癟种"又青又癟，吃起来虽然甜甜的味道不错，但是看起来不养眼，不是很好，在枇杷中是倒排在后面的品种。所以他就把到了喉咙口的话给吞了回去，机灵的他马上装腔作势地改口说道：

"老婆,你要是真要叫,那就叫'红种'吧。"

他老婆一听,是"红种",一阵暗喜。心想自己在细头阿宝心中的形象还不错啊!口头却装作没有听懂,故意娇滴滴地问道:

"那你说给我听听看,'红种'是什么意思啊?"

"哈哈,'白沙'之后就是'红种'啊,虽然比上不足,仅次于白沙,但是比下还是绰绰有余,排在它后面的还有好多好多一长串啊!"

他老婆一听,心里很开心,马上阳光灿烂起来,一下子倒在了细头阿宝的怀里,用手捏着他的鼻子,说道:

"阿宝,那你今后就叫我'红种'吧,我喜欢你叫,也喜欢听。"

自此以后,细头阿宝再也没有叫过他老婆真名,一到家,总是红种长、红种短的不离口了。你看,这回他背着我爸爸一回家,也就这么不避内外、不改口地叫了起来。

此时,红种还在床上躺着。听到了叫声,连忙起了床,披了件衣服睡眼惺忪地从房间里走了出来,抬头朝细头阿宝问道:

"什么事,一个老早不让人好好睡,叫魂一样叫个什么啊?"

细头阿宝嘻嘻笑了一下,伸手挠了一下头说道:

"家里有没有好吃的东西,船匠阿弟的家昨天烧掉了,他与他老婆到现在还没吃过一点东西,有的话拿点出来让他们垫垫肚吧。"

红种听到后,耸了耸披在肩头的外衣,有些不耐烦地说道:

"凉橱里还有几个蒸熟的冷番薯在,你高兴就拿给他们吃吧。"说完，顾自己回房间又睡去了。

细头阿宝来到了厨房间，用一只碗装上了那几个番薯，很快就拿了出来，递给了我爸爸妈妈，并说道：

"冷的，将就着先吃点垫垫肚子再说吧。"

爸爸妈妈非常感激地说道：

"阿宝大阿哥，不要紧不要紧，能垫饱肚子就好了。真的谢谢了，真的谢谢了。"说完之后就吃了起来。

爸爸妈妈在吃的过程中，细头阿宝看着我爸伤处很痛的样子，伸出手摸了一下，然后问道：

"还很痛吗？"

我爸爸嘴中嚼着番薯，较难发出完整的声音来，他连忙点了下头。细头阿宝说：

"我学的虽然是蛇医，但用中草药治骨伤什么的，我也略懂一些，现在你没钱治又不肯去医院，要不我去给你拔些草药来包包，试试看？"

我爸爸心想：自己已身无分文，没有办法去医院看，要是阿宝大阿哥高兴给我治，那不是太好了吗，于是答道：

"好啊！你能帮我治，那是多好的事啊！"

"那我去召山上拔点草药来给你包包，试试看。"

细头阿宝二话没说，就背上了他的草药袋子，出了门向山里而去。

日头已升在了头顶上。这时，细头阿宝踩着他自己的影子，背着满满的一袋草药回来了。

他先是清理了一下,并用一把刀将那些理好的草药切成了段,然后都放到了一只小小的石钵头中,用一根小小的木槌一阵敲打之后,又把它们捣成了糊状,接着用手把它们从石钵头中挖了出来,捏成了薄薄的一片后,敷在了爸爸的腿伤上。他再回里间拿了件破衣,用嘴咬开了个口子,扯了一条长布条下来,在爸爸的腿上绕了几圈,给包扎了起来。包好后,他又拿起了他的那本破旧的医书,翻来覆去地看了一会儿后,非常认真地对爸爸说:

"这些草药你都不认识的吧?里面有'活榫接'等,是接骨用的,看你这个样子,我又给你加了几味消炎止痛的,书上说是有用的,看看等一下你的痛会不会好一点。"

我爸爸一听,非常感激地说道:

"好的好的,真的谢谢阿宝大阿哥了,谢谢阿宝大阿哥了!"

妈妈在一旁看着细头阿宝已给爸爸处理好了伤口,就对爸爸说:

"你的脚现在不好动了,要不我们就听阿宝大阿哥的,你先在这里待着再说,我呢,去一下娘家,去向我哥哥嫂嫂们要些旧衣服,借点钱等,今后才好过日脚啊。"

爸爸一听,点了下头,同时又开口道:

"要是有可吃的,不管是什么,只要有,也向他们要点回来吧。"

妈妈听过后,同样也点了下头。同时转过身去向细头阿宝说明了一下情况,就暂时放下了爸爸,回她的娘家去了。

【十二】

妈妈带上了一些旧衣服、棉被及好多的食物从娘家匆匆忙忙地又赶回来了。

爸爸在细头阿宝的草药治疗下,疼痛明显减轻了很多。妈妈为他脱下了上身的脏衣服,正在用水擦拭着他的身子。

"船匠阿弟,我看你们要是不嫌弃的话,我家那间放柴草的小房子给你们清理一下,你们暂时先住下来吧。房子烧了,你们也没地方去了,好坏得有个窠啊!再说你还得治疗,走动又不方便,常说伤筋动骨一百天,住在我这里,你呢也用不着来回走了,我给你治疗起来也就更方便。"

爸爸一听,眼睛一下子就红红的,眼泪已在眼眶内打起了转。

连忙说:

"阿宝大阿哥啊,这样当然是好啊!可是我怎么对得住你呢?再说你老婆红种会同意吗?"

"老婆那里我会去跟她说的,你们放心好了!"

细头阿宝这样说着,同时怕爸爸不理解,又补充了一句:

"如今你有难,我能出力就出点力,更何况这只是举手之劳!我能拉的话,理应伸出手来拉你一把啊!"

说着说着,细头阿宝陷入了沉思。

许久,他对爸爸说道:"船匠阿弟,你又不是没听我说过,我从小在外流浪,没有地方住,又没有地方吃。后来又被抓去当了壮丁,与日本人打了几年仗。那一次我们一个班的兵都被俘虏了,被关在一间没有一点光线的旧仓库里。听说第二天都要被拉出去枪毙了。那天晚上,我有幸跟着一个关在一起的上了年纪的、懂拳术的人逃了出来,所以今天还能活着跟你们在一起。

"我们逃出来后,一路上讨饭过日子。没有地方住,没有东西吃,更没有像样的衣服穿。饥寒交迫四处露宿,吃够了苦头。不过自从那时起,我也更懂得了做人的难啊!

"一天,和我一起逃出来的那位老人咳嗽不止,他对我说:'我已得了重病,怕是活不了多久了,但我有一绝技却不能让它失传了。这绝技学好了,就可以帮助那些与我们一样需要帮助的穷人。'

"我一脸虔诚地问道:'是什么绝技啊?没有想到你深藏不露的,还真有神秘的几招啊?'

"老人说:'我不是本地人,是很远很远的深山老林里的人,从小跟着父亲在山里以捕蛇为业。我们抓到了蛇后,会去市场上卖,有了奇异又毒性强的毒蛇,我们就把它放在瓶中,佐以一些中草药，泡在酒里，用于招揽顾客。卖时，先还得来一下拳脚，以昭示我们吃了这些东西，喝了这些酒后，身体是这般的强壮，出手是那样的敏捷，躲闪又是那样的迅即，以此为卖点来吸引过往的行人，让他们停下脚步，停下来了解我们所卖的中草药——蛇与蛇酒。这也就是民间所谓的打拳头卖膏药吧。为此，我从小就跟着我的爸爸学起了中草药治疗蛇咬伤，也习武强身。后来在爸爸手把手地指导下，在我自己的刻苦钻研下，越学越精，有了一门绝技。论武功，我一次对付四五个年轻力壮的小伙子也没问题，我的身手能打到他们讨饶为止。论医治蛇伤，技术更是不得了了，方圆几十里内，当有人被毒蛇咬了，别的蛇医都说没有办法治疗时，不管远近大家都会把病人往我这里抬，来时看上去都已是一只脚踏进了鬼门关的人了，陪着的家人都哭哭啼啼的，几天后回去时，一切复原，又能健步如飞。在老家的一次又一次抢治中，病人与家属都对我感恩不尽的。现在我知道我这个身体已快不行了，在这个世界上也活不了多长时间了，我看你为人不错，你想不想学？你要是想学，我就把它传给你吧，算是我在这个世上又做了一件大好事。同时你要是学好了，下半辈子也可以此为营生，不会再被饿着了。'

"一听这话，我当时就跪在了他的面前，激动地说道：'想学，想学，当然想学啊！'

"停了一下又说：'可是我是个开了眼的瞎子，从未上过学，一个大字也不识，怕学不出山、学不好啊！'

"老头安慰我：'年轻人嘛，只要肯学，肯吃苦，还怕有什么学不成吗？这个不用怕，我可以一边教你识字习武，一边再教你

怎样用中草药医治蛇伤……'

"我连忙更感激地说：'那更好，那更好！'说完后，我也不知从哪里学来的道理，跟戏文里看来的一样，朝他拜上三拜，又朝他恭恭敬敬地叩了三个响头，跪着说道：'师父，我一定会听你的话，好好学习你的这门绝技，将来可以用来帮助那些需要帮助的穷人。'

"从此之后，我就跟着我的师父学字，学医，习武，采药，马不停蹄地忙碌了起来……

"几年后，我师父离开了人世，我也就开始一个人去闯荡江湖了。当时战争频繁，兵荒马乱的，劳苦大众民不聊生。为避战乱我来到了你们唐栖古镇，住到了你们的西太洋村……"

说到这，细头阿宝又朝爸爸看了一眼，更加动情地说道：

"你知道，当年是谁收留了我吗？我又是怎么生存下来的呢？"

爸爸听后，一脸茫然地摇起头。

"是你的爸爸啊！"

"啊，是我的爸爸？"

爸爸朝着细头阿宝露出了将信将疑的神色。

"有一次，一个大热天，我来到你们这里，当时又饿又渴走不动路了，晕倒在了你们村子的路边。正巧被你爸爸看到了，他叫人一起把我抬到了阴凉处，给我喝水又给我吃凉粥，随后又把我带到了村子前的一座破庙里，对我说：'你要是不嫌这地方差，日后就在这地方住着吧。那样也总算是有了个可避风雨的窠了。'于是，我也就安安心心地在那里住了下来。一年后，你们村子里有户原先较为富裕的人家的男主人突然暴病猝死了，留下了他的老婆和妈妈。一到农忙时节，家里那些田，非常需要有个男人来帮着耕种，经人介绍我就去了他们家，给帮起了忙，非常卖力地一茬又一茬种着，以此度日。都说日久生情，渐渐地我与他们家中的小寡妇有了那么点意思，她们母女俩也非常认可我。两个人也常常情投意合地有说有笑的，时间一长被大家都晓得了，都认为我们是很好的一对，都要我留下来。于是，不久我就入赘到了她家。这个家也就是我现在的这个家，当时的那个小寡妇呢，也就是我现在的女人——红种。"

说完这些，细头阿宝如释重负，对我爸爸说：

"这样吧，你呢安心在这里躺着，等一会儿我与你女人一起，去把我家的小柴房给腾空，再去弄几块砖来，给你们在边上垒个小灶头，这样你们暂时也算有个窠了，也算是将就着可以简单地过日子了。"

"这里面呢铺上一些稻草，弄个地榻榻，上面就可以直接睡人了，边上再放张小桌子，可以吃饭，灶台就垒在外面吧，烧起来烟雾腾腾的，这屋子本来就小，放屋内不好。"

手勤嘴快的细头阿宝，就这样迅速地带着我的妈妈，在柴草房中边说边干着活。

一切准备就绪后，他就把爸爸背了过去，放到了他用稻草铺就的地榻榻上。刚放下，外面传来了他家红种急促的喊叫声：

"阿宝，阿宝，有人来叫你看蛇药啦。"

"哦。"细头阿宝听到后，很响地应了一下，并对爸爸说道：

"船匠阿弟,你就安心在这里住着吧,有人要叫我识蛇药,我得过去给人家帮一下忙了。"

细头阿宝走后,爸爸把妈妈叫到了身边,说:

"暂时好歹也有个落脚点了,等会儿把从你娘家借来的那些钱拿点出来,去唐栖街上买只铁锅和碗筷等生活日用品回来吧,也算是我们临时有了个属于自己的窠了!"

爸爸妈妈心情沉重地对视了会儿,然后互相点了点头。

【十三】

一个多月后,爸爸的腿伤已有了明显的好转。他拿着根拐棍,可以支撑着自己走几步了。

由于没有及时得到有效的专业治疗,只是靠细头阿宝这个土郎中给弄些草药包了包,爸爸的腿最终落下了后遗症,看起来腿有点瘸了,虽然不是很严重,但是一瘸一拐,一脚高一脚低的总归有些不便,走起路来看上去明显有些吃力。妈妈见他这个样子,非常心疼,为此事还默默地流过不少的眼泪。

"不要哭,不要哭!现在我的腿不是在好起来吗?要是没有阿宝大阿哥,我们没铜钿治,不知道会怎样哩!说不定连站起来的机会也没有了吧。再说现在才过了一个多月,接下去慢慢地会好起来的。过些时日,就可以下地干农活、替人家修船打船去了。你要相信,我们的日子一定也会慢慢地好起来的!将来,我们一定也会有个真正属于我们自己的,一个像模像样的窠的……"

讲着讲着,爸爸替妈妈擦起了眼泪,妈妈强忍了一下泪水,

朝爸爸点了点头。然后见她咬了咬牙,脸上也露出了一股坚定的神情。她心里在吟:

"你说得对,只要我们一起努力好好干,我们一定会有个属于我们自己的美丽的窠。"

三个月后。

一天,太阳已下山,出门在外的人都开始往家里赶了。鸟儿们也成群结队地踏上了归窠的路。天空中不时传来"叽叽喳喳"的鸟叫声,像是在向大家呼唤着:

"回家了,回家了。"

此时此刻,爸爸一瘸一拐地挑着那满满的一担家伙——修船用的工具,也走在了回家的路上。

平常这个时候,做好了饭的妈妈,都会在他们这个临时的家门口等着他走进家门。今天却一反常态,没有出现她的身影。爸爸放下了担子,往头上撸过一把汗,心里嘀咕起来:

"哎,老婆今天忙什么去了呢?"

等他往边上挪好担子,走进这个临时的窠时,着实让他有些惊呆了,他看到妈妈蜷缩在一个角落里,还在抹着眼泪。

"怎么啦,累了吗?还是身体有什么不适?"爸爸急切地问道。

听到爸爸这么一问,她更是"呜呜呜"地大哭了起来,还倏地站了起来,把头靠在了爸爸的肩头,哭了个不停。哭声中充满了委屈充满了伤感。爸爸被这突然的哭声弄得不知所措,不知道该怎么样做才好,他停顿了几秒钟后,问道:

"到底怎么了，到底怎么了？快说来听听啊！"

爸爸边问边轻轻地拍着她的背，以示安慰。

妈妈抬起头来，一脸泪眼汪汪地朝爸爸指着隔壁的大房子说：

"是红种。"

"红种怎么啦？"爸爸问道。

"红种家今天烧了红烧肉，炉子烧着后不久，她就上了汤调了味让它慢慢烧着，自己出去了。出去时，她心里头想，回来时肉就差不多了，可以吃了。谁知道等她回来时，只剩下个空锅子，不要说肉一块都不见了，就是连汤也一点没有了。于是，她就冲到我们这里，说我们家从没有肉吃，一定是我嘴馋了，她烧着的肉一定是被我偷来吃掉了。我说我们虽然家里穷，但是偷鸡摸狗的事，我们是决不会干的。她不听，就是一根筋认定是被我吃了，还在这里破口大骂了半天……"

爸爸问道："她烧着后自己人不在，出去后会不会被野狗来吃掉了？"

"不可能，她骂过后，我去看过，要是被狗什么的吃了，一定会留有一些痕迹的，但是那里却一点也没有。"妈妈摇着头斩钉截铁地说道。

爸爸听了，边点头边应了一下，然后就安慰起了妈妈：

"别哭别哭，反正我们没有吃，时间长了总会水落石出的。"

妈妈在哭声中点了一下头，就跑到灶头边拿上了个大碗，去给爸爸盛饭了。不一会儿她端着一碗饭进来了。有些怪怪的，这碗饭虽然冒着热腾腾的气，但看上去却有些黑乎乎的，让人一下

子糊涂了起来,这是什么饭——不知道是用什么东西烧的。端到爸爸眼前时,妈妈解释说:

"那天你从楼上扔下来的那袋谷子,虽然一半已烧得发黑了,但是还可以将就着吃,总比没有吃的饿着肚子要强。所以我一把一把地给它的壳给搓了,看上去有些黑不溜秋的,也只能放在一起煮了,与别的搭配一下,我们将就着吃吧。"

爸爸听后,向她投去了完全认可的目光,连忙说:

"好,好,好。"接着说:

"当初我不肯丢了它,坚决要带上它也是这个道理啊!凡村里上了年纪的老人都明白这个道理——'家中有粮,心里不慌'。"

爸爸拿起筷子"呼啦"一下,扒上了一大口饭往嘴里塞了进去,"吧喳吧喳"地嚼了起来,尽管吃起来味道有些异样,脸上却还笑眯眯地朝妈妈说:

"还行,可以吃的。只要我们能吃苦肯干,日子马上会好起来的,等好起来一点后,我们就造一间自己的房子,搭一间完完整整、漂漂亮亮的窠。"

妈妈又点了下头。听着爸爸的这些话后,脸上漾起了一阵充溢着希望、完全信赖的笑容。

"你这只倒灶的屄,又偷吃了我们家的肉啊!这回怕我骂,学聪明了,吃一些,留一些,还把我们家盐钵头里的盐都倒了进去,是想叫我们咸得只能看看,吃不成?"

半个月后,细头阿宝的老婆红种又在那样高着调门朝我妈妈骂着，我妈妈一听想还嘴，可是被爸爸阻挡牢了，爸爸说：

"随她去骂吧，反正我们没有吃她们的肉，就当聋子不听见狗叫吧。她骂多了，自己觉得没趣了，自然就会停下来不再骂了。"

那天不出我爸爸所料，一脸凶相的红种骂了会儿，也确实停了下来不再骂了。

可是好事没有坏事却连连。同样的一幕又在半个月后再次上演了。这回红种却不像上次那样光骂骂人了，而是冲到了爸爸妈妈住的柴房里，把妈妈头发一抓，把她给拽了出来。站在了村子的大路口，跺着脚高声大骂了起来。妈妈面对这样的委屈有点受不了，也就拿出了女人与生俱来的看家本领，放开了喉咙与她大吵了起来。对骂了一通后，一时两个女人厮打在了一起，谁知道红种看上去人高马大，真的打起来，并不管用，被妈妈用力一甩，一下子就摔倒在了地上。坐在地上的她，开始变本加厉地大哭大骂。后来又在地上打起了滚，还两脚贴着地面，不停地来回抽动摩擦着，地上那一层干干的泥土，被磨成了粉，没一会儿就尘土飞扬了起来。阳光下，红种像是一团烟雾，在那里不停地四处弥漫，并向周边看热闹的人群扩散着，大家都抿起嘴护着鼻，向避瘟神一样地四处避开了……

只有平时几个与妈妈关系比较好的女人，听到了这悲痛欲绝的哭骂声，都挥挥手驱赶了一下眼前的尘烟，纷纷探问起了事因，待她们弄清了是怎么回事后，大家都看不下去了，有几个还上前劝说起来：

"红种，算了吧。烧焦了就烧焦了，吃不来了倒掉么好了。下次你再烧肉时自己看看牢，盯着烧吧，不然又会让肉弄没了，或莫名其妙地被放了好多的盐吃不来了。"

"是的呀，红种，回去吧，回去吧，这样哭哭啼啼也没有大用场的，还是回去么好了。"

"红种，你说她到你家的灶间，特意加了柴火，把你家锅内的肉烧焦，不想让你们吃什么的，我看你也没有亲眼看到，所以也不作数的，你要是亲眼看到，亲自抓住了她，那样才可以让我们心服口服，才会相信是她干的，你说是不是？还是回去吧，下次在烧肉时上点心，不要再走来走去了，看看牢点才是啊。"

……

红种在众人的劝说下，哭骂声一时熄了火。其中还有个女人走过去拉了她一把，她从地上爬了起来。那女人还极温柔地用手轻轻地掸了下她屁股上的灰尘。可她似乎没有骂过瘾，或者是想装一下气势，嘴上还在不停地嚷嚷道：

"你这只倒灶的尻，我看你还有多少日子能在我们这里好过，等我家阿宝一回来，一定会要他让你们滚出去……"

天突然黑了下来。闪电一闪一闪，雷声越滚越近。狂风开始大作，一场大雨已在路上。大家纷纷跑着回家了。可是还有几只鸟却在树的枝头，双脚艰难地抓着树枝，扑棱着翅膀，拼了命似的"喳喳喳"地叫着，似欲诉说什么却迟迟不肯归窠。

风越刮越猛，周边的枇杷树和各种果树上的叶子被吹得不停地"哗哗"作响。不一会儿，雨也"噼里啪啦"地赶到了。此时，鸟叫声、树叶被风吹击声、雨声汇聚在了一起，仿佛是一支庞大的联合大军，集体向这里发起了总攻。难道它们也都是在声讨着红种，同时又是在安慰我可怜的妈妈吗？

【十四】

细头阿宝是在当天晚上回的家。

他一回到家,红种就眼泪汪汪,这样那样地向他说了一通家里发生的那些千奇百怪的事。细头阿宝听后眨起了眼,思考了一番,对红种说道:

"红种,你说他们偷吃了我们的肉,又给我们肉里倒进了半钵头的盐,还给我们放了大块的硬柴把肉全给烧焦,让我们吃不来了……这些事你去交涉后,他们又说没有干,你呢也拿不出证据来,我看这样好不好,肉你反正半个月要烧一次,下回你在烧肉时……"说到这,他停了下,然后把嘴巴贴到了红种的耳朵边,叽里咕噜地说上了通。说好后还朝红种探了一眼,像是在问:"你看好不好?"

红种听后朝细头阿宝打量了一番,似乎在想:

"到底是老公,这办法是真当不错啊!"

于是,她没有多说话,默许了自己老公的说法。在老公面前,一时也停止了吵闹。

半个月的时间很快就过去了，有肉吃的日子又到来了。

肉刚烧得香味四溢时，外面走过的路人，吞着口水又开始边走边说道：

"细头阿宝家又有肉吃了，红种真当好手艺呀，烧得特别香啊！这味道让我们的鼻子也闻歪了。"

就在这个时候，细头阿宝家灶间的小门"嘎"的一声响了起来。一个脑门上盖着一张荷叶的小鬼头，往里探了一探，眼睛骨碌碌一转，看了一下四周没有人，就很快地溜了进去。这小鬼头快快地揭开了锅盖，迫不及待地用手抓了一块肉塞进嘴里，手因锅内温度过高被烫着了，不停地来回挥着。嘴巴里一边嚼着滚烫的肉，一边在不停地吹着气。这小鬼头还从头上拿下了那张莲荷的叶子，摊在了灶面上，又不停地往荷叶内放上了好几块肉，正当他准备包起来之时，只听得一声大叫：

"'猪水泡'，你这个小死尸，原来是你在偷我家肉吃啊！"

随着一声大叫，躲在一旁的红种从暗处——橱柜的后面，冲了出来，一把拉住了这个小毛贼：大头阿宝的儿子——朱水宝。"猪水泡"是朱水宝的绰号，因为这小子从小吊儿郎当不学好，所以大家根据他名字的谐音，在背地里都骂着叫他——"猪水泡"。

猪水泡刚被拉住时还想逃，转过头来，在红种手上狠狠地咬了一口。红种"啊哟"一声叫了起来，然后用另一只手拖住了猪水泡的衣服。猪水泡毕竟年纪还小，力气比不上红种，被红种强行拖到了外面，一把摔倒在了地上。猪水泡看看自己逃不掉了，就坐在地上"呜呜呜"地哭了起来。红种拉了他一下耳朵说道：

"谁叫你来偷吃我家的肉的?"

"没有人呀,是我自己这样想的,你们家里老是能吃上肉,我们家里那么长时间了也没有吃过,加上你又烧得这么香,每次我走过村口时就会闻得直流口水,所以走到你家后,怎么也走不过去了,只能想个办法偷偷地来吃点了嘛。"

"以前的几次也是你干的吗?"

猪水泡装出一副可怜相,哭着点了点头,蓄着哭声轻轻地说道:

"嗯,是的。有一次我还用一个塑料袋把锅里的油汤都倒走了。"

此时,红种伸着手,正准备更用力地去捏一下猪水泡的耳朵,想好好教训他一下,让他长点记性。可当她伸出了一半后,不知怎么却像触了电似的猛地抽搐了一下,马上缩了回去。

她怔怔地站在那里,眼前一下子浮现出了这样的场景:

上几次她把肉放在锅里烧着,自己出去后,进了老相好大头阿宝的家门,与大头阿宝在床上"翻云覆雨",正当两人死去活来之时,突然房门"嘎"一声,跑进来一个小孩,这小孩就是眼前的猪水泡。这天,心急的大头阿宝忘了拴上门闩,所以儿子在不知情的情况下闯了进去,他是去向他的爸爸要零用钱的。猪水泡坏了他爸爸的好事,当时就被他爸爸劈头盖脸地大骂了一顿,并且还死死地拉起他的耳朵说:

"记住了,今天的事不准去外面乱说!"

当时,猪水泡做出一副很听话的样子,"哎哟哎哟"地叫着并点了点头。大头阿宝看到他点头之后,就从放在床边上的衣袋里摸出了一张一角头，手中一捏，朝猪水泡扔了过去，并大声吼道：

"弄不灵清的小死尸，快给我滚！"

猪水泡听到他爸爸的吼叫声，就往后退了起来，谁知道让后面的门槛给绊了下，一下子摔倒在了门口。他"哎哟"地叫了下，又骨碌碌地爬了起来，看了下前后，兔子似的跑了……

眼前，猪水泡看到红种愣在那里想着什么，就拉了一下红种的裤脚管，带着哭声向她求饶道：

"我听我爸的，保证什么都不说，保证什么都不说，这次你放过我好吗？"

在沉思中的红种看了看坐在地上的猪水泡，思绪马上从那天与猪水泡爸爸的好事中收了回来，并有些语无伦次地说道：

"早点学好啦，不要像你爸爸那样，整天弄来弄去，东搭搭西拼拼的，从来不学好！"

猪水泡看看红种嘴里虽然念念有词，但已不拿他怎么样了，小屁股一翻，快速地捡起了一块刚才被红种拉出来时从手中的荷叶包里甩出去的肉，不管上面已粘了多少泥土，一把就塞进了嘴里，还来不及嚼，就飞快地向村口方向溜去了。

红种看着眼前跑远了的猪水泡，呆呆地在路口站了好长时间，风把她的头发吹得高低起伏着，像窗帘子一样，挡住了眼睛，她伸手捋了一把，不知不觉中，又陷入了沉思……

当听到了红种又在院子里破口大骂的声音，妈妈又一阵紧张，心里嘀咕着：

"难道红种今天又在骂我了？"

她从睡觉的地方走了出来，随手拿起了一把扫帚，在院子里佯装扫起了地，眼睛却死死地盯着眼前正在发生的一切。听着听着，妈妈开心地笑了起来，因为那么多次被红种扣在自己头上的冤屈，一下子因大头阿宝的儿子——猪水泡在烧肉现场的出现，水落石出了。这下大家终于彻底明白了，以往的肉是被谁偷吃了。

太阳走出了乌云，照在了妈妈的身上，天一下子亮了好多，这天让她感到特别热乎乎的，她说："这天啊，比平时要暖和了好多。"

听到了红种的这些话，妈妈扔下了手中的扫把，忽地想冲出去，可是刚跨出一步就停了下来，毕竟她出生在大户人家，举止上与别的女人有所不同。她心想：现在事情弄清楚了就好了，没有必要再与眼前这个蛮不讲理的女人多说什么了！毕竟，自己现在还是住在她的家里！

此时此刻，天上的鸟儿们正在自由自在地飞翔着，她拿起了手放在了额头，遮挡了一下阳光，目光炯炯地看着它们快乐地飞着。看得出，她是多么想与这群小精灵，一起痛痛快快地聊一聊，说说那么多天来心中的委屈和此时此刻的心情啊！

她想：今天要做几个好一点菜，等老公回来后，一起来好好分享一下了自己的心情。

她跑进睡觉的屋内，双脚一跪，跪在了睡觉的地榻榻上，翻开了直接铺在稻草上的草席，从下面垫着的薄薄的一层稻草中，掏出了一包用一张旧手帕包裹着的东西,打开一看原来是一个钱包。她看了一会儿,还用手在钱上摸了一摸,不知怎么,她又原封不动地放了回去。这里面放着的是自家的房屋被火烧了后,她和爸爸一起省吃俭用、从牙缝省下来的,少得可怜的几张纸币和几十个硬币。

近一年来,他们没有碰过一点点肉,此时一阵肉香好像也在她的脑子里飘了起来,可是她突然对自己说:

"还是能省则省点吧,我们还没有自己的窠,花掉了一块钱就等于少了几块砖啊!我们多需要有一个自己的窠啊,只有这样慢慢地积多了,才可以把我们自己的窠搭起来,到了那时,我们再好好吃上一顿吧。"

她把钱包拿了出来又放了回去,放了回去又拿了出来。如此这般,最后她咬了下牙齿,对自己说道:

"拿吧,只准拿三块,拿三块去买点荤菜来,自己不吃不要紧,得给老公弄点好吃的,让他吃了长力气,好天天出去干活赚钱,好早点把自己家的窠给搭起来啊!"

此时,蓝蓝的天空中飘满了白白的云,红彤彤的太阳使劲地在向大地撒着金色的阳光。光线穿过了各种植物的叶子,把周边的枇杷树、桑树等都照得一片通透。在微风的吹拂下,摇动着的叶子像是一把筛子,来来回回筛着一束束的光线,在地面上,留下了一个个斑驳变化着的亮点。

还站在太阳底下的红种,她的脸忽然一下子变了。不知是被太阳烤炙得有些久了,还是心中突然想到了什么。

村民们七嘴八舌地议论着,其中几个喁喁地说道:

"可能是各种滋味一起涌向了她的心头吧。看,她的脸颊开始变得绯红起来,圆圆的脸蛋也将要变成了一只红苹果了啊。"

【十五】

夕阳西下,暮色渐起。

爸爸收拾好了工具,挑着一担靠它吃饭的家伙,出了东家的门,正向家里走去。鸟儿它们在"叽叽喳喳"地叫着回窠了。他走在一条细长而又弯曲的乡村小道上,脚一瘸一拐的,晚霞把他的影子拉得很长很长。细长影子一会儿在左一会儿在右,摇摇晃晃地伴随着他。

今天,妈妈破了个例,不再像往日那样站在柴房的门口等着,而是从那个临时的窠里走了出来。她来到了村口,在村口的那棵大枣树底下,早早等起了爸爸。

她不时地朝着来路的方向张望,望了几个回合,终于看到了挑着担子,一摇一晃着的爸爸,他正一瘸一拐地出现在远处的路上。她兴奋得跑了起来,上气不接下气地跑到了爸爸身边,对他说道:

"累了吧?来,先歇一会儿。"

说话间,帮扶着爸爸把担子从肩上给放了下来。爸爸放下担子后,用手往脸上撸了把,把刚才挑着担时冒出来的几颗豆大的汗珠给收拾了。趁着爸爸在撸汗水的间隙,妈妈钻到了扁担下,双脚用力一蹲,涨红了脸挑起了担子,气喘吁吁地说道:

"走,我来帮你挑,让你可再歇一下。"

说话间,她踉跄地迈开了步子,一摇一晃向前走了起来。

"哎哟!那怎么行啊!你一个女人家,怎么挑得了这担子啊,这副担子有点重哎。"

说话间他追上一步,一把拉住了勾在扁担头上的那根承重绳,让她停了下来,并对妈妈说道:

"不要装好汉了!看你挑着担子那吃力的样子,那哪行呢?来来来,还是我来吧。"

于是他就从妈妈肩头接过了担子,可能刚压上自己的肩头时,扁担没有放好位置吧,担子的一头往下沉了下去,接着他迅速地耸了下肩,马上调整了前后的距离,担子也就一下子平稳了下来。就这样,在妈妈的陪伴下,他俩一起有说有笑地回家了。

一回到家里,妈妈拿出了早就准备好的那些好吃的东西。

她用一块五角钱买了白切的猪头肉,用五角钱买了卤好的五香豆腐干,又用了五角钱,给爸爸打了一瓶当时在乡村都唤作"枪毙烧"的高度白酒。还有五角她本想给自己买只发夹和买点摸头上的生发油,可是她想了一下,又放回了口袋里。咬了咬牙对自己说:

"我还是将就着过吧,能省一分就省一分吧。"

当爸爸看到了这些他特别喜欢吃且平时在家又吃不到的东西后,他摸了一下自己的头,并把它当作了木鱼,敲了几下。笑呵呵地对妈妈说:"今天是什么日子啊,你从哪儿弄来那么多好吃的菜呀?"

妈妈深情地朝他笑笑,嘴又朝着隔壁大房子里的红种家努了努,开心地说道:

"今天还真是个好日子,她终于还我清白了!"

"这样呀,怪不得你今天这么高兴!总算还了你清白,我听着也高兴啊!那快说来听听吧。"

说着说着,妈妈给他面前的碗里倒上了酒。爸爸拿起了酒碗,开心地往嘴里一倒,一口给闷了下去。这时,坐在一旁的妈妈又给他倒了半碗,并且说道:

"慢点慢点,不要喝醉了。"

"没事,你又不是不知道我的酒量。"

说时迟那时快,爸爸又把手上的半碗酒给喝了下去。

一碗半下肚,他的话自然就多了起来。他说东道西地嚷了好一会儿,虽然比不上细头阿宝的"大头天话",但是妈妈还是听得津津有味,看她两只手撑着下巴,靠在桌子上,目不转睛。趁爸爸停下来的间隙,妈妈对他说道:

"马上又要发蚕种了,我看今年我们的桑树长势不错,桑条一根根粗壮有力,叶子长得大而厚,就是没有房子可以给我们来养。我们是不是在自己的枇杷地里,用稻草编一些草片,搭上几间草棚,用来养蚕?那样我们又可以增加一些收入了。"

爸爸听后点了下头,说道:

"大家都在说,今年的桑树确实是长势不错,是可以多养点。前些日子,我白天在家里干活的时间也不多,具体情况不太了解，要不等一下吃好晚饭，我们一起再去地里看看，估摸一下今年到底可以养活几张蚕种，还可以借此机会，学一下现在的小年轻，浪漫地在月光下一起走走。"在他说到后半句话时，还含情脉脉地向妈妈伸了伸舌头，调皮地做了个鬼脸。

"接下来家里要特别忙的一段时间里，我可以把我的主要精力都放在家里，把我们家里的养蚕和采枇杷等活做好，那样一个'蚕杷'过后，就可以有不少的收入了，这样也就可以把我们家的窠早日搭起来。"

爸爸向着妈妈言辞恳切地谈着，妈妈一字不落、聚精会神地用心听着……

【十六】

　　晚饭后，爸爸和妈妈一前一后出了门。穿过了大片大片的枇杷林，那块一望无际的桑树地就出现在了他们的眼前。月色朦胧，眼前都是黑不溜秋的一团。微弱的月光下，茂密而影影绰绰的树枝，一团一团的，一副阴森森的样子。只有树枝上的叶子，在晚风的吹拂下，摇头晃脑、时不时轻轻地发出"沙沙沙"的声响。

　　白天里看上去绿油油的这片地，此时早已褪尽了色泽，变成了黑白电影的画面，都呈现着一个色调——土色。没有了深浅，失去了色彩应有的层次感。树枝在风中不停地摇曳着，时不时会打到走在前面开路的爸爸脸上。爸爸一手挡着随时会拂来的枝条，一手拉着妈妈的手说：

　　"还真有点后悔，刚才没听你的话，为了省几个油钿，没有把那个带防风玻璃壳的洋油灯给带上，现在走起路来还真的有些不方便。"

　　走着走着，突然间他们听到了前面有个怪异的声音，他们放慢了脚步，仔细地听了起来。

"嗯，嗯，嗯……快点、快点……我要、我要！我要……"恍惚间，前面又传来了一阵接一阵女人的怪叫声。

他们心里一阵发毛，手拉得更紧了一点，有些胆小的妈妈轻声问道：

"这么晚了还会有谁在这里，难道我们真的碰上什么大头鬼了？"

"不可能的，会不会是我们自己听错了？"爸爸答道。

他们停下了脚步，蹲了下来。妈妈拉了拉自己的耳朵，又仔细地听了起来。但是确确实实又听到了一个女人的声音，而且那声音比刚才听到的更撩人更不堪入耳。天不怕地不怕的我爸爸心里嘀咕着：

"这到底是怎么回事？"

于是，他半匍匐着向前挪进起来，前进了几米后，他终于听清楚了那个女人的声音。其实那声音是细头阿宝家的女人红种的。他擦了擦眼睛，虽然是在黑夜下的桑树林中，但他还是隐约看到了眼前黑乎乎的一幕：此时红种正与大头阿宝紧紧地抱在一起，在一条铺上了干干的稻草的地沟里，拼了命似的打着滚……

他被眼前的这一切惊呆了。他差点发出惊叫声来。他压了压嘴，就向妈妈蹲着的地方退了回去。就在这时，妈妈因为黑不溜秋的一个人蹲在那里，更显得害怕了，看看爸爸还没回到自己身边，就不顾一切地惊叫了起来。这下，正在寻欢作乐中的大头阿宝听到了这叫声，推了一把红种，轻轻地说道：

"红种，不对啊！桑树地里好像有人，我刚刚听到有人在喊叫的声音。"

"你在讲什么'大头天话'呀,这个时候桑树地里还会有人?有你个大头鬼啊!"

红种这样说,同时也不再理睬大头阿宝的话,再一次非常投入地抱紧了大头阿宝,呻吟声越来越急促。

"不对,真的不对,这里面真的有人在!"

大头阿宝一把将红种从自己身上给推了下来,胡乱地摸到了自己放在一旁的裤子,手忙脚乱地自顾自穿了起来。红种却不无伤心地骂了起来:

"你真不是个人,自己爽快过了就好了,就把人家给推了,也不顾及一下我的感受。"

在红种的骂声中,远处的叫声又响了起来,并且比刚才又响了些。这一下红种也听到了,她听到后全身一阵抽搐,仿佛像刚被切下了头的青蛙一样,双脚抽搐着,嘴里发生无法控制的"吱吱"声。大头阿宝极快地伸出了手,捂着她的嘴一脸严肃地低声训道:

"不能叫,你要是叫起来,让人家都听到了,辨别出了你是谁,那不是不打自招了呀?"

红种的嘴被大头阿宝用手掌严严地封着,讲不了话,只好生硬地朝大头阿宝点了一下头。此时大头阿宝放下了他的手,指着旁边一团黑乎乎的衣服,朝红种轻轻地哼了一下。意思是叫她快穿起来。红种的嘴被放开后,一时感到了有些不适,正在深深地吸着空气。听到大头阿宝的话后,就心领神会地边穿衣裤边问大头阿宝道:

"阿宝，刚才我们的好事，会不会被那个发出叫声的人听到了或看到了？"

"很难说呀。现在我想我们偷偷往那发出声音的地方溜过去一下，看看那人到底是谁？刚才他要是真的看到了我们在做的事，一旦被说了出去，传到你家细头阿宝耳朵里，那我们不是早晚也得完蛋啊。"

"啊，原来是住在你们家柴房里的那个船匠阿根与他的老婆啊！"

大头阿宝拉着红种的手，向着发出叫声的地方移动，在桑树底下艰难而又缓慢地移动了一段路，蹲在那里仔细地观察起了周边一会儿后，突然惊慌失措地向红种说道。

"什么？是船匠阿根他们？"红种追问道。

还没等大头阿宝回答，红种接着又问道：

"这个时候他们来这里干什么？"

"谁知道这两个'大头鬼'来干什么呀？会不会是我以前痛骂了他们，他们一直记恨在心？会不会不久前你老是与他老婆吵架，他们特意要来捉我俩奸的？"

"那怎么办呢？"红种瑟瑟发抖地问道。

"还能怎么办呢？三十六计走为上。走，我们快走吧！"

说完话，大头阿宝拉着红种的手，朝着林子的另一端，蹑手蹑脚地走了过去……

【十七】

天刚开眼。

"喳喳、喳喳……"几声清脆的鸟鸣从村前的那颗大枣树上传来，打破了小村的宁静。

一只喜鹊停在一个尚未完工的鸟窠上面，向另一只喜鹊深情地诉说着，而另一只则衔着一段小小的树枝条，拼命似的向鸟窠俯冲下来……

一天接着一天，这里的鸟窠从无到有；一天又一天，这里的鸟窠渐渐地多了起来、高大了起来。并且，在日积月累中正逐渐变得完美起来。那只飞来的喜鹊把树枝精心地放在了鸟窠上后，也立即"喳喳，喳喳"地向另一只回应了起来，这声音充满了激情与温存，似乎在说：

"亲爱的，谢谢你的鼓励，谢谢你的鼓励！让我们再一起努力吧！"

话音未落，它们一同扇起了翅膀，又飞向了远方。

此时，爸爸似乎与它们在比着什么，也每天在这个时候就出发了。他要么挑着担子早早地给人家干活去,要么去自家的田地里辛勤的劳作一会儿。每当走过这里的时候,他都会在一声声的鸟鸣声中,抬起头来看一下这鸟和它们做的鸟窠。他会会心地朝鸟儿们笑笑,嘴巴还一动一动的,看他的神态,仿佛是在说:

"呵呵,不简单啊!过了个晚上,窠又变高变大了!我得向你们学习,要与你们一样好好努力,把我家的窠也一点又一点地垒起来,一步步地弄漂亮,并且也要搭得又高又大哦。"

当他想到这儿时,走起路来的劲儿就越来越足了,跨出的脚步也越来越大、越来越充实有力。

每当阳光开始照在大地上,村子里零零星星的人们,正要从家中出门去地里干活时,爸爸早已披星戴月地干了好长好长的时间,不管是什么季节,大家总会看到他,全身都大汗淋漓地劳动着,那股投入的劲让村子里的所有人都自叹不如……

每天睡觉前,爸爸总不忘对妈妈说:

"只要肯付出,总会有收获的,虽然以前的窠被烧掉了,但是,窠用不了多少时间我就会搭起新的来的……"

在几棵枝叶繁茂、硕大无比的枇杷树下面,爸爸与肚子渐渐隆起来的妈妈一起,用一根根小竹子把一束又一束稻草编在了一根根竹竿上面,又编成了一片片草扇,然后又把草扇一片接一片地盖在了一个用大竹子搭起来的屋架上。

今天,一间简易的草棚房子经他俩几天的努力终于胜利完工了。妈妈高兴煞了,用一种激动得颤抖着的声音对爸爸说:

"真是太好了,他爸,这下我们也有了个养蚕的地方了,今年要是能来个'蚕花廿四分',到时还有卖枇杷的收入,加上已有的那点积蓄,明年我们就会有个真正属于自己的新窠了。"

妈妈说着说着,脸上露出了久违了的笑脸,她朝着这草棚欢快地笑了起来。

"蚕花廿四分",这是一句在我们唐栖蚕乡盛传的充满吉利的口语。"蚕花"是蚕桑生产的代名词,又是蚕农祈盼蚕茧丰收的惯用语。"廿四分"是一个象征丰收的数字。据说蚕的一生要蜕四次皮。每蜕一次,叫作"一眠",经过"头眠""二眠""出火""大眠"之后,便要上山作茧。每到"大眠"时,蚕农要把"眠蚕"过秤记数,待到采了茧子再次过秤进行计算。如一斤"大眠"蚕采一斤茧子,就叫"一分蚕花",若能采到十分以上就算是相当好的收成了。所以"蚕花廿四分",便成了蚕农寄托美好心愿的一句口头讨彩用语。

"他妈,我看今年头蚕就养三张种吧?这个季节外面修船打船的活刚好是淡季,我可以在家好好地把蚕儿们给侍候好,争取养出个'廿四分'。"夜晚,半躺在床上的爸爸在发出了几声咳嗽后,对一旁的妈妈这样说道。因为明天早上天开了眼后,他就要跑上老远的路,去余杭镇上的蚕种场里,买蚕种去了。

"我看就两张或两张再添二三成吧,今年我肚子里怀上了,帮不了你多少忙,你只能一个人忙里忙外的,养得太多了,怕顾不过来吧。"

"那么这样好了,我们就去买两张半吧,我就好好地养着这些蚕宝宝,努力养它个'廿四分'。"

那天晚上,他们谈了好多好多……

谈话间,妈妈把席子的一角翻了起来,又从席子底下的稻草中掏出了那个旧手帕包着的钱包,放在棉被上,小心翼翼地打了开来,把那几张纸币点上了好多遍,然后把那些硬币按数值大小分别十个一叠,高高地叠加在了一起,好了之后,又清点了两三回。她伸出了一只手,一边掰着指头,嘴中一边"一、二、三、四、五"地数着,然后十分开心地朝爸爸嚷道:

"满这个了,已有五十了。"

爸爸笑哈哈地点起头,说道:

"把明天要买蚕种的那些钱准备好吧。"

妈妈指了指已放在了一边的旧棉袄,说:

"白天时,我给你在旧棉袄里面新缝了个口袋,那些钱已缝在了里面,你要用时拆开拿出来就是了。"

说完话,妈妈把旧棉袄拿到身边,给爸爸具体交代了缝口袋的位置。然后又东拉西扯起东边有家的砖多少一块、西边有家的瓦多少一片来,谈着谈着,可能有些累了,不知不觉中,爸爸靠在床头睡着了。此时,只见妈妈从自己已脱下的裤子中,抽出那长长的布条裤带,在上面一连打上了五个结……

天还没有开眼,妈妈就醒来了。这时爸爸早就不在家了。她也骨碌一翻,爬了起来。走到土灶头前,拿出了三支香点了起来,然后朝天朝地又朝内外各拜了三拜,嘴中念念有词:

"天上菩萨,地上菩萨,各路神仙和家里的祖宗,求你们保佑我老公今天买到好蚕种,今后日子风调雨顺,让我们能养出个

'廿四分'，有个好收成。"

她一连念了三遍，念完后就把香插在灶边的地上，然后拿了些粉状的生石灰和木炭，挺着肚子一摇一晃地朝着枇杷树下昨天刚搭起来的那间草棚而去。她说她要用石灰粉先去把那儿消一下毒，然后生上炭火，再把里面弄得热乎乎的，等爸爸回来了，就可以把蚕种直接放到那里去了，也能让蚕宝宝们热乎乎地在那里安上家……

【十八】

初春时节，乍暖还寒。这天啊说冷就冷，说热就热。在我们这块江南少有的湿地上，这个季节的天气时常像三岁半的小顽童，总是有些喜怒无常。

因路远，爸爸选在了天没开眼时就起床出发了。

身上穿了昨晚妈妈给准备好的那件旧棉袄，他为了保暖，出门时还在腰间捆上了根布条搓成的绳子。为了安全，昨天晚上妈妈给他在旧棉袄里新缝了一个衣袋，已把买蚕种要用的钱妥妥地放在了里面。但是爸爸还是时不时地会用手去摸一摸，生怕一不小心就把随身带着的钱给弄丢了。

绕过了一个鱼塘，又走过了一座长长的石桥，走着走着，走上了一个形似面包的小山坡，他看到了前面山坡上有一棵大树，树上停着好多的老乌鸦，其中一只还突然对着爸爸"哇哇"地叫了起来，这叫声听着让人有些毛骨悚然。他挥动了一下手臂，跺起了脚，嘴里"去，去，去"地喊了几声。可是那乌鸦没有一点要走的样子，反而朝他叫得更起劲、更响了。他看到路边上有几块小石头，就弯下腰捡起了一块，朝那乌鸦掷了过去。这时乌鸦飞了一下，可很快又停回了原地，又朝他不停地叫了起来。爸爸的脸突然沉了一下，但是因为要去买蚕种，只是"呸，呸，呸"地朝乌鸦吐了三口唾沫，然后也就来不及多想，只管自己赶路了。

旧棉袄的背上，已有几个平日穿着时，不小心被什么尖锐的东西给勾出的小口子，翻在里面的白色棉花早已露出了头，特别是手臂上那个比较大的破口，像是开着的洁白花朵，在晨风中，在老乌鸦们一阵一阵不停的叫声里，一路一闪一闪地，仿佛成了一个特殊符号，仿佛是要戏剧性地向路人诉说什么……

已过中午时分，买好了蚕种，在西溪大塘上走着回家的爸爸，肚子已开始叽里咕噜地叫了起来，为了省下钱，他舍不得为自己买点吃的。他抬起头看了一下太阳，估摸已是下午一点多了，口也感到有些干巴巴的。此时前面正好有户人家，他想进去讨口水喝。原来这是个开在三岔路口的小吃店，供路人休息和就餐。很多的人坐在那里一口面包一口水地吃着，他上前去问老板道："老板，能给我碗水喝吗？"

老板先是朝他白了一眼，然后说道：

"我们是一碗水两个包子一起卖的，你以为我们的水不用钱的呀，我们的水也是用钱买来，然后再用钱烧开了的。"

爸爸动了一下嘴皮子，可能是想说什么，可是最后没有说出声来，他很无奈又坚毅地走出了小吃店。走过小店转了个弯后，他眼前一亮，一眼就看到了哗哗哗流淌着的溪水，他摸了一把放在胸口的蚕种，走到了河滩边，伸出了双手，拼在了一起，弯曲了一下手指,把手当作一把水勺,伸向水里舀起了水。接着他迫不及待地放到嘴边,"咕嘟咕嘟"地喝了起来。一喝水他感觉到自己又身强力壮了起来。然后两手往旧棉衣上一擦,把手上的水珠给收拾了一下,再次摸了一下放在心口旧棉袄内的蚕种,立马起了身,又快步往家中赶了。

"他妈、他妈……"

当爸爸买回蚕种,双手捧着,往简陋的草棚内走进时,不停地喊着妈妈。走进后,他先是感到一阵热热的,然后是一股呛人的石灰水与烟雾的混杂味一起扑鼻而来,他一眼就看到妈妈已躺在了地上,于是马上叫了起来,见她没有反应,他就放下了拿在手上的蚕种,驮起妈妈,双脚一高一低地向卫生院跑去。一路上他还在不停地叫着妈妈:

"他妈,醒一醒,醒一醒哦,你千万不能睡着了,千万不能睡着了啊!"

可怜的爸爸哦,一瘸一拐地背着妈妈,在这高低不平的枇杷林中、弯弯曲曲的乡间小道上奔跑着,他心里一急后,越是踩不稳脚步了,摔倒了爬起来,爬起后又摔倒。把自己头上摔出了几个大大的包后,流着一脸的血,总算把妈妈背进了医院。

躺在急救室病床上的妈妈,通过医务人员的一番急救后,有了明显的好转。爸爸还是一脸紧张、急切地向医生问道:"医生,人怎么样啊?"

"还好,你送来得早,看来生命是没有问题了,但是肚子里的小孩我们不敢保证有没有问题啊,毕竟那么长时间缺氧,很难说今后会不会对小孩的大脑及身体的发育会产生什么样的影响。"

爸爸一听到医生这话,就"呜呜呜"地哭了起来,一旁的护士白了他一眼,朝他大声嚷了起来:

"哭什么啊?一个大男人还不赶快去交钱,却在这里哭。快去交钱吧,交了钱后才能让医生给好好治啊。"

听到护士的一番话后,爸爸的哭声戛然而止,抬起了头,用手粗粗地撸了一把头上的血和眼泪,朝护士连连点起了头。

回到临时住的家中,爸爸掀开了地榻榻上的那条破席子,在稻草里摸来摸去地找了好长时间,因为这钱包平时是妈妈在管在放的,他虽然知道大至位置但具体位置却不太清楚。当他把那个旧手帕包着的钱包拿在了手里后,脸上的表情不停地变化着。起先看起来要用这些钱了,一脸的心痛,但是想到了医院中的妈妈,这实在是没有办法的事,他咬了咬牙,又迅速地带上它走出了家门,一瘸一拐地直奔医院而去了。

"哐当"一声。

当我爸爸把那个旧手帕一解开,通过收银台的小窗口,往医院的收银员面前一丢,收银员慢慢地抬起了头,斜乜了爸爸一眼,有些傲慢,并且嗲声嗲气、慢条斯理地说道:

"就那么几张大的,其余都是角与分呀?这要数到什么时候啊!"

"同志,你帮帮忙,行个好吧,我家里的钱都在这儿了!"

爸爸看到收银员一副拒绝收的态度后，把头伸进了那个收银专用窗子的小开口里，分贝很大地对收银员央求起来。

这时，边上走来一位干部模样的人，他穿着白大褂，方头大脸，头发倒梳着，他拉拉爸爸的衣角说：

"同志，同志，你这是在干什么？"

爸爸感觉有人在后面拉他，头从小窗口中缩了回来，朝后面很不耐烦地瞥了一眼，气势汹汹地说道："关你什么事？"

"你有事好好说，好好说，不要把头伸进去，喉咙梆梆响，跟吵架一样。不要急，不要急嘛。她会给你办好的。"那干部模样的人态度十分友好，笑着对爸爸说道。

在一阵"好好说，好好说"中，爸爸仔仔细细地打量起了面前站着的这个人，并向他诉说起自己的事来。说完后爸爸再透过窗口向里看时，收银员好像也是在听到了外面"好好说，好好说"的声音后，早已在数着爸爸的那包钱了。爸爸心里"咯噔"一下，摸了一下脑袋，心想：

"这人是谁呀，连声音也这么厉害啊！一句话也没对里面的人说，人家只是听到了他的声音，就起了这样大的作用啊！"

他又回过头，再次看向了渐渐走远了的那个人，喉结一闪，内心情不自禁地冒出一句：

"这世上还是好人多啊！谢谢你，谢谢你了！"

其实，爸爸真的该好好谢谢他，是他把妈妈从死神的手中夺了回来。爸爸当时看到妈妈那个样子后，只是一个劲儿地哭，他当时并没有注意到，就是刚才眼前的这个人，亲自动手救了妈妈一命！当看到爸爸这副心急如焚的样子，又是他给了爸爸一个强有力的声音支撑。好长的时间里,对他,爸爸的内心都是道不尽的"谢谢!谢谢!"

收银员数清了钱,跟我爸爸核对起了数字来,说道:

"要不是我们院长刚才在外面那样说了,我才懒得给你几角几分地数呢!"

"啊?他是你们院长?"

收银员听到爸爸的一声感叹后,朝爸爸轻蔑地说了句:

"当然是啊!难道不是他,是你!"

爸爸听后,"哈哈"地一笑,还摸了下头,"这、这……"地挡了几声,然后也没有再与收银员多说什么。

交好钱来到妈妈的病床边,看着妈妈虽然还很虚弱,但其他一切都已恢复了正常,爸爸终于松了口气,扯了一下妈妈两肩膀边的被角,压实后朝她关切地问道:

"好些了吧?"

"好是好多了,可是又花了不少钱吧?"病中的妈妈对自己花了家中的那些积蓄非常内疚,且十分心痛地问起了爸爸。

"不要想那么多,只要你人没事就好了。钱嘛日后我们还可以挣的。"

"唉,没想到会这样!"妈妈叹了声长气,眼泪汪汪中朝爸爸喟叹道。

两天后,在妈妈的强烈要求下,爸爸带着她出了院。因为她知道,再住下去,又要欠下医院一大笔钱了。

出了院,爸爸又把她背到了他们临时住的,也就是前面说的细头阿宝家的柴房内,让她躺着休息,除了吃饭时间会来照顾她一下外,爸爸自己没日没夜地忙起了养蚕的事来。

妈妈躺在医院时,心里就记挂着钱的事了,所以一到了暂时的家,也就马上在席子底下翻起了她的钱包,想着看看这次治病到底用去了多少钱。拿出来一看,里面空空如也,连一个硬币都没有了,伤心得流起了泪水。她喃喃地对自己说:

"千不该,万不该啊,这个时候,我怎么生了这么重一场病呢,一下子花光了家里的积蓄,让我们日思夜想的那个新窠,又不知去哪儿了呀!"摸过了一把眼泪,她突然又记起了什么,拉出了腰带,滴着泪,把上面打着的五个结用手指颤抖地、缓慢地一一给解了开来。

日子又过去了几天。一天傍晚,吃晚饭时,妈妈对爸爸说:

"刚才我出去走了走,听村子里的人说,这两天里,又有两人得了与我一样的病,被送到医院去抢救治疗了。"

我爸一听,点了一下头,说道:

"嗯,是这样的,我也听说了,不知道怎么又会这样啊!"

第二天快到中午时,红种在她家的院子里又开始破口大骂起来:"你这只倒灶尸,怪不得以前你们总是个倒挂户!生了这种病还住在我们这里不肯走啊!村里已有两个人被你传染上了,你的心真是好毒辣啊,是不是想叫我们也跟你一样,得上病啊!"

妈妈起先是没有听懂红种到底在骂什么,当红种走出院子,在村口对过来过往的人大声地、反复地说着这件事时,她终于明白了原来又是在骂自己啊!接着,听红种又在向大家说:

"住在我家柴房里的那只狐狸精，她生了传染病了啊，这几天村里已有好几个人被传染上了，大家要记得，千万不要再与他们一家人交往了啊，还记得几年前的那场瘟病吗？看来又要卷土重来了！"

众人一听，都开始毛骨悚然了，并齐声发出了惊愕的一声：

"啊，原来这样啊！"

于是大家纷纷落荒而逃起来。

几年前的那场瘟疫，真的是太恐怖了。那个凄惨的场景，至今仍烙在村民们的脑海中，让大家心有余悸，有谁还敢不用心地去应对呢……

事已至此，妈妈在红种和一群女人们的一阵阵吵闹和骂声中，被爸爸接到了养蚕的草棚里，从此开始了他们在草棚里吃住的生活。村子里的所有人，看到他俩后，都会像避瘟神一样地避起他们来。可是面对这一切，妈妈却对爸爸说：

"他爸，不管好坏，我总算回到了我们自己的家了！虽然还只是个草窠，今天心里却特别的踏实，真是应了一句老古话——'金窠银窠，不及自家草窠'！"

"叽叽喳喳，叽叽喳喳"，几只燕子正在我爸爸妈妈草棚边飞来飞去地叫着，不一会儿还越来越多了，一时热闹非凡起来，爸爸听着听着似乎感到它们是在对自己说：

"朋友，看到你们那么孤零零的，不用怕，还有我们在哟，我们大家都来陪你们了。"

爸爸抬起了头，专注地看着它们，耳边又一次响起了，儿时他妈妈教会了他的那首儿歌：

勿搭傺借柴，勿搭傺借米，只搭傺借个地方躲躲雨。勿搭傺借柴，勿搭傺借米，只搭傺借个地方躲躲雨……

他反复吟唱了几遍。
"喳喳，喳喳喳，喳喳，喳喳喳……"
沉浸在儿歌声中的爸爸，又突然被一阵喜鹊声唤过神来。他抬头向枇杷林中望去，那棵特别高大的树上，有两只喜鹊衔着树枝，在此选好了位置，正忙碌地搭着它们心爱的窠……
看着鸟儿那红红的流着血的嘴巴，还有听着让人激励的叫声，这一幕动人的场景，让爸爸感到有些无地自容，甚感对自己家中的窠更是责无旁贷。他嘴里又突然情不自禁地冒出了一句：

金窠银窠，不及自家草窠。金窠银窠，不及自家草窠。金窠银窠，不及自家草窠……

他反反复复地念着这句已在当地流传了千百年的民谣，念着念着，他憨厚地"呵呵，呵呵"笑了起来，他对自己说：

"虽然'金窠银窠，不及自家草窠'，我们常常给自己找来借口，慰藉一下自己的心。但什么才是真正的'金窠''银窠'或'草窠'，人们心里也各自都有一本账啊！这里面也应验了一句老古话——癞痢头的儿子，自己的好。同时，这也有点鲁迅笔下阿Q的影子在。不过人也不能老躺在那里不动呀，我得把我家的'草窠'

给搭得像模像样，符合一家人心中想要的那个模样啊！"

想着想着，他列出了家中眼下急着要干的事，面对要干的那一摊子的活，他二话没说，一把撸起了袖子，绾起了裤脚，坚毅地对自己说：

"走，马上走。我得加倍地加油干哦……"

【十九】

天渐渐地热了起来。

一天中午,村头那棵大枣树上的鸟窠边,几只鸟正在拼了命地撕咬着对方的羽毛,不知道它们是为了爱情还是为了争地盘,一场"战争"正在激烈进行。一根根绒毛在树林中,随风飘荡起来,一如战场上的硝烟,四处弥漫开来。边上另一棵树上,一群群鸟儿瞪着大眼睛,不时发出了一阵接一阵"叽叽喳喳,叽叽喳喳"的叫声,像是在对"战事"发表议论,更像是在劝说大家:有事好好说,有事好好说……

这世界有时很简单,让人一目了然,有时却很复杂,转上七弯八弯,还是让人晕眩,不知其然。很长很长的时间里,很多的人也只能看到其神秘的一隅……

"你这个死鬼,这么长时间了为什么不过来看我啊!"

当红种看到大头阿宝头也不转地从自家门前走过时,她拿了一把锄头,追了上去。她拿锄头追上去并不是想去打人的,而是用来遮人耳目，给人一种是去地里干活的样子。等她一追到大头阿宝屁股后头时，就这样放开嗓子骂了一声。骂好后，她又贼头贼脑地看了一下四周，生怕被别人看到或听到了。

大头阿宝听到骂声，回头一看，原来老相好红种正紧跟着自己走着，而且手中还拿了把锄头，心中不免一阵惊慌，暗自思忖着红种是不是来找自己算账的。他想：自己自从被那个叫白沙的女人勾走了魂之后，连连发起了一波又一波的"穷追猛打"……但是白沙却没有表现出一丝的好感，反而离自己越来越远了。她一看到自己，就会像避瘟神一样，远远地避开自己，再也没有给过自己一次接近的机会，甚至连一个可以开开玩笑的场合都不给。

那些天，也就是他不再去见红种的日子。他天天躺在一块微微高起的小土包上的草丛中。这小土包就坐落在白沙家的大门前。他睡在那里，醉翁之意真的不在酒，而是他太想看到让他心动已久的女人——白沙。他油腔滑调地自言自语道：

"这样或许能看到白沙出门，能偷偷地跟在后面，然后可以伺机搭上一会儿讪，可让自己过一下嘴瘾。还可以利用好这机会，再次向白沙表白一下自己的'一腔热血'。"

可是机会迟迟没来。

一连在那里躺了好多天，他却始终没有看到过白沙的影子。倒是白沙的家门前时常会有几个看上去不三不四的男人，在那里鬼鬼祟祟地游来荡去，还时不时往白沙的家里东张西望一番。他朝那里盯了一会儿，带着血红的眼突然给自己找到了一个理由，对自己说：

"这也正常啊！自古就有'寡妇门前是非多'一说嘛，更何况像白沙这样集'沉鱼落雁、闭月羞花'之女人，她的门前出现这样的事，自然也就不用多说了。"

这也为难白沙了，自从几年前家里的男人突然发病，残酷无情地把她心爱的老公从自己的手中给夺走后，只留下了自己和婆婆。你说在农村，一家的活没了个身强力壮的男人撑着，那这日子怎么过得下去？你说有多难就有多难啊！特别是田里地上那些需要男人才能干好的活，更让婆媳俩时时为难着。

细头阿宝是个热心肠的人，家与白沙家又离得近，再说追踪溯源，他们两家祖上又是同族人，往前推两代，都是一家亲兄弟了。所以也应了一句老古话——远亲不如近邻，白沙家一有什么事，她婆婆总会跑到细头阿宝家商量，要紧关口，总会想着要细头阿宝去帮个忙什么的。细头阿宝自然也非常高兴，因为这意味着可以与自己心中的白沙美女一起干活了。他曾私下里与人说："只要白沙在自己身边一出现，不知道为什么，那干活的劲总是用不完了，而且从不觉得累。"

一天，红种烧好了晚饭等着细头阿宝回家吃，可是细头阿宝到了天黑了很久才回来。红种自然没有一副好脸色给他看，非常生气地说道：

"是什么激情让你这样起早摸黑地替人家干着！我看你在自己家干活时也没有这样卖力嘛，不会是被白沙这只狐狸精给迷住了吧？"

这种时候，细头阿宝就把捧在手里的饭碗，用碗底重重地往桌子上一击。"嘭"的一声之后，他双眼暴突，借声用压倒一切

的态势,拉高了嗓门朝红种反复吼道:

"你在说什么啊!为什么脑子里总是那些乌七八糟的东西啊!不能往好的地方想一想啊?"

可红种其实是个欺软怕硬的软壳蛋,随着这一阵大吼,自然就没了声音,明知道这里面藏着什么,不会也不敢再与细头阿宝多说什么了。这是细头阿宝经常拿来对付红种的绝招,他深知红种是个欺软怕硬的女人,每当她在自己面前喋喋不休、纠缠不停、醋味很浓时,他总会当头开出这样一大"炮",看似一场即将要爆发的"战争",往往都这样——在细头阿宝的一声大吼中,偃旗息鼓。只是红种时不时也会用手摸一下眼眶,感到自己好委屈,感到眼前这个男人,已不再是以前心目中的那个男人了,而早已是一个让自己看不清弄不明的男人了。她突然感到眼前的世界,越来越模糊、越来越陌生起来。可是面对这一切,她虽然嘴巴一扁一扁,却再不敢发出一丝的声来,她只能把泪水往肚子里吞了……

大阳爬上了地平线,静静地坐了会儿,晃动了一下脑门,窥了窥我们村子的一切后,又准备起身,向我们西太洋上投来一束束金色的朝霞。村头大枣树上那个大鸟窠中的喜鹊,已在东蹦蹦西跳跳地晨练。伸伸脖子,闪闪翅膀,还一个劲"喳喳喳,喳喳喳"地唱着歌,一如起早吊着嗓子的歌者。一阵晨风吹来,引得果林中大片大片的果树叶子,也开始颇有激情地跟着"沙沙沙"地合唱了起来……

这个时候,赌了一夜的大头阿宝,笑容满面地离开了小镇一隅的赌场。他手里拿着一叠钱,正一边走一边反反复复地数着。他特意走了好长一段路,绕上了几个大弯,来到了镇上排场最大、生意最红火的一家馆子店。找了个中间位置坐了下来,瞄了一下四周的客人,大声向店主喊道:

"老板,搞七廿三个搞,桌子怎么这样邋遢!还不快叫人来把桌子抹一下啊!"

这时店老板手里拿着块抹布,匆忙从里间走了出来,还没等他走近,大头阿宝又已伸出了两根手指,在桌面上重重地笃了几下,大声地朝他嚷道:

"来半只白斩鸡,一只猪耳朵,三两花生米,然后再打半斤'枪毙烧'白酒来!"

老板一听,心中暗喜。心想:大客户来了,大客户来了。立马拉长了调子回应道:

"好!来,稍等!"

一说完话,他就跑到里间,叫伙计准备酒菜去了。这时有个女服务员走到了大头阿宝的身边,像是老熟人,朝他笑了笑,然后边抹着桌子边与他说道:

"大头阿宝啊,你好长时间没有来了,怎么近来手气不太好啊!"

大头阿宝听到后,眼睛朝她斜了一下,顿时拉下了脸,气势汹汹地啐了口口水,用一种不屑的眼光,阴阳怪气地对她说:

"呸,你这乌鸦嘴。你以为我们唐栖街上就你们一个店是吗?要是手气不好,怎么能坐在这里,还可点上那么多的好菜来享受啊!"

说完话，他衣袋一拍，从里面掏出了一刀十元面值的钞票，一只手的手指夹着钱，另一只手的一根手指伸向嘴里往舌头上一蘸，有些夸张地开始在服务员眼前不停地数了起来：

"一……二……三……四……"

声调故意拖得很长很长，嗓音特意提得很尖又很高，还配起了调子。边上坐着很多吃早餐的人，看到了他点着那么多的钞票，都红起了眼睛向他投来了惊羡的目光。他微微地抬了抬眼皮，偷偷地扫了一眼大家的反应后，更像是中了魔一样，又来了一副越数越起劲的样子……

当太阳与鸟窠一起，平行地挂上了村前那棵高高大大的枣树上时，大头阿宝带着一身酒气，一摇一晃地进了村，又来到了白沙家门前的那个土包上。看他有些吃力地挺了挺眼睛，嘴里像是含了块石头，舌头一下子转不过来了一样，听他含糊不清、断断续续地说道：

"这回……这回，我……一定要……一定要等着白沙，等白沙出来，袋中……袋中有……有那么多的钞票，白沙……总……总要，另眼相看……高看我，高看我一眼了吧？"

可是，他毕竟喝了太多的"枪毙烧"，酒劲儿还在一个劲地发作，躺在草丛上后，就一下子睡过去了。他睡得跟死猪一样，那些蚊子苍蝇什么的不停地叮咬着他，特别是后来跑来的两条山黄狗，在不停地舔着他食道中溢出来的食物，他却已全然不知。

等他醒来时，太阳早已下山好长时间，眼前已是漆黑一片。

他先是两条大腿抽搐了几下，然后伸手朝身上来回拍打起来，可能是被蚊虫叮咬后感到很痒吧，他又不停地挠起了痒。在挥了挥手的过程中,他感觉触碰到了什么,睁大眼睛一看,原来是条山黄狗!他突然一怔,着实被吓了一大跳。那些昏昏沉沉的醉意,一下子被吓没了。他感到全身无力,躺在地上,努力想让自己恢复到醉酒前的状态。几经努力后,他才坐了起来,自言自语道:

"唉,怎么会一睡睡到了现在啊?"

他给自己摇了摇头,仿佛又是为自己失去了看到白沙的机会,在后悔不已。

正在这时,不远处,出现了一道闪光,他仔细辨认了一下,原来是一道手电筒的光,并且在朝着白沙睡房的玻璃窗上亮了三下后,就一下子消失了。他感到很好奇,同时也有些纳闷,他嘀咕了一下,"呸"地吐了一口口水,问自己道:

"这会是谁呢?这束光朝窗口一闪一闪地闪了三下,这里面难道又有什么故事吗?"

晚风嗖嗖地吹着,一阵凉意袭上了大头阿宝的心头。他双手抱在了胸前,一股若有所失的样子,人有些不太自在起来。

朦胧的月光下,白沙家的大门轻轻地推开了一条缝,外面一个黑影"嗖"地钻了进去,里面的人伸出头朝外张望了一下,看到外面没有情况后,门很快又被合上了。一切又恢复了事前的平静,只有不远处那条不知是谁家的狗,在不停吠着,那声音时高时低,远远地传来,让大头阿宝听起来有些阴森森的,他越来越感觉正在失去什么。

坐在小山包上的大头阿宝,突然发出了"啊"的一声,感叹道:

"这白沙原来早就有相好的啦。怪不得对我那样不理不睬的,不管我怎么去粘她,她却从来不理我哦。"

……

"阿宝,阿宝。"红种看到转了神的大头阿宝后,叫道。

看到大头阿宝三心二意,像是一句话也没有听进去,反而在一个劲地想着别的什么,看上去更一副呆头呆脑的模样,有些气愤地拉了一下他的衣角,用锄头柄朝他的屁股上狠狠地戳了两下,瞪大了眼睛又凶狠狠地骂道:

"你这个倒灶鬼,是不是外面又有人了?在想你的新相好了?"

"没有,我哪有什么新的相好呀,你才是我的相好,我心中永远只有你嘛!"

大头阿宝连忙向红种献上殷勤,诡辩了一下,露出了一口黄黄的牙齿和一张大笑脸。

"好了好了,你说得这么好听,只有我一个,那你刚才又愣在那里想什么了?谁知道你心里到底在想谁啊!"

红种边说边抡起了大眼,盯着大头阿宝,双唇紧紧地咬着,有一种要把大头阿宝吃了的样子。

此时,随着他们的边说边走,已走到了一块比较偏僻的枇杷林前。此地树林茂密,中间又套种了好多的桑树,人一旦走入其中,外面根本看不到里面的一切情况。

这回轮到大头阿宝了,他贼头贼脑地前后左右看了一下,双手一下子抱起了红种,一个劲地朝着几棵葳蕤的桑树丛里跑了进去，跑动的过程中，桑树的枝条先是被他们压下，然后又迅速地反弹起来，像极了一根根鞭子，一路"呼呼呼"地挥动着，在不停地抽打起了大头阿宝……

跑到了深处，大头阿宝放下手中的红种，抱着她的头献上了深深地一个吻，然后双眼目光如炬地对她说道：

"红种，我想死你了！"

"想你个屁！想死我了会那么长时间不来看我？谁会信你呢！"

"人家真的想你嘛。"大头阿宝在说话的间隙，朝地上瞄了一眼，看地上虽然比较潮湿但很平整，于是就掰过了一根长满了桑叶的树枝，把枝头捏在了手中，奋力往下一抽，那些叶子像是一个个心领神会的小精灵，纷纷飘向了他预定的地面。此时，大头阿宝就把红种拉倒在了铺满了叶子的地上，迫不及待地爬到了她的身上，呼吸越来越急促，双手开始不由自主地伸进了她的衣裤……

大头阿宝还真是个情场高手。这回，不知他又用上了什么迷魂汤，让本来心情极差的红种，一下子又开心了起来。

一番激情过后，红种笑眯眯地对大头阿宝说道：

"哎，相好的！我要告诉你一个好消息。"

"什么好消息啊？"大头阿宝漫不经心、有些轻曼地朝红种看了一眼，然后有气无力地问道。

这时，红种反倒更兴奋起来了，嘻嘻一笑，伸出右手，用一根食指在大头阿宝额头狠狠地点击了一下，不无神秘地说道：

"你还记得我们在桑树林里做好事的那个晚上吗？那天不是

碰上了有人也在桑树林里呀。我们不是还听到了有人在叫人的声音？后来不是偷偷地看清了是船匠阿根他们两口子啊！当时我就担心，要是他们已看到了我们的好事，会不会说出去，更会不会把我们的好事编成故事后，到处去传来传去？"

"嘻嘻，你多担心了，他们一定没有看到，不然不会到现在还是风平浪静，一点消息都没有漏出去的。"

"那你更要好好谢谢我了呀，这里面我施上了个小计，整个村子里的人再没有人愿意与他俩在一起了。他们想说也没有时间没有地方去说了啊。"说完话，红种又伸出一根手指，朝大头阿宝的鼻尖用力地刮去，意思是：

"阿宝哥啊，阿宝哥，你想错了。"

"嘻嘻。"大头阿宝忙用手挡了一下，油腔滑调地笑了一笑，开始一脸疑惑地朝红种说道：

"你还有这样的本事啊！那不妨说来让我好好听听？"

"其实也谈不上什么本事，只是机会好。在那晚——我们做了好事后的第三天，船匠的老婆不是因为养蚕用炭火升温，而被烟雾熏得生病住院，叫什么'一阳化太（一氧化碳）'中毒了来着？同时，在那几天里刚好又有几个村民也在养蚕中生起了同样的病。于是机会就来了，我就对大家说：'船匠的老婆是生了与几年前同样的瘟病了，村上的那几个人已是被她传染上了。说起瘟病，大家对几年前那个惨不忍睹的场面，还心有余悸。大家自然就避来避去避开他们夫妻俩了。你说他们哪里还有跟谁说话、传播我们那晚好事的机会呀？'"

"哈哈，你真是个天才啊！"

大头阿宝一边竖起了大拇指朝红种做了个好强的手势，一边又用一种赞赏有加的口吻欣赏起了红种。在"啧啧啧"地发出了一长串声音后，非常认可地表示道：

"红种，原来我低估了你了！"

红种朝着大头阿宝"嘿嘿"地笑了起来。并双手拉着大头阿宝，双眼更是一往情深、含情脉脉地说道：

"相好的，我不允许你对别的女人好，要你只对我一个人好！"

大头阿宝飞快一连串地回应道："好，好，好。只对你一个人好，一个人好……"

说时迟那时快，大头阿宝还没有等把最后一个"好"字的音吐完，又把红种揉倒在了地上，两人再次紧紧地抱在了一起，又开始上演起第二幕鱼水之欢。在这几棵大高高低低的桑树间，又传出了红种那寻死觅活的吟叫声，这叫声又把大头阿宝叫得神魂颠倒，让他翻云覆雨起来，让他一如猛兽，又一次寻死觅活地投入其中，一起加入了这"田野大合唱"之中……

在接连的激情过后，两人在地上躺了好长时间，明显有些不想爬起来的样子，看上去着实有些累了。大头阿宝往外围打了个滚，两手伸得笔直，双腿叉开，朝天躺着，睡成一个"大"字。红种看着大头阿宝往外翻去后，双手朝地面上一撑，移动了一下身体，坐在了大头阿宝的脑袋边上。大头阿宝动了动，伸手把她的一条大腿往自己身边搬动了一下，然后头一翘，顺势枕在了红种的大腿上。红种用手捏起了大头阿宝的鼻子，眼睛盯着大头阿宝双腿的根部，轻轻地敲上了一下说道：

"还要不要了？哈哈，死虫一个，没用了吧？下次不要逞强了，你还以为你还是小伙子啊！早先谁都知道你外面红旗飘飘、家里彩旗依然不倒，老婆没了更是为所欲为，肆无忌惮了一番，现在可得悠着点了，毕竟岁月不饶人啊！"

听了红种的这番话，大头阿宝的两颗眼珠子往上翻了一下，仰着脸扫视着红种，最后定格在了她脸上，目不转睛地盯着她。红种被盯得有些不自在，有些悸怵并且忐忑了起来，用手轻轻地拍拍大头阿宝的脸说：

"哎，你刚吃饱啊！又在想什么了，又在想什么了啊？"

大头阿宝在红种接连三次的拍打中，才缓过神来，收起了眼神，朝红种说道：

"哦，红种，没想什么，没想什么啊。"

"死鬼！不会是又在想哪个女人了吧？"红种眼珠子也突突地瞪着，眼神中带着一抹怒气，朝大头阿宝骂道。

"嘻嘻"。大头阿宝又油腔滑调地笑了一下。然后，一脸苦闷地叹道：

"说不想那是假的，可是想了又有什么用呀。人家早就在几年前死去，死在了那场史无前例的瘟病里头了啊……"

看到大头阿宝这么一出，红种脸顿时变了天。还伸手在大头阿宝的脸上狠狠地捏了一把。捏着他脸上的肉像拧螺丝一样给拧了一圈，大头阿宝"哇哇"地叫了起来。在那一阵阵的叫声中，红种不无绝望地骂道：

"你这个臭男人，狗总是改不掉吃屎啊！"

"人家刚才从侧面看，你与人家真有几分相似啊，所以就想起了人家嘛……"大头阿宝诡辩了一下。

"啊！还有几分相似？快交代那女人到底是谁呀啊！"

红种虽然气得上气不接下气，脸上青一块紫一块地，但听到了与自己有几分相似，更想了解个清楚，为此一个劲地追问了起来。

"那女人啊，确实有几分姿色，相貌非常出众。这么说吧：那时让我们村子里的男人都为她疯狂过。你家细头阿宝对她不也是垂涎三尺啊！还给她起了个绰号，叫什么'软条白沙'。你知道什么叫'软条白沙'吗？'软条白沙'就是要比白沙还要白沙的枇杷，是枇杷中为数不多、无与伦比的精品、绝品。那你就可以想象出——'软条白沙'这个女人当年在我们男人的心目中，是个什么样的人，会有多少非分之想了吧。"

大头阿宝说完话，用手揩了一下口流水，朝红种瞄了一瞄，似乎用眼神在询问红种，听了他的话后为什么不回答。红种一听气不打一处来，翘起嘴巴骂道：

"臭男人，臭男人，你们都是臭男人！"骂的同时，双手紧握起了拳头，雨点般地落在了大头阿宝的胸口。大头阿宝不但没有反感什么，反而是谄媚一笑，双手握住了红种的手，又说道：

"人家早已过世了，你还生什么气呀，只能跟鬼去生气了。今天我索性都跟你说了吧，反正憋在肚子里也已有那么多年了。当年我确实是看上了软条白沙，千方百计想接近她讨好她。快过年时，有一次我在一个朋友家里吃杀猪饭，软条白沙的老公也来了，我知道这个男人干活是一把好手，最近又一个心思地想翻新家中的窠，到处在打听着哪里有便宜点的木材可买。于是那天我计上心来，故意坐在他的边上，扯空说：'快要过年了，听说每年年头上几天余杭镇上会有人从山里拉出木材来卖，而且价格都会比平时便宜好多。'没有想到一箭射到了他的屁眼里。为了能买到便宜货，省下点成本，他过好年后，也真的一个人摇了只船去余杭镇上了。他哪里知道这是我想出来骗他的，为的是骗他出远门了，我好有机会去接近他的老婆，实现我梦寐以求的——要'尝'一下软条白沙到底是什么滋味的梦想……

"可是真的没有想到，还没来得及等我与软条白沙培养出一丝的感情，一场可怕瘟病却把软条白沙给带走了。同时又听说，他的老公在一个人摇着船去买木材的路上，在苕溪里因碰到上游水库放水，逆流而上时，体力耗尽后，被湍急的溪水冲翻了船，人也被大水带走了，最终呢还落得连个尸体也没有捞到……"

"那我问你，你当年在大会上，一定要分了我家的房子与田地，还要叫人把我家的细头阿宝关起来，是什么意思？"

听到这，大头阿宝愣了一下，抬起了头向红种惊慌失措地看了一眼，嘴一扁一扁，好像不敢再说什么。红种却有些不耐烦了，白了他一眼，气势汹汹地追问道：

"说呀，这到底又是怎么回事？"

"其实，其实这是……"大头阿宝有些吞吞吐吐，不太愿意讲出来的样子。

"其实，其实什么呢？其实我现在想想你真的好心狠手辣啊！是不是当年开始调戏我不成，想把我家阿宝关起来，还想用分我家的房屋田地来给我施压，从而让我屈服，方便你可以大摇大摆地向我下手……"

大头阿宝低下了头，喏喏地说道：

"谁叫你当初那么犟的呀，你看，后来那样顺从了我，有多好呀！房子田地不是给你囫囵个儿保住没分掉呀……"

此语一出，红种脸上肌肉一阵抽搐，望着大头阿宝不知道说什么是好，眼神像火一样烧了起来，全身抖动着，过了好长时间才说道：

"你这个死男人啊，想不到你的心原来是那么的坏、坏、坏啊！"

大头阿宝狡猾地"哈哈哈"假装笑着。笑了一会儿后，接着说：

"其实那个绰号叫猪头疯的小姑娘，倒是有点罪过的，在软条白沙与他的老公都过世后，一下子成了个孤儿。还好她还有个远在召山脚下的舅舅，没过几天就被她的舅舅领走了，去了他舅舅的家，给抚养了起来。"

【二十】

"喳喳、喳喳喳……喳喳、喳喳喳……"

村口大枣树上的喜鹊,一个老早就在叫个不停。这充满了喜气的叫声,让爸爸听着心情一下子好了起来。可是不远处那几棵硕大的苦楝树上,几只乌鸦今天不知怎么回事,也在那里"哇哇"地叫个不停。爸爸抬起头,一会儿笑嘻嘻地朝东面的喜鹊看看,一会儿皱起眉头向西边的乌鸦白白眼,伸手摸了一摸自己的头,喃喃地说道:

"今天怎么回事啊,怎么这么早这些鸟就都在叫个不停啊?"

刚才他起了大早,用了辆手推车,在天还没有彻底开眼时,把今天蚕宝宝们要吃的桑叶连着枝条一起,先给剪了回来,现在都已一捆捆地搬了下来,放到了草棚外的枇杷树底下了。妈妈拿了一把竹椅子,挺着大肚子走过去,正忙着从枝条上把桑叶给一片一片地摘下来。

"他妈,你不再睡上一会儿嘛,这么早就起来了。要好好休息啊,你现在是家里的重点保护对象啊,不要累着了哦。"

爸爸看到正在不停地忙着摘叶子的妈妈，口吻略带嗔怪地朝我妈妈说了起来。

"还早？你看，天都已开眼了，不早了。能帮总得帮你一下啊，你一个人要做这做那的，我看着有多心疼啊！"

说话间，妈妈"啊哟"一下，扔下了手中的活，双手捂起了肚子，爸爸急忙走到她的身边，扶着她，问道：

"怎么啦？怎么啦？"

"这小家伙好坏呀，刚才被他用脚狠狠地踢了一下。"

爸爸听到这，就一脸憨厚"嘿嘿嘿"地笑了起来，对妈妈说道：

"你看你看，连肚子里的小家伙也在心疼你了，意思是叫你别干啊，好好休息！"

妈妈听后，用刚拿在手里准备要摘叶子的那根枝条，朝爸爸轻轻地抽了下去，一脸狡黠地笑着，说：

"有道是'上阵父子兵'，你们俩真是一路货色啊！"

爸爸听后，转过了头，又"嘿嘿嘿"地笑了起来。这回笑得更灿烂了。笑过之后，他就把刚摘下来的叶子往身边一撸，装进了箩里，满满地背着进草棚里给蚕喂食去了。

"他爸，他爸！"

在我爸爸给蚕宝宝喂了一会儿食后，坐在外面摘着叶子的妈妈，突然向他大声疾叫了起来。

"怎么啦，怎么啦？"爸爸边答边从草棚中冲了出来。

"快，快点送我去医院，我下面见红了，这小家伙有点不安分，可能想提前几天出来了……"

我爸一听，惊叫了一声："啊！"

然后，再次"嘿嘿嘿"地笑了起来，傻傻地待在原地不知所措着。

妈妈看到眼前的他，就气喘吁吁地催促道：

"还愣在那里干吗，快呀，快把手推车拉过来。"

爸爸反应过来了，就立即清理了一下手推车上的东西，在上面放上了几捆稻草，铺平后，把妈妈抱了上去，让她平躺在了上面。随即迅速地拉起了车子，急急忙忙地朝医院而去……

谁也没有想到，我的哥哥真的是急了点，还没到医院，他的头就伸在了外面，可是整个身体却被肩膀卡在了里面。一到医院门口，我爸爸就"哇哇"大叫了起来，这医院本来就不大，他一叫，医院里跑出来好多人，几个护士马上改用了医用的手推车把我妈妈送进了产房。

爸爸面对着"男同志止步"这几个亮着灯的大字，不知没有看到还是心急，没有止步。被一个穿着白大褂的女护士给拦住了。护士用一种命令式的口气，指指门的外面严厉地说道：

"去，到那去等着。"

爸爸眼睛瞪得大大的，想对护士说些什么，可是心一急，当他还没来得及说出口，"嘭"一声，产房的门早已被护士给关严了。

爸爸蹲在了一边，双手抱着膝盖，一直保持着一种翘头的姿势，专注地盯着紧闭着的门，一脸焦急又略有怨气地等待着。不久,里面传出了"哇哇哇"的婴儿啼哭声。爸爸站了起来,把脸贴在了产房的门缝上,努力地想从那条细小的门缝中,窥探到里面发生的一切。可是,此时此刻门突然开了,头正贴在门缝上的爸爸,跟着被甩了几步,他努力地站稳后,看着开门出来的护士,就急不可耐地问道:

"生了?"

护士先瞥了他一眼,学着当地的土话,慢条斯理地回道:

"嗯,生了。"

"那我问一下,有没有长茶壶蒂头的?"爸爸不停地撸着头,然后有些腼腆地问道。

"什么?听不懂你在说什么呀。"护士朝着爸爸说道。

"噢,我是在问你,生了个男孩还是女孩?"

护士惊讶地看了爸爸一眼,"扑哧"捂着嘴笑着说道:

"大哥,真当看不出来啊,你还挺幽默的呀,我刚才看到的是长有茶壶蒂头的,跟你一样的,将来是个大男人啊。"

爸爸一听,一下子就笑逐颜开,高兴地跳了起来。可是不知怎么的,跳了一半,他突然又停了下来,又忙问护士道:

"这小人有没有缺胳膊少腿什么的?"

"没有呀,四肢都俱全啊。你这个大哥问得有点稀奇古怪。"护士有些疑惑地说道。觉得眼前这憨厚的大哥也真当有些可爱又可笑。护士边走边笑出了声来。

爸爸看看护士走远了,相当认真地自言自语道:

"是上次她妈妈生病,来你们医院治疗时,那个医生说可能会对肚子里的小孩子产生影响,现在看来没有啊。没有就好,没有就好嘛！"

正当爸爸又手舞足蹈地开心着，产房里头却又脚步匆匆地跑出了个护士来，焦急地朝我爸爸问道：

"你是她的家属？"

爸爸说："是的。我是呀，我是她老公呀。"

"那你是什么血型？产妇产后大出血，现在急需要输血！"

爸爸摇了摇头，一脸茫然地说：

"什么？什么叫血印（血型）啊？这个我不知道啊！"

"那你马上跟我来，去抽个血化验一下，看看能不能用吧。"

护士说完话，马上就带着爸爸去了化验室，没过多久结果就出来了，医生对我爸爸说：

"你的不行啊，用不上。"

爸爸说："同样都是血，我的为什么不行啊！难道我的会差一点吗？平时我比她力气大呀，不会比她的差啊，那我老婆怎么办啊？"

"不行就是不行！你是B型血，你老婆是A型血啊！我们现在也没有什么好的办法，只能等血站的血了，路远，送来要好长时间，就看产妇自己命大不大了，命大的话就能撑到血站的血到，要是命……那就不好说了。"

等医生一说完，爸爸疯了似的扑了过去，跪在了医生面前，一把抱住医生的一条腿，哭哭啼啼地央求道：

"医生，求求你了，你一定要救救我老婆啊，一定要救救我老婆啊！"

这时，前面走过来一个穿着白大褂、梳着倒背式头的男人，问医生道：

"这是什么情况？"

医生向此人解说了刚才发生的一切，爸爸抬起头，一眼就认出了眼前这个人就是上次碰到的好院长。于是，他像发现了最后一根救命稻草似的朝院长央求道：

"院长，你们要救救我老婆啊，救救我老婆啊！"

院长问医生说："血站的血联系过了吗？"

医生说："已联系过了。可是路远还得要些时间。"

院长迟疑了一下，接着绾起衣袖，对医生说：

"那先抽我的血吧，我的是 A 型血。"

院长一说完话，就快步进了边上的操作室，伸过了手，叫医生给抽了起来……

不一会儿，院长的血就缓缓地流进了我妈妈的血管里，妈妈那张已经是雪白雪白的脸，又慢慢地、慢慢地红润了起来。

"没事了，全靠了我们院长及时给她输了血，已得救了！"

爸爸一听到医生的这句话，终于放松了一下他那紧绷着的神经，脸上露出了一丝笑意。他弓起了腰，双手一叠，对医生说道：

"医生，谢谢你，谢谢你！还要谢谢你们的好院长！谢谢你们的好院长！"

说完话，他就不顾一切地跑进了产房，跑向妈妈的产床，迫不及待地去看妈妈和哥哥去了……

【二十一】

古诗云:"五月江南碧苍苍,蚕老枇杷黄。"

历代诗人都将唐栖枇杷和蚕丝生产作为吟咏对象,留下了不少有名的篇章。历代画家对唐栖枇杷和蚕丝生产也是情有独钟,一幅幅表现唐栖枇杷和蚕丝生产的丹青也将这一切表现得淋漓尽致。

一方水土养一方人。

一年又一年,唐栖枇杷久盛不衰,蚕丝生产声名远播。而我们西太洋村是唐栖枇杷的主产地,是名副其实的花果之乡,同时又拥有丝绸之府之美誉。每每说起这些,都当之无愧地成了金字招牌,贴在了我们的脸上,成了我们每个村民的骄傲和一抹笑容。

在一阵忙碌后,时间又进入五月了,树上的枇杷又开始红了起来。家里那些可爱的蚕宝宝在吃饱了绿色的桑叶后,也开始在寻找起它们美好的归宿了。

爸爸想:只要忙过了这些天,家中就会有一些不薄的收入。孩子她妈住院时向亲戚朋友们借的那些钱就可以还上了。同时也该会有部分多余。

想到这些，心中那个要建新窠的梦，又自然而然地在爸爸的脑海中渐渐地丰满了起来。他去那些即将可摘的枇杷地里转了一圈，望着一树一树的金色果子，心中估摸起了今年的收成。算着算着情不自禁地笑出了声来，回家时的脚步，腾腾地，看上去也比往常明显地轻捷了许多。

"哇哇哇……哇哇哇……"

刚走到自己的草棚门口，爸爸就听到了屋里一阵又一阵的哭声。初以为是哥哥又在吵闹着要吃奶了，可是仔细一听，这里面好像也有妈妈的哭泣声。他三步并作两步地向里走去，妈妈看到爸爸进去了，就朝着他大哭了起来。

"他妈，怎么啦？怎么啦？"

妈妈听到了爸爸问声后，满脸眼泪汪汪地看了下边上的蚕宝宝，伤心地对爸爸说道：

"你看看，这怎么办呀，都这样了！"

爸爸先看了看地上的，然后又拉出了木架子上的竹匾，仔细地看了起来。

"啊！这些蚕宝宝的头，怎么一下子都……都……都……？"

其实他是想说：这些蚕宝宝的头，怎么一下子都"亮"了。可是话到了嘴边又吞了回去。他深知这话是不能在这个时候说的，这是养蚕人家最忌讳的。在我们家乡，一到了养蚕季，凡带一个"亮"字的话，都忌讳不能说。因为蚕的头"亮"了也就是说蚕得病了，将要变成僵蚕，做不了茧子了，这将会是白白地辛苦了一季。所以大家在说话时，都会避开一个"亮"字，连"天亮了"这样的话，不知在什么时候起，也都不约而同地改口说成"天开眼了"。看到了这样的场面——"亮亮"的一片头，爸爸说出了一半话后，心急的他只能不停地跺起了脚。

"唉，怎么会这样子了呢？"他强忍着眼泪自言自语道。

很快，他就控制住了自己的情绪，立即把那些头还没有"亮"起来的蚕宝宝给分离了起来，想把那些能保住的尽量给保住。他说：

"已到了上山的时候了，这些能保得住的话，也还会有一些收成。"

他含着泪不停地干了起来，同时生怕被妈妈看到了他的眼泪，所以转过了身子，用背对着了她。可那一滴滴止不住的泪水，不停地滴向了正在长着白色粉末的僵尸蚕体上，开始湿透了他的心……

有句古话："屋漏偏遭连夜雨，船破又遇顶头风。"

五月的江南是多风雨的季节。对爸爸而言真是天有不测风云。

一天，爸爸前些时候刚喜滋滋地看过的那一树又一树金色的枇杷，却因头天晚上的一场大风大雨，又被吹得面目全非，半生不熟的果子落了一地，碎的碎，烂的烂，几近弄了个颗粒无收。望着眼前的这一惨景，爸爸全身无力地瘫坐在了地头，双手捧起了脸，挂起了泪滴，把头摇得像拨浪鼓似的。

"叽叽喳喳、叽叽喳喳……"

此时，村口那棵大枣树上的鸟儿又在不停地叫了起来。爸爸抬头寻找起了那个早已做好了的鸟窠，一看，也被昨夜那场无情的大风大雨吹落得一无是处了。可不远处，有鸟儿嘴里又衔着小树枝在飞来，面对突如其来的挫折，它们已开始重建家园了。看到这些后，爸爸的心"咯噔"了一下，似乎有些无地自容地站了起来，用手拍了几下自己的屁股。这手势，表面看上去像是在拍去那些粘在屁股上的潮湿的落叶，而在我看来，更像是他在给自己扬起了鞭。他对自说：

"我要跟鸟儿们一样，不管生活中出现了什么样灾难，不能轻易地放弃了自己的目标。该干什么还得干什么，只要努力干，自己心中的那个窠，也迟早会有的。"

很快他就擦去了眼泪，坚毅地行动了起来。又开始为我们这个家、为他心中的那个窠，不怕苦不怕累，甚至不舍白昼黑夜，不停地劳作起来了……

我来到这个世界有些突然。是妈妈在一次自以为是月经失调了，去医院检查时，被医生突然告之后才知道的。医生拿着化验单对我妈妈说：

"恭喜恭喜，你怀上了。"

妈妈大吃了一惊，"啊"地叫出了声。这着实有些太突然了。她捂着脸自言自语道：

"原来是有小孩了呀，我还以为得了什么妇女病了呢。"

第二年的初春，具体地说是在农历正月十五那天，我也学起了哥哥，有些着急地来到了我们这个家庭。一个星期后，妈妈抱着我对爸爸说：

"他爸,你看这小子叫什么名字好呢?"

我爸爸也真会起名字,琢磨来琢磨去,最后对妈妈说:

"这小子生在元宵节,就叫元宵吧。"

于是,我有了来到人间后的正式大名——元宵。

【二十二】

时间真的过得好快,在不知不觉中,清明节又要到来了。

每年的清明节,在我们当地有个非常重大的民俗节目——"轧蚕花"庙会。"轧"为吴方言,是"挤"的意思。在唐栖南边的召山,轧蚕花内容最丰富,盛况在其他各地的庙会之上,堪称蚕花庙会的代表。召山蚕花庙会从每年清明节开始,至清明第三天结束。其中以"头清明"最为热闹。参与的也都是当地蚕乡农民,一时人山人海,热闹非凡。

民间传说把我们唐栖古镇南边的召山,视为蚕神的发祥地和降临地。召山清明"轧蚕花"习俗便由此而生,同时召山也由此成为江南蚕乡的"蚕花圣地"。

召山轧蚕花是江南蚕乡崇拜蚕神的一种传统民俗文化,也可算作中国丝绸文化组成中不可缺少的一部分。

蚕花庙会作为一种民俗文化,传承的是"祈蚕嬉春"的吴文化。蚕农们一方面为了祈求蚕神保佑蚕花大熟,另一方面也是借神嬉春的民间狂欢。这种习俗绵延了一代又一代人。目前,传统的活动以"背蚕种包""上山踏青""买卖蚕花""戴蚕花""祭祀蚕神""水上竞技"等表演为主要内容。

传说蚕花娘娘会在清明节化作村姑,踏遍召山每寸土地,留下蚕花喜气,此后谁来脚踏召山地,谁就会把蚕花喜气带回家去,得个蚕花"廿四分"。蚕姑在踏进蚕花地之前,都要先到山顶的蚕神庙里进香。届时年长的人会身背红布"蚕种包",将自家当年头蚕的蚕种纸置于包袱之中,上山绕行一周,让蚕种染上召山的蚕神喜气,以祈求蚕茧丰收。

在清明游召山的过程中,男女青年熙熙攘攘,并故意挤挤挨挨,我们方言把它称作"轧发",取"轧发轧发,越轧越发"之意,以此讨彩头,期待蚕花茂盛。轧蚕花时,还有"摸蚕花奶奶(乳房)"的陋俗,有句口头禅是这样说的:

"摸发摸发,越摸越发。"意思是越摸,蚕花会越发。

具体来说,那就是在挤挨的过程中,允许男人摸女人的奶子。谁被摸得越多,越涨,越痛,谁家里的蚕花就会越好。所以好多女人被男人"轧"过后,不但不会生气,反而会一脸高兴。但是这种习俗地域性很强,只在我们当地人群中进行,以前很少有外地人参加,可后来大家都想浑水摸鱼,借题发挥,人越来越多了起来。

清明夜,妈妈一手抱着我,另一手又拉着哥哥,在我们家的草棚门口,叫住了刚要出门去干活的爸爸,说道:

"他爸,明天就是清明节了,去年我们没把蚕养好,收成很差,现在一家四口吃口又加重了,要不明天你去召山轧一下蚕花吧,让我们今年的蚕花来个'廿四分'。"

爸爸听后点了下头，然后对妈妈说：
"好的，我也在这样想呀！"

第二天一大早，爸爸他们在向召山进发的途中，各自以庙所在一带地域村庄为单位的拜香会也开始了。自水路来的拜香船，也在山下汇合在了一起，人们就依次上山朝拜蚕花娘娘去了。

与此同时，召山北侧宽阔的唐栖大运河里，大船小船摩舷接舥，表演起各种水嬉节目。有民间武术表演、竞技活动等。各种样式的船只，让整条运河彩旗招展，锣鼓喧天。最引人瞩目的要数在船上表演拳术的"打拳船"、以赛速度为主的"踏拔船""标杆船""龙船"等。

爸爸带着妈妈的嘱托，也早早地来到了不远的召山。他到时，召山上到处已是红男绿女，人山人海，水泄不通了。

不久，那场应了"轧发轧发，越轧越发"的轧蚕花活动进入了高潮，"摸蚕花奶奶"的好戏也全面上演。

爸爸从来没有干过这事，起先有些难为情，不敢动手。这时有几个胆子较大的女人结成了人堆后，向他"轧"来，还把他围在了中间，大家故意用上半身和胸部去擦拭着他的臂膀，你一下我一下之后，爸爸终于越过了心理障碍，提起了他颤抖着的手臂，闭起了眼睛，慢慢在伸了出去，伸向了来者……这群女人在你推我搡之中，心甘情愿地"献出"了自己的身子，有的还不停地"廿四分，廿四分"地唱着只有她们自己才能听懂的祖传或是自编自导的歌谣。

过了一波又上来一波，爸爸虽然红着脸，但通过前期的"探

索"后,算是也开始"渐入佳境"了,一路上虽然还是半睁半闭着眼睛,口中也开始非常虔诚地念起了:

"廿四分,廿四分……"

他的手,也学会了在挤来挤去的女人胸前,自由自在地、不停地磨来擦去了,让女人们都"廿四分廿四分"地开怀大笑、越唱越起劲着……

"流氓!他是个流氓!"

在熙熙攘攘的挤来挤去的人群中,有人这样大喊了起来。

爸爸听到喊声后,睁大了他的眼睛,仔细看了看,原来前面站着的是自己非常熟悉的女人——我们村里的白沙。此时的白沙用手指着爸爸,对着一群围在了她身边的"轧闹猛"的人说道:

"这是个大流氓,他刚才一只手在摸我的上身,另一只手却摸向了我的下半身。"

"没有,没有,真的没有呀。"爸爸非常紧张地向大家解释道。

"还说没有,你还想赖账?"白沙大声叫嚷了起来。

"哈哈,真会摸呀!怎样摸的呀,你叫他再摸给我们看看呀!"边上几个年轻的小伙子,听到了白沙的话后,一个劲地起着哄。

爸爸晃着手摇着头,不停地说着:

"真的没有,我真的没有摸啊!"

看他还真有些"秀才碰到兵,有理说不清"的样子。

可此时,白沙哭声叫声齐上阵,并且双脚还在路上来回不停

地跺了起来。同时双手还拍打着大腿,接连发出了"噼啪,噼啪"的打击声。她发疯似的来了一阵又一阵,嘴巴又不停地大喊了起来:

"谁来管啊?这个流氓谁来管呀,快把他抓起来吧,不能让他再这样下去了!"

"怎么啦?出什么事了?"

这时,两个工人纠察队队员,从人群中闪电般冒了出来,向白沙大声询问道。

白沙在哭闹中看到有人出来问她怎么回事,就露出一副很委屈、很遭罪的样子,向对方诉说起了她的境遇。纠察同志听后,朝爸爸怒目以对,大吼道:

"是这样吗?"

爸爸又摇起他的手,嘴中不停地说道:

"没有,没有,我真的没有……"

"你这家伙,还不老实!走,跟我们走!"

在纠察人员的一声大喝中,爸爸被往后反剪起了手。他弓起了背,低着头,非常狼狈地被押离了现场。

【二十三】

唉！光阴荏苒，岁月如梭。

正当爸爸被关着，调查来调查去的时候，我们西太洋村在走过了一小段时间的"互助组"后，将要成立"农业合作社"的那把火，又开始如火如荼地烧了起来。

那些原本是各家自己种的田地，都被集中到了合作社里。经过了一段时间后，一种新的生产模式开始了。每个社员按劳动能力和出工时的实际表现，在全体社员大会上由大家进行评定，分别一天能挣得1分到10分不等数值的工分。每天出工后由专门的记工员记录，每月进行小计并张榜公布。在特定的时间里或年底进行结算，以每个工分多少钱的形式折算成现金，以家庭为基本单位进行发放，这形式被唤作：分红。

"大家静一下，大家静一下，我向大家说个事，向大家说个事。"看，今晚社里又正在召开全体社员大会，大头阿宝趁着大会还没有正式开始，挥动着双手站了起来，在向大家不停地叫喊了起来。

"你有什么事？我们马上要开会了，你不要捣乱哦！"一位危襟正坐在台上，上面下派下来指导工作的领导，不解地朝大头阿宝看了看，并大声说道。大头阿宝见势诌笑着说：

"没有没有，我是要向大家发布个最新消息！"

接着，大头阿宝指着我妈妈，唾沫四溅地向众人大声说道：

"大家知道了吗？那个船匠，也就是她老公阿根，在召山'轧蚕花'时耍流氓已被关起来了。昨天我在唐栖街头听我的一个朋友说，这个流氓船匠马上要被判刑了。你们说？活不活该？"

大头阿宝的话一出，会场里一下子鸦雀无声。大家先是一愣，然后都睁大了眼，你看看我，我看看你，意思是不相信这是真的。

"是不是活该？你们说是不是活该啊？"

大头阿宝又重复地问着大家。结果还是没有一个人回答他的提问，有的还默默地为爸爸流起了眼泪。

在这片刻的宁静里，最终还是爆出了妈妈的哭泣声。妈妈一哭，我和哥哥也一起跟着哭了起来。

妈妈想：我老公绝不会是那种人，一定是白沙在陷害他！

同时又想：要是孩子他爸被关上几年，那我一个女人拖着这两个小孩，这今后的日子怎么能再过得下去呀？

想着想着，她的哭声越来越响。台上的领导看到了这一切后，把她大批了一顿，最后还叫大头阿宝把她赶出了会场。妈妈一手拉着我哥哥，一手抱着我，哭哭停停，走走坐坐，不知过了多长时间，才回到了我们的草棚窠里。这一次她越哭越伤心，一时停不下来了，按那几个偷偷跑来劝慰的乡亲的说法——已到了差不多要死去活来的地步。

哭归哭，哭到天亮，妈妈每天还都得去挣工分呀，不然怎么能养活我和哥哥呢？当时我们还小，放在家里没人管，她只能每天抱着一个拉着一个，一起来到田头。然后狠下心把我们放在附近的地沟里，放在了她的视线可以看到的地方。看上几眼后，只能忍下心转头走向她的干活点了。一任我们在那里爬来爬去或席地而睡，她只能滴着泪，一步一回头，非常无奈地跟着社员们一起干着活。我们的猴子队长真是个好心人，他看到这一切，坐在田头思索了起来，抽完了一根接一根的烟后，对妈妈说：

"你这样也不是个办法啊，我看你找个会写材料的人写个报告吧，说说你家里的实际困难，再找我们村里的人给联合签上名字，我替你送到上面去，看看上面的领导能不能根据实际情况，对你老公的事做出从轻处理，最好能把他放回来。"

妈妈听了后，连忙非常感激地点起了头，说：

"哦。谢谢了，那谢谢了！"

当天夜里，妈妈先让我们哥弟俩睡了，她不顾夜黑路远，去了舅舅家，让舅舅给写了个报告。第二天一早，就跑东家跑西家，求着大家给签上了名字，这样总算完成了一封联名信。

最后，上面了解了情况，虽然给有关部门打了招呼，但还是说爸爸不但犯了流氓罪，而且拒不认账，态度极差，所以最终还是给他判了两年。只是不再关到牢里面去，监外执行也算是给了个宽大处理。这虽然绝对算不上好消息，但对妈妈和这个家来说，多少也算是给了一点宽慰——爸爸总算可以回来了。

过去了四天，爸爸真的回来了。可是，人是可以回到家里了，但他与其他社员不能享受平等对待了。如，同样出工，但享受不了相同的工分。本是 10 分的头等劳力，现在只能给他 2 分。从此，爸爸在外天天要面对一些社员的冷嘲热讽，回家后又要面对妈妈不停地抱怨。每当妈妈累了病了之时，总会不停地数落他：

"你这个人啊，连这种事你也做得出来？"

"没有，我真的没有。你要相信我呀！"

"我是可以相信你，但是我相信你有什么用呢？你说说看，家里四张嘴，我们今后的日子怎么过啊！"

爸爸流着眼泪，低下了头。他欲哭无泪地对妈妈说：

"今后我就不停地干吧，比别人多干上几倍，那样自然就可以度过我们这最困难时期了。"

妈妈听后，看上去明显有些难过，转过了头不再多说什么。她摸了一下眼眶，整了一下抱在手中的我，对我说道：

"元宵，妈妈真是命苦啊，怎么嫁了这么个'好老公'！不要说能图上个什么，这么多年下来，连个像样的窠也没有啊！如今又要跟他着受起这份罪！"

那时我还根本不懂事，看到我妈妈对我这样说着，只是张着嘴巴朝她"哇、哇、哇"地叫了起来。现在想来，冥冥之中仿佛是在对我妈妈说：

"妈妈，爸爸一定是被冤枉的，你不要怪他了。我们的日子会好起来的，漂亮温馨的窠一定会有的！"

成立了合作社后,后来又成立了人民公社。田一起种了,地一起耕了,蚕一起养了,反正一切都集体化了。不过还好,每个家庭按人头还可以分到一点自留地,一段时间里家中也还可养些猪羊鸡鸭什么的。给我们这样一个贫困之家,总算也还留下了一线的生机。

爸爸除了每天出工干活,还要起早摸黑地把自留地里的活干好。同时还养起了猪羊鸡鸭等,为了我们这个家,他绞尽脑汁想尽了一切可以用上的办法,真正地付出了超出了常人几倍的努力。

爸爸本来就是个挨批的主,后来又被戴上了流氓犯的帽子,所以对他来说,所有的好事都得靠边站。生产队里那些轻活,干净一点的活,都是轮不到他的。但是有些本来与他八百杆子打不着的事,特别是那些重活、脏活、累活却都成了他的份。为此常常被呼来唤去。除了这些,他还得经常去做义务工。不论远近,凡是有义务工的工地上,处处都会出现他的身影。出工他都得第一个到,收工他还得最后一个走。他虽然一天下来连1分工分也没有,但是他得干上12分的活。他心知肚明,不那样干,他就连平常日子里的那2分工分也会拿不到了。或者还会被处罚的更惨。在干活时,个别的人还会动不动就骂他甚至打他,他只能忍受着,不然又得被抓进去关起来。面对这一切,爸爸总是说:

"我那有罪?我现在没有罪!只是以前买过好多的田地,农活忙时,还叫过几个长工短工的,就说我曾经是剥削过别人的人。这是我欠下的债,是债那总得还上,所以我现在心甘情愿,老老实实地听政府的话,要好好地把它还上。"

他还咬咬牙说:"只要我真心诚意的听政府的话,跟着共产党走,刑期很快就会过去了。等我还清了债,总有一天会把我家的窠搭起来的,让我的家人也过上像样的日子的。"

一天又一天,有事无事他只能这样低着头过。可是人家叫他老流氓时,他总会有股怒火要烧起来一样,咬牙切齿,怒目以恋。我知道,人家这样叫他,他心不甘情不愿啊,所以他常常满脸都是冤屈,可此时此刻哪怕天要坍下来,但只能忍受着、再忍受着哦!

北风呼啸,雪花飘飘。

在一块冰冻三尺的田头,一群人正忙碌地整理着几天前,一场大雨后排水不畅的沟渠。

大家都穿起了套鞋,唯独爸爸光着脚丫干着。那是因为家里穷,同时他又惦记着要搭个新窠。实在是舍不得花钱去买双套鞋穿。一出门,他的脚掌就被冻得通红,脚趾麻木了起来。他拿着铁锹一步一步往前掘进的过程中,突然被淤泥中一块尖尖的碎瓷片给硌破了脚底,可当时他已全然感觉不到。当鲜血把已掘好了的那段水渠中的水染得一片通红时,他才发现了脚底下已有一个一寸多长的伤口在了。只见他咬咬牙,解下了绑在腰间的腰带,一头放进了嘴中,用牙咬开了个口子,"纱"一下,撕下了一条长长的带子,为防止身上的血再次大量流出,他用起了我们乡间最土、最常用的办法,沿着脚踝给死死地扎了起来(扎死血管)。扎好后,仿佛一切又没有发生过一样,踏进了冰冷的水中,他又继续拼命地干了起来,他身后,沟渠中那红红的水,还在一步步地延伸着……

干好活回到家中,他拖着疲惫的身子,总还要在昏暗的灯火下整理好一些蔬菜,第二天起个大早,要去唐栖街上卖。他这样一分一角地积蓄着,总想用来完成他多年的梦想——为老婆儿子们搭个窠,造上个可以让我们安居的家。

"吱嘎"一下,然后又是"吱嘎"一下。

几年后,我开始懂事起来了,每当我睡得正香时,总会在梦里听到这样的开门和关门声,风雨无阻,天天如此。

其实那是爸爸在清晨一两点钟出门时的开门和关门声,他生怕吵醒我们,总是小心翼翼,蹑手蹑脚,连咳嗽声也会压得低低的。不管炎炎夏日还是三九严寒,挑着一担菜,一瘸一拐出了门。当初我弄不明白,甚至有些迟疑:我爸爸为什么总是要那么迟睡,又要那么早起来?后来我听他说:

"早点出门可以找个好点的位置,可以早点把菜卖掉,早点回家,那样不会误了生产队里工分,到分红时,能拿到几块钱。"

那时他没钱买钟表,为了能不误上街卖菜的时间,他在我们家的房屋顶上搞出了个小小的透光点,放上了一张玻璃亮瓦,在晚间靠月光的移动,他总能估摸出准确的出门时间。可是没有月光的晚上,却让他吃尽了苦头,他不时地四处张望,不但没能睡上一个囫囵的觉,还老是会误判了时间,可怜的他,有时还在前半夜就出门了,有时天快亮了才睁眼,在一句"要死了"的自责中,才匆忙动身。

功夫不负有心人。几年下来，爸爸还清了我们家欠人家的钱，但是要想搭上个窠的那一大笔钱始终还是没有筹够，甚至还有一大段距离。

一天晚上，妈妈翻来不去地睡不着，最后终于开口了，她不无焦虑地对爸爸说：

"他爸，两个小孩么大起来了，家里么还连个正式的窠也没有，就这么个草棚，你说我们今后怎么办呀？"

爸爸迟疑了一下，好像做错了什么一样，低着头说：

"他妈，说得是呀。不过我有个打算，等忙完了这阵子，我想叫上几个亲戚朋友来给帮个忙，虽然我们买不起砖，但是我们先打两间泥墙房，那样可以比现在住的要好上好多，你看好不好？"

妈妈看着爸爸那副可怜的样子，心里也有些难受，只能安慰起他来了，说道：

"那就依你了吧，只能那样子了。你说会比现在好点起来，能好点起来那总是好的哦。"

一个星期后，我家的新窠在亲朋好友们的帮助下，总算搭好了。

两间朝南的泥墙平房像模像样地出现在了我的眼里。我当时很高兴，拍起了小手掌。还模仿起了妈妈的话，一只小手叉在了腰间，另一只挥向了天空，绘声绘色地对大家说：

"我们家终于有个自己的窠了，我们家终于有个自己的窠了！"

可是我爸爸却怎么也高兴不起来，他仍是一副自责的样子。可能在想：

"人家都是砖瓦房了，我家还刚住进这样的泥房。"

他心里着实有些对不起妈妈，对不起我们哥俩，脸上布满了一副因为他的无能让我们一家人受了委屈的表情。

随着时间的流逝，哥哥已长得很高很大了。但是各种迹象表明，他好像有些异常。已是十多岁的人了，有时说话干事总让人觉得非常的幼稚，几年下来还在村子里闹出了好多的笑话，成了大家茶余饭后的笑柄。可是他看到了眼前的新窠后，总是开心地"爸爸爸爸"地叫个不停，这也给了爸爸很大的安慰。

有了两间房子，虽然是用泥巴打成的泥墙房，可是爸爸有了施展才华的机会。他把一间布置成了我们睡觉的卧室，另一间创造性地给划出了三个功能区。最里面一块，他养了三只羊。中间垒起了灶头，放上了一张桌子，是我们全家人用来吃饭的地方。最外面，也就是我们当地人常说的间头，整了一下后，弄成了一个猪圈，养起了一头两头乌肉猪。就这样猪羊的肥卖给生产队里有收入，羊毛可分季薅了后卖了也有收入，并且猪羊养大了一卖，那更是一笔不少的收入。加上他天天起早摸黑地种菜卖菜，虽然他每天只有可怜的 2 分工分，却让我们这个家庭一时也勉强地维持了下来。

不过这里面还有凄凉的故事。一到夏天，对我们一家人来说，就会尴尬起来。特别是对来我们家里坐坐，或吃个饭什么的来客来说，那简直是一种煎熬。你看，当刚拿起碗筷，要向嘴巴里扒饭时，那几只羊开始"咩咩"地叫了起来，光一叫还没什么,随着羊的走动,羊棚里羊垃圾的味道一下子飘了出来。还有那羊身上羊棚里停满了的蚊子,被它这么一搅,都一个劲地向外袭来。那浓浓的臭味和"嗡嗡嗡"的攻击声,弥漫起整个屋子,闻着听着后让你胃口全无。那一只接一只蚊子,四处出击,更让你防不胜防。因为天热,为了通风,我们家常常会把房子的后门打开,那些本来在屋后的茅坑中停着的屙头苍蝇,闻到饭菜的香味后,就会不停地飞进来,在这碗菜上停一会儿,又飞到那碗菜上停一会儿,不管你怎么驱赶,它只是在你挥手之际,"嗡"一下蹿走,可还没等你下筷,你会发现它又在边上的另只菜碗上停着了,真是不管你下什么功夫,都无济于事。你也只能眼睁睁地望着它们。

可是这不是全部,"好戏"还在后头。

猪圈里的猪也会来凑个热闹,在槽子里摇头晃脑地吃着食物时,冷不丁头会一甩,两只大耳朵像拨浪鼓一样,快速地左右转上几转,那些挂在它上面的脏水珠和一些残留物,就开始做起抛物线运动,向外四溅,有时还直奔着客人的衣服而去。在那一件件洗得干干净净的白衬衫上,常常会给留下一个个挥之不去的记忆。每当这时,爸爸总会大声地骂起那头猪来:

"你这个畜生,难道不想活了,作死作活要寻死了啊!"在骂的过程中,还会操起一把破扫把,朝猪的屁股上打去。打的同时,骂声又起:

"再不给我安安分分的,我就把你拉出去杀了!"这时,面对着他杀气腾腾的扫把,猪仿佛也听懂了他的话,站在了边上一动不动了,只是簌簌地发起抖来。

每当这时，妈妈带着无奈的表情，总会拿块毛巾在客人身上不停地擦来擦去的，嘴里还会十分过意不去地说道：

"啊哟！被这只畜生弄得这副样子。不好意思了，今天真的不好意思了。"

你看，这样的日子，一顿饭总在大家高高兴兴开始后，让大家彻头彻尾地体验了一番尴尬，又在爸爸妈妈一声声"对不起，得罪你了，对不起，得罪你了"之中，草草地就结束了。

【二十四】

起早摸黑地去卖菜,一段时间后,爸爸在菜场里也认识了不少人。

有个看上去比他小几岁、一脸精干的男人,常会带上两三袋笋在他的边上卖。每天只要他的笋一到,地上放一张旧的化肥袋,就把这些矮矮胖胖、鲜嫩水灵的春笋,像泥水工打墙一样,尖头朝外,笔直一条,一根挨一根地叠放在那里。上面还会洒上几滴水,让它们挂上一颗颗晶莹的小水珠,光线一照特别引人注目,看了让人格外动心。只要他一到,他的摊位前就会拥上好多人,他的笋一会儿工夫就会被抢购一空。更有甚时,我爸爸还看到他人还没到,好多的买者已在那里等着他了。他们都生怕来迟了买不到这样好的新鲜笋。

一连几天后,天天照面也算是个熟人了。趁着间隙,爸爸就鼓足了勇气开口问道:

"哎,你这位同志,你家有多少亩竹地啊,倒是个怎么样的种法啊?怎么天天能有这么多的鲜嫩春笋可上市啊?我看你这几天下来，收入真当不少啊，能抵得上我一年半载的卖菜收入了哦！"

"嘿嘿。"

卖笋人转过头来朝我爸爸笑了一笑。然后颇为自傲并神秘兮兮地对他说道：

"这当然是啊。"

一说完，他的头又马上转了回去，专心地卖起他的笋——对付起一波又一波买客了。看到这一切，爸爸感到不好意思再多问了，自讨无趣地笑了笑，心动地看了他一会儿后，也专心地卖他自己的菜了。

"大哥，你有小票吗，我和你换一下，帮下忙可以吗？我都是整块头了，找不开了。"

卖笋人手里拿着一张五块头钞票，朝我爸爸叫了声后，这样说道。我爸爸反应也蛮快，马上应道：

"噢。有，有，有。"

话音刚落就拿起了他放角票的小念佛篮，数起了他的零钱。

"大哥，你先给我七角三分，让我先找了这位顾客吧，他等着呢。然后你再慢慢地数起来给我吧。"

"噢，好的、好的。"

我爸爸拿起了七角三分，一手交给了卖笋人，一手又从卖笋人手中接过了那张五块头的纸币。他用手捏了捏，并在空中挥了一下，这像是一面感召的旗帜，他感到沉甸甸的，心想人家真的会赚钱啊！接着，他又把那些余下的小钞票，一一清点了一番后，递给了卖笋人。卖笋人在忙碌中朝他点了点头，露出了一脸感激的样子。

　　这里我要告诉你，笋在当时算是时鲜货，又是比较高档的土特产。能吃得起笋，来买笋的自然都是家境不错的人，这些人一拿出来常常是一张整票，都得要卖笋人散，卖笋人散不开了总会找爸爸帮忙，爸爸也总会不厌其烦地尽一切努力给他弄好，一来二往，时间一长，两个人自然而然就更加热络了，感情也渐渐地加深了起来。

　　一天，卖笋人趁自己已卖光了笋，看爸爸正空着，就对他说道：

　　"大哥，这么多天接触下来，我看你为人不错，老实忠厚，别人有困难时又特别的热心。我呢每年都要经营这个活，几年下来也赚了不少钱。明天开始家中要搭个新窠了，也没有时间再来做这个活了。看你这么辛苦，可还是赚不了几个小钱，所以今天我就告诉你一个发财的办法，想不想听？"

　　"哈哈，你要搭新窠了！真当不错啊！"

　　爸爸朝思暮想想搭一个漂漂亮亮的新窠，可不管他怎样的省吃俭用，怎样的努力赚钱，就是积蓄不起钞票，搭不起想要的窠来。所以他对那些能一次又一次地搭起新窠的人，总是敬佩得五体投地。在回答了卖笋人的话后，还连忙竖起了大拇指，表达起了内心的敬佩。

　　"大哥，别，别这样。我告诉了你这个赚钞票的方法后，过不了多久，你也很快就会发起来了，用不了多久就会赚够搭新窠的钞票了。"

　　"跟你说实话吧，我以前跟你说这笋是自己家种的，这其实是骗你的。我怕一说出来被市场管理人员罚款,弄得不好还会被公安抓到里头去吃'公家饭'。其实,我这些笋都是我夜里骑上三个多小时的自行车,去鸬鸟山里一个朋友家买的,然后装好袋,自行车两边各挂一袋,上面再横放一袋,带回来的。要是时间还早,回来后先家中打个瞌睡,然后就出来卖,天天能卖上个好价钿,天天有钞票赚。我要搭新窠了,没有时间没有精力再去干这件事了。你如果想做,我就给你讲怎么去,找谁联系什么的,你可在暗中向他买进,然后像我一样拿到这里来卖掉,那样一来一去后,每天就有好多铜钿可到手了。"

我爸爸一听,当即就心血沸腾了起来,喏喏地对卖笋人不停地点着头说:

"好的,好的,好的。那你快点告诉我吧!"

于是,卖笋人随手捡了颗小石子,在地上画起了骑着自行车去贩笋时要走的线路图,并且还告诉了爸爸该怎么样去找人帮忙的方式方法……

卖菜一回到家,爸爸就急匆匆地把这事告诉了妈妈。妈妈用一种将信将疑的口气问道:

"他爸,这事靠得牢吗?可得小心呵,不要到时偷鸡不着蚀了把米哦!"

"他妈,你放心好了,我天天卖菜时都坐在他的边上的,亲眼看到他每天有不小的赚头。"

爸爸打起了包票,非常自信地回答了妈妈提出的问题。

"要是真的有那样好,那你就去试试看吧。不过来来去去那么多的路,你自己要小心些。对于这件事,你也不要太声张了,以防被人家举报什么的。"

"噢。"言简意赅。爸爸听到妈妈的话后,虽然只吐了一个字,但回答得特别洪亮且有力。

说完了话,他就去检查他的自行车去了,并随手准备起了要装笋用的旧化肥袋来。

当天晚上,按那个卖笋人给他画在地上的地图,他终于到了目的地,接上了头,收上了笋回到家来。由于是他第一次上路,对路有些陌生,加上他的腿有点残疾,踩起车来要比别人吃力,所以用在路上的时间多了些,这样来回一趟,等他到家时,天也早已开眼了,也就没有时间让他再打上个瞌睡后去卖了,他就径直去了农贸市场。一路上,满头大汗的他,认真地盘算起了怎样才能卖上个好价钿来。

在我们家乡流传着一句俗语:"不会种田看上埭",意思是你要是不会种田,看一下前后或边上的人怎么种着的,自然就什么都明白了。

爸爸把笋一拉到菜场,他也学起了前面那个卖笋人的方法,把笋给一一叠了起来。不过,还来不及等他放好,买者就人挤人的在眼前了。不出一会儿,他的笋也就卖光了。他心里那个开心啊!跑到了没有人的地方,激动得两手有点微微发抖地盘点起了钞票。真是不数不知道,一数吓一跳!这一数,数得他那心脏像一头小鹿,在胸腔里开始活蹦乱跳起来,还闹得好像要从嘴里跳出来了一般。他笑眯眯地把钞票往贴身的衣袋里一放,推上了自行车,向前一冲,一个大步跨了上去,只见两只轮子越来越快地转动了起来。我知道,他是要把今天赚到了好多钱这个特大喜讯,以最快的速度想与妈妈一起分享去。

在当天晚饭时,爸爸倒上了点小酒,说那样踩起自行车来轻松一点,妈妈还特意给他加了个菜,不停地叫他多吃点多吃点,说吃得多力气会多。我与哥哥没有用心去听他们在讲什么,而是把目光移到了别处,捧着饭碗目不转睛地观察起,我们家里的第一件现代化家具——闹钟。这是妈妈在爸爸赚了钱后,特地跑到街上去给他买来的,她对我们说:

"你爸爸啊吃尽了时间的苦头,这回有了这闹钟,他就方便多了。"

妈妈的话还没有说完,我们哥俩就张开了还嚼着饭的嘴巴"好好好"地叫了起来。

晚饭刚过,妈妈还在收拾着碗筷时,爸爸又推着他的自行车出发了。一来二往,这回他路熟了,人认得了,骑起车来轻松多了,想想几天来的收获,一路上,嘴里还不停地吹起了欢快的口哨,一曲《铁道游击队》里的《弹起我心爱的土琵琶》陪伴着他前往着……

因为路熟了,爸爸的骑车速度自然也快了好多,回来后也有了足够的时间,也能让他再好好地打上个瞌睡了。他怕误了点,还开上了闹钟。可能是路途劳累了吧,他一躺下,鼾声大作,一时还盖过了闹钟"嘀嗒嘀嗒"的转动声。

"丁零零、丁零零……"闹钟一响,爸爸像是训练有素的军人,跳了起来,推上了他带满了鲜笋的自行车,直奔菜场而去。

他照上几天的样子放好了这些笋，心中又在盘算着，今天又准能卖上个好价钿。

"你这个笋是从哪里弄来的？"

刚准备妥当，一个满脸长着粗犷的横肉，头发向后梳得整整齐齐的中年男子，已站在了他的笋摊前，用手指了一下后，大声质问起了我爸爸。

"我呀……我……自己家里……种的呀。"爸爸一时紧张，有些结结巴巴地回答不上来。

"那你跟我说说，你家里有多少竹地，我已观察了你多天，昨天刚卖了那么多笋，今天怎么又会有这么多可卖？"

"我家里啊，我家里有……有……"

我爸爸没有种过竹，对一亩地能出产多少斤笋，心中一点概念也没有，一时确实回答不上。

"有多少呢，说不出来了吧？说明你的笋是从外地投机倒把来的。来，快收起摊，带上货，跟我去菜场办公室等候处理！"

"这……这……"

爸爸伸出了两手，向中年男子作了讨饶的动作。想讨个好，求他给宽大一下。没想到那中年男子一把抓住了他胸口的衣服，双眼朝他瞪得大大的，对他严厉地喝道：

"还想赖？再不老实把你送派出所去！"

"不要，不要，千万不要……"

爸爸全身发抖，再次向那中年男子求饶起来。

"快，还不赶快收了摊跟我走？"中年男子的一脸横肉不停地跳动着，用脚踢了一下地上的笋后，霸气十足地向爸爸吼了起来。

爸爸用他那瑟瑟发抖的手,一根一根地重新把笋装回了塑料袋子中,用自行车推着,哭丧着脸、失魂落魄地跟着中年男子,心不甘情不愿地去了农贸市场的办公室……

到了农贸市场的办公室门口,爸爸死活不肯走进去。中年男子用力一把把他拽了进去。

爸爸没碰到过这种场面,人一下子像是平时筛谷子用的那把筛子似的,全身抖动起来。有些摇摇晃晃地对管理人员说:

"我错了,我错了。你们放了我好吗?我保证下次不做了!"

此时,边上一个年纪比中年男子更要大一些的妇女,推了一推脸上的眼镜,白了他一眼后,拉下了脸开始说起了话来。她说:

"看在你是初犯,同时态度也还可以,所以我们就不送你去派出所了,但是笋要充公,并还要罚款五十块。"

爸爸一听,突然一怔,差点瘫倒在地上。佝偻着身子走到了妇女同志的面前,跪了下来,"呜呜呜"地哭着说道:

"这位领导,你行行好吧,笋已被你们没收了,今天卖也没有卖过一支,我哪还有钱交罚款,不罚了行不行?"

"你的路只有两条,要么关进去坐牢,要么乖乖地把罚款给交了!要走哪条你自己选择吧!"

那个妇女同志字正腔严地给我爸爸撂下了最后"通牒"。

爸爸一听,吓得连尿都尿到身上了,结结巴巴地赶紧说道:

"那……那我……那我身边没有钞票,回去……回去拿一下可以吗?"

妇女同志眼睛朝我爸爸又白了一下,盯了他一会儿,然后再说道:

"那给你一个小时的时间,要是一个小时后还不来交,我们就通知派出所,要派出所去抓人了。"

爸爸颤抖着点了下头,出了办公室,哭着骑上了自行车,只能回家里取钱去了。这回真的不幸被妈妈言中了,真的是——偷鸡不着,蚀了一把米。而且对我们这个家庭来说,这次蚀掉的不是一小把哦,是满满的一大把啊!

回家的路上,我爸爸痛心地思忖着:这叫我怎么向老婆开口,怎么去向她要上这钱啊……

祸不单行。

爸爸在外面出了事之后,我与哥哥在家里也惹出了一场不小的祸。

"来把手伸出来,放到桌子上。"

在妈妈的一声大吼中,我们兄弟俩非常紧张地把手慢慢伸向了桌面,推开了瑟瑟发抖的手掌,把头转向了一边,闭起双眼,一脸痛苦状地等着我妈妈的制裁。

"谁叫你们这样做的?谁叫你们把这小燕子弄死了?我不是常跟你们说,燕子是我们农家的好朋友,是我们农家的好朋友吗?我们要好好与它们相处哦!"

妈妈拿起手中那根粗粗的硬柴棒,瞪着眼,气势汹汹地向着我们的手心挥舞了起来……

这架势,看似非常有力但实际真正落到我们手上时,也不那么有力，不那么的疼。她虽然已是火冒三丈，但她内心还是打不下手。哥哥在还没被打到时，就"哇哇"地叫了起来，所以少打了好多下，我却一副硬骨头的样子，妈妈边揍边叫道：

"看你讨不讨饶，看你讨不讨饶。"

我知道她是不忍心打我们的，长这么大了，她从没有这样打过我们。可是这次真的惹她起了大火。不过平心而论，只要我讨上饶，认了错，她也就会马上停下来了。看着妈妈此时的愤怒状态，看来这件事我们真的是做错了，虽然不是有意把小燕子摔死的。我也有些后悔当初的举动——

"弟弟，你看这满窝的小燕子多么可爱啊，伸着光秃秃的一个个小脑袋，是在想与我们说话，还是在等着他们妈妈给畏食呢？你想不想上去捉一只下来玩玩啊？"

"好啊，我想看看这么多的小家伙怎么住得下这么个小窝，它们是怎样生活的，也想捉只好好玩一玩。"

"快，快把凳子搬过来，我们上去看看。"

哥哥听了我也想上去后，马上指了下边上的凳子，朝我命令道。

我们把两条凳子往上叠在了一起，当时还以为我哥哥会上去，可是他看了看摇晃不定着的凳子后，改口说：

"妈妈说过：燕子是我们的好朋友，我们不能用手去摸它，更不能捉了燕子玩，要是玩了肚子会痛、手也要烂掉。我不想上去了。"

"我来，你这个胆小鬼。"我自告奋勇，吩咐了下哥哥扶好凳子，爬了上去。

"叽叽，叽叽"地叫着的小燕子伸长了脖子，更起劲地朝我叫了起来。我不知道它们是想吃什么了还是在向我发出反抗的警告。我伸手摸向了这群可爱的小精灵。

"哥，这些胖嘟嘟小家伙好可爱……"

我话还没有说完，只觉一根手指已被其中的一只咬上了，我"哇"一下叫了起来，连忙缩回了手，谁知在缩回的过程中，把那只咬着我手指的小燕子给带了出来。"啪"一声，小燕子摔到了地上，一下子就头破血流，小脚动弹了几下后，一命呜呼了。这一下可把我们吓坏了，在我们发着愣，不知怎么办才好的时候，妈妈回家了。她看到了这一切后，像是中了邪一样，冲向了灶间，拿起一根粗粗的硬柴棒，把我们拉到了饭桌边，就狠狠地教训起我们来……

在妈妈教训着我们哥俩时，燕子的妈妈也回来了。小燕子们开始向它"叽叽，叽叽"叫个不停，像是在控诉着我们的罪行。燕子妈妈看到了这个场面，开始在我们的头顶回旋着叫了起来，凄婉的叫声，似在追问我们：

"为什么会这样？为什么会这样？"更像是在指责我们哥俩："你们为什么要这样？把我的儿子弄死了！你们为什么要这样？我的儿子啊！"

在它泣血般不停地叫声中，我的耳边也突然响起了妈妈从小就教会了我们的儿歌：

勿搭傺借柴，勿搭傺借米，只搭傺借个地方躲躲雨。勿搭傺

借柴,勿搭俫借米,只搭俫借个地方躲躲雨……

燕子飞走了。我也终于明白了,妈妈为什么平时总会不厌其烦地教导我们:

"不能玩燕子,不能用手去捉燕子,更不能去拆燕子的窠,捉了它、拆了它就会肚子痛,并且手也会烂掉"的用意和真谛所在!

妈妈——一个平凡、纯朴、善良、正义、可爱的农村普通劳动妇女,她的形象在我的脑海中,像拔节中的春笋,一下子一节一节高大了起来。我久久地注视着她,情不自禁地长喊了一声:

"妈妈——"

这发自肺腑的声音,像是一只鸟儿,随同我的心一起飞向了云霄。蓝蓝的天白白的云,暖暖的阳光下,一群群鸟儿欢快地飞翔着。在一声声的鸟鸣里,我痛心疾首、挥着泪对妈妈说:

"对不起,妈妈!我知道我们错了,我们真的错了!下次再也不这样了。"

【二十五】

"他爸,我们的老大长这么大了,可是说起话、做起事来为什么还总跟八九岁的小孩似的呀?"

夜深人静,我们哥俩早就进入了梦乡。妈妈不无心酸、略显担忧地问爸爸道。

"可能是发育迟了点吧。不过我也担心着,当年家里养蚕你呛了烟,去医院抢救时,医生是说起过一句话……"爸爸有些不太情愿、吞吞吐吐地说了一半,怕妈妈多想,把已在嘴巴里的后半句,又重新吞到了肚子里。

"啊!医生说了什么?"妈妈急切地追问道。

"唉。"爸爸叹了口长气,朝我妈妈看了一会,然后说道:

"当年你昏迷了,时间有点长。医……医生……说,你……你缺娘(氧)后,有……可……可……可能……会对肚子里的小孩……产生一定的影响。"爸爸断断续续地说出了当年医生说过的话。

"怎么会这样?怎么会是这样啊?这么多的事情怎么都发生

在了我们的身上!"妈妈先是怔了一下,然后扁了扁嘴,泣出了声喃喃地说着。眼眶里簌簌地流起了泪水,人也开始摇晃了起来。爸爸赶忙紧紧地抱住了她,扶到了一旁,不停地安慰起来……

唐栖枇杷甲天下。一年一度的枇杷盛产季又到了。

据史书记载,唐栖枇杷始种于隋,繁盛于唐,极盛于明末清初。已有近1400年的历史。因品种优良,品质上乘,风味独特,自唐代起就被列为贡品。长期以来,相当繁盛,并且大家都已掌握了丰富的栽培、贮运技术,视枇杷为"珍果之物"。

《唐书·地理志》中就有"余杭郡岁贡枇杷"的记载。唐栖枇杷在唐栖古镇及周边形成了独特的枇杷经济、枇杷文化和枇杷生态。唐栖在明清时期还名列江南十大名镇之首,有"江南佳丽地"之称。明代李时珍在《本草纲目》中记载:

唐栖枇杷胜于他乡,白为上,黄次之。

清光绪《唐栖志》中对这里盛产的枇杷作了如此描绘:

四五月时,金弹累累,各村皆是,筠筐千百,远贩苏沪,岭南荔枝无以过之。

清康熙十一年(1672年)孙治所纂《灵隐寺志》内也有"枇杷出唐栖"的记载。

我们村借西太洋的湿地优势，成了唐栖枇杷的主要产地。每年，枇杷采摘后由当地供销社集中给予采购，通过挑选分级，用上专用的长方形木条箱子——50斤（也有25斤的）一箱箱地装好，然后由队里的社员用船只运往杭州指定地点。

送枇杷的事是队里最吃香的事。能去一次算是开了眼界，几个能说会道的回来后，能在大伙中讲上几天几夜的"大头天话"。

这事起先由几个队里比较吃得开的人霸着干的，后来大家有意见了，改为轮流干。头几年爸爸是轮不上的，后来爸爸劳动改造的时间到期了，大家看到爸爸的表现确实不错，就都同意给了他去杭州送枇杷这美差的机会。

这送枇杷的事为什么会被大伙儿都当作美差呢？其一，主要是当时相对封闭、贫穷、落后。都说上有天堂，下有苏杭，可对我们村子里很多的人来说，一生都还没有去过杭州的人比比皆是。这不，借送枇杷，机会就来了。其二，去杭州一次还有两角五分钱的补贴费可拿，这在当时可是一笔不错的收入。到了杭州还可吃上一碗从来没有吃到过的片儿川面，或者还能买点杭州人不太喜欢吃的、价格相对便宜的猪下脚回来。回家后烧得香喷喷的，那味道对人的诱惑实在有点大。两者结合起来，能去一次杭州，着实让村里所有的人都羡慕。

送枇杷的船一般是吃了晚饭后才开，要摇一夜船，天快要开眼时才能到达杭州城外的卖鱼桥码头。一路非常辛苦，到了之后又要一担担挑上岸。但这从来没有影响到大家的愉快的心情。一年下来，能轮到杭州去一趟，就像是中了大奖。大家依然高高兴兴、乐此不疲。

"他妈,明天可能要轮到我去杭州送枇杷了!"入睡前爸爸有点激动地与妈妈说道。

"这样呀!那你是不是与人家一样买点猪下脚回来,给屋里这两个细格①也带上点好吃的?"妈妈听到了爸爸的话后,眼里发出了一道从来没有过的亮光,羡慕地射向了我爸爸,并开开心心地嘱咐起了上面的话。接着她又自向矛盾地补充了一句:

"哦对了,你也不要大手大脚地买得太多,够他们哥俩开开荤就好了,记得我们还打算要搭个砖瓦窠呢!"

"好的。"爸爸朝她点了下头,笑了笑说道。

第二天上午,队里就做起了采摘、分级装箱、装船等一系列准备工作。可能是今天要去杭州了让他太高兴了,整个晚上都没有睡好吧,当爸爸挑着一担枇杷入船时,他的腿本来就有点跷,现在更是摇摇晃晃了起来,一不小心,踩了个空,"啊哟"一声,从跳板上摔到了船舱里。人家把他扶起来一看,手臂已摔坏,很快就肿得大腿一样了。这下可怎么办?去杭州用的都是摇橹船,要两个人一班两个人一班地轮流摇去,这下手臂给摔坏了,当然就去不了,爸爸伤心地流下了眼泪。可是流着流着,他想出了一个弥补的办法来。他向轮到了要一同去的几个人说道:

"你们能不能行个好,这次我是去不了了,可是我大儿子长

---

① 细格:就是指小孩。是我们当地大人对小孩的一种昵称。一般只在大人与大人交流时使用。

那么大了,他也早已学会了摇船,能不能让他代替我去啊?这不仅仅是想让他能赚上个两角五分钱,主要还在于想让他也能与大家一样,去看看杭州城。"

看到爸爸一脸的央求状,其中一个笑眯眯地说道:

"好吧。"

还有一个听到有人在说"好吧",来了个顺水人情,也"嘿嘿"一笑,朝爸爸送上了一束许可的目光,并生怕他不理解,还特意点了两下头。这次大头阿宝也轮到一起去,他听着大家都已说好,想也没有办法了,不再多说什么,只能是默许了。爸爸在得到这个结果后,开心了一个上午。中饭时分,走在回家的路上,手虽然肿得越来越厉害了,但是看上去却像一点伤病也没有的人一样。他早已被大家同意让我哥代替他去杭州这个好消息,兴奋得一时忘了伤痛了。

"他妈、他妈……"

还没走进家门口,我爸爸就在门外高声喊了起了。

"什么事呀?一惊一乍的。"坐在桌边正与我们哥俩一起吃着中饭的妈妈,听到叫声后,扭动了下身子,转过了头,朝着门口回应了一声。当她抬起头准备起身要为爸爸去盛饭时,爸爸已站在了她的眼前,看到他手臂青一块紫一块肿得很厉害,心头一怔,然后"啊唷"一下问道:

"啊!你的手怎么啦?"

"手没什么大事,刚才干活时摔了一下给伤着了。我有个好消息要告诉你们。"

妈妈听到爸爸摔伤了,默默地心里有些难过,所以可能没有

听到爸爸的后半句话,也就站在那里没有多说什么。可是当我一听到有好消息这几个字,就坐不住了,抢着问道:

"爸爸,快说呀,什么好消息呀?"

"这样的,我呢手摔伤了,摇不了船了,所以也就去不了杭州城了。但是我替你哥哥争取到了机会,他可以代我去杭州了!"爸爸非常兴奋,笑容满面地对我们说道。

我哥哥听到这话后,高兴得"嘿嘿嘿"地笑了起来,嘴里虽然还含着饭,但是还是口齿不清喊出了声来:

"哦,哦,哦!我要去杭州了!我要去杭州了!"

说到第二遍时,他让饭给噎了一下,连着咳了起来,最后朝着桌子打起了喷嚏,两个鼻孔像似机关枪口,连饭带菜地喷射了出来……爸爸看到后,拿起筷子想朝他头上打去,妈妈见后给拦了下来,说道:

"孩子已大了,叫他今后注意点就是了,不要打他了。"

吃过晚饭,爸爸因为手伤有些痛,只是在家里给哥哥交代了去杭州送货要注意的事项。妈妈有些不放心,一直送哥哥上了船。看着他们开了船后,才走几步望一望、走几步望一望地放松了下来回了家。回到家,她摸了摸爸爸伤口,问道:

"还痛吗?"

爸爸摇了下头,有些内疚地说:

"好些了,不怎么痛了。"

可是妈妈却一脸心痛,对爸爸说:

"他爸,你明天去医院看一下吧。"

爸爸摇起了手，立即追着说：

"不用不用，我等一下去找细头阿宝弄点草药包包，过不了几天就会好了，我们不用再去花那些冤枉钱。"

……

【二十六】

"汪、汪汪……汪、汪汪……"

深夜二点多,在一阵接一阵的狗吠声中,我家的门被"嘭嘭嘭"地敲响了。我在睡梦中听见爸爸朝门外喊道:

"谁呀,深更半夜的谁在敲门呀?"

可是传回来的,只是一阵阵含糊不清的哭泣声,一时也听不清到底是谁。爸爸爬了起来,打开门一看,眼前的一切让他一阵惊怵:站在眼前的原来是自己的大儿子,全身的衣裤都已湿透了,嘴里急得说不出话来,只是一个劲地哭泣着,见到爸爸后哭声更猛烈了起来。

"儿子怎么啦?儿子怎么啦?"爸爸说话时还轻轻地拍起了他的背,意思是叫他不要急,慢慢说来。

"船……船……船被撞……撞沉掉……"哥哥平时说话也不是很利落,这下一急,话更是说不完整了。

"在哪里呀?"我爸爸一个震颤后问道。

"在……在……武林头,那个……那个……三岔……三岔口子上。"

一听到这个消息后,爸爸就跑出了家门,在村子里喊了起来:

"大家醒醒,大家醒醒吧。不好了,不好了。出大事了,出大事了!"

在爸爸的一阵大喊大叫声中,狗的叫声也越来越凶了,同时,村子里家家户户的灯也都亮了起来……

"都是大头阿宝,都是大头阿宝。那……那时轮到我与他一起摇船,可是他说叫我……叫我一个人摇,他自己也与其他的人一样,钻到了船艄的那个仓里头去睡觉了。我一个人摇着摇着,到了武林头三岔口这里,另一头突然冒出了一只小火轮,我一个人来不及了,忙着推桨也没有用,那船横着撞在了我们船的肚子上,我们的水泥船变成了前后两段,一下子就沉了下去。我在落水后,拼命地游啊游,游到了岸边,一起在船上的人也不知道他们怎么样,我在岸边等了……等了好长时间,一直……一直没有看到他们……没有看到他们。"

哥哥在妈妈的安慰下,慢慢地缓过了神来,虽然说话还是有些断断续续,但算是完整地描述出了事发时的整个过程。

"怎么会这样啊!怎么会这样啊……"

起了床的众人在听了到这个消息后,都摇着头惊叫着。

有亲人在船上的,更是撕心裂肺地哭了起来。在哭声、狗叫声和灯光的作用下,树上的鸟儿也都醒了过来,不停地扇起了翅膀,仿佛也对惊慌中不知所措的大家在说:

"大伙儿，快去救人啊，快去救人啊！"

猴子队长组织大家连夜赶到了事发点，努力搜寻起失踪的人员……

直到第二天中午，失踪人员的遗体才被一一打捞上岸。这一下，我们整个村庄都陷入了极度的悲痛之中，那个悲惨的场景极不亚于前些年的那场瘟病。亲人们的恸哭声，仿佛也感染到了树上的鸟儿，它们也悲痛万分，清一色地拉起了长调，深沉低缓地一声声叫着，头还仰望着苍穹，好似在问：

"老天爷啊，这到底是怎么回事呀，怎么让这灾难又落在了这里，落在了他们头上呢……"

哥哥在那次沉船事故里，呛上了好多的水，肺也被呛伤了，整日咳嗽不停，接着还引发了肺炎。这下，把我们家里的那点可怜的积蓄又被他花了个精光。妈妈看着席子底下那个本来包钱用的，现在又再次空空如也的旧手帕，伤心地流着眼泪说：

"这到底是怎么回事呀，是不是碰上了哪个大头野鬼了，我们家不是这事就是那事的，想积蓄几块钱下来，为什么总是那么难啊！"

一怒之下，她跑进厨房，拿起了把切菜用的刀，解下了腰间的裤带，捏成了一团，像一个武林高手，"嚯嚯嚯"，一刀一刀地把上面打着的一个个结，剁得粉碎。爸爸看到了这莫名其妙的现象后，非常不解地问她：

"她妈，你这是在干什么呀？"

妈妈只是一个劲地流泪，没有向他多说什么。我可怜的妈妈啊，此时此刻，我完全明白，语言对你来讲，真的是苍白无力哦！

"他妈，不要灰心，不要灰心。这是暂时的，这是暂时的。

我们家一定会好起来的!"

　　看到妈妈这副模样,爸爸连忙安慰起了她,还用他那青筋暴突的手,有些生硬但很温柔地擦拭起了挂在她脸上的泪花。

【二十七】

"嗡嗡嗡、嗡嗡嗡……"

家门前,一望无际的油菜田,花儿们努力地张扬着自己的心事,一群蜜蜂正忙碌地采着蜜糖。在一阵接一阵的微风中,每一棵油菜都不停地摇动起了身子,还晃动起了小脑袋。一摇一晃中,看上去似乎要向人们讲述——春天里一个个动人的故事。

这些天来,哥哥因病住院,家里几头羊的主食——青草,因没人看管被人给收拾了。它们都饿得"咩咩"地直叫着。这年月,家家户户都养着羊,地上田头的草还没来得及长大,就被割得无影无踪了。

出生于小城镇,并在镇上长大,从来没有割过草的我妈妈,只能不管死活,起早摸黑地背着草篰,到处寻找起可以割草的地方。对她来说,要割上满满的一篰草,需要比别人花上更多的时间。

天刚刚开眼,她就出了门,地上早已没有草了,她看到人家都往田里钻,她也就跟着钻进了那块油菜花开得正旺的菜田中,趴在了那些长得非常高大、没过了人头的油菜花枝条下面，拔起了一棵棵的小草。趴在下面的时间长了，她会像鱼儿一样，从花海的下面钻出头来，来个深呼吸，透上一口新鲜的空气。在钻出来的一刹那，总是满头大汗。她情不自禁地用手捋了捋贴脸黏着的头发，还摸起了整张脸，顺便带走了那一颗颗晶莹剔透的汗珠。随着手指的移动，她的脸上随即也留下了一道道黑白相间的印痕。

原来，妈妈拔草时手指尖上都沾上了泥土，随着她那一摸，一根根手指像是一支支蘸饱了墨汁的毛笔，不经意间，已在她的脸上涂抹出了动人的图案。这动人之笔与早已落在头发上黏着的黄色的花瓣、绿色的菜叶子等组成了一幅美妙的动人画面，让我立即向妈妈投去了敬佩的目光，使妈妈在我的心中，更加挺拔了起来，伟岸了起来！

远远地望去，这一切，更像是一幅乡村油画，不管时间怎么流逝，她永远地定格在了我的脑海里，烙在了我的心底。我喃喃地说道：

"我亲爱的妈妈哦，你虽然出生在小镇，但已经完全融入了乡野，融进了这片带着泥土芬芳、纯朴而又璀璨的乡村风景里，成了这乡村画谱中当之无愧、真正的主人。"

嘻嘻，妈妈干农活虽然谈不上很专业、很内行，但是她的针线活在我们的村子里却是数一数二的。她的拿手杰作是做老虎头的小孩鞋。她自己剪样，自己纳底，自己做邦，自己绣动物，然后自己绱鞋子。做出来的鞋，不光动物图案神形兼备，活灵活现，样式也特别灵巧，而且经久耐穿，多年下来，她做的鞋周围妇人中无人能出其右。

每当农闲季节，村子里的女人们都会成群结队地来向她取经。后来连周边村子里的女人也都赶来了，把我们这个小小的家，坐得满满的。有时家里坐不下了，连门外枇杷树下，也坐上不少的人。这个时候，也正是妈妈最开心的时候，她总会不厌其烦手把手地传教起来。

一年后，我们的村子成了远近有名的老虎头鞋子村，妈妈也成了老虎头鞋子村里名副其实的"女状元"。几年下来，做老虎头鞋子成了我们村里妇女们的一项首选副业，受到了大家的青睐。

"你今天上街了没有？今天卖掉了几双？"

"我忙着在家里做，没有去，你去了吧？又卖掉了好多吧？"

"也没有多少，五双花头。不过有个户头向我订了十多双，订金也已给我了，接下来我要有得忙了。"

每天，我们村子里的妇女们，只要在村口、路上或田头一碰面，她们的问候语也都省略了，你听听，一开口都是关于老虎头鞋子的事。在我们及周边的村子里，老虎头鞋子成了她们挂在嘴上、动在手上，让钱包慢慢鼓起来的一个古老而又新潮的神话。

……

【二十八】

冬日的早晨。

疯狂地叫了一夜的北风,在天刚刚开眼时,突然停了下来。太阳慢慢地爬上了召山的山岗。召山脚下,一个以生产蜜饯为主要营生的小镇上,一条深深的巷子里,一个扎着两条小辫子,穿着一件花布衣服的女孩,起了个大早,她已把家中里里外外打扫得干干净净。你看,现在她又在左邻右舍间忙碌开了。走进左家说:

"阿姨,我明天要回去了,谢谢你这么多年来对我的关心与照顾!"

走进右家说:"叔叔,谢谢这么多年来给我辅导作业!同时谢谢你送我的书,我回去后一定好好看。"

……

久违的太阳,今天也特别给力,在接连阴冻了多天后,今天突然大放异彩起来,让大家觉得暖意融融。家中的老少都搬上了凳子,各自找个避风向阳的地方,晒起了太阳。姑娘挎着个大

包,一路与他们打着招呼,几个小孩子跑上来拉住她的手说:

"姐姐,你不要走、不要走,我们会想你的。"

一个老奶奶伸出饱经风霜的手,一把拉过了她,把她抱在了怀里,热泪盈眶地说道:

"孩子,这么多年来,你天天给我读报,难为你了!我一个孤寡老人不知道怎么感谢你才好。"

"不用、不用,这是我应该做的。这么多年来你对我那么好,我已记在心里了。我有空了一定会来看你们的。"说完话,姑娘挥着手再次做起了与大家道别的动作。

"走吧,我送你一程。"

一旁,一个上了年纪的男子催促了她一下。

"不用了。舅舅,你昨天晚上与我谈的,我已铭记在心,我一定会好好做人努力干活的。我知道,从今天起,路要我自己走了,我一定一步一个脚印地走好每一天。"

……

讲到这里,你一定会问这个姑娘是谁?她就是我们文章开头讲到过的朱头凤。也就是当初那个我们村子里不论大小都叫她"猪头疯"的小女孩。自从她没有了爸爸妈妈后,她在召山脚下小镇上的舅舅家里慢慢地长大了,她舅舅把她视如己出,并让她在那里念完了初中。

随着合作社后人民公社的深入推进,她也响应国家号召,告别了舅舅一家人,积极回到了自己的家乡。她说:

"我要与大家一样赚工分,靠自己的劳动来养活自己。"

这个当初走时在村民们的记忆中,还不怎么起眼的小不点,如今却已长成了一个水汪灵灵的大姑娘了。和她的妈妈在世时一模一样，浑身一个美人坯儿。村子里几乎所有人碰上她后，有事无事都喜欢与她搭上几句，总会感到无比高兴。但是大家由于文化低，对于她的美，一时都找不到心中要表达的那个词。

这个说："这姑娘真好看啊！"

那个说："哎，这姑娘确实好看！"

还有的看到后，不停地发着"啧啧"的叫好声。

这个时候，细头阿宝又坐不住了。平时看到美女总会发表一番感慨的他，看到了朱头凤后，他更是不肯放过。他清了清嗓子，声情并茂地对大家说：

"我们都把她妈妈叫作'软条白沙'，没想到她的女儿如今也是颗'软条白沙'啊！而且两人比较一下后，女儿似乎又超出了一大截。"

一旁的人舔舔舌头，仿佛在体验着味道，眼睛发着异光，都点起了头，喏喏地说：

"是，是，是。"

"那我看，就叫她'小软条白沙'吧？你们说好不好？"

于是，大家你看看我、我看看你后，又喏喏地笑着说：

"好，好，好。"

"赞，赞，赞！起得好，起得好。"

说话间，大家还给细头阿宝送上了一个个大拇指。

看到这一切，细头阿宝更加兴奋了起来。随后，就带着大家深入讨论了起来，他笑眯眯的，眼睛只留下一条缝了，问大家道：

"'软条白沙'和'小软条白沙'到底好看在什么地方?"

有人说:"大家看到她们之后,浑身总会有一种说不出的味道。"

有人说:"看到后,总会越看觉得越舒服。让人五脏六腑都会飘起来,头都快要夺了。"

还有的人干脆实话实说:"看到后会莫名其妙地产生一种冲动。"

讨论来讨论去,众说纷纭,没有得出个统一的结果。这时细头阿宝又清了一下嗓子,看样子要给大家做个总结。但是他刚想开口时,听到他老婆红种正远远地在喊他回家吃饭了,他朝大家舌头一吐,表示讲不了了,就捷步回家了。

一看这场景,想想听不到细头阿宝的高见了,边上的这些人都是一脸失望。

其中有个小青年,猛吸了一口夹在手间的烟头,然后又"嗖"地把它弹向了天穹。烟蒂在灰蒙蒙的天空中像是一颗流星,划出了一道闪烁的弧线,一路追上了细头阿宝,不偏不倚落在了他的头上。细头阿宝像是中上了导弹,人一下子蹿了起来,并"哇哇哇"地大叫着。大家见状给他喝了个倒彩,大哄一阵后,也就只能意犹未尽,比较扫兴地各自回家了……

一年四季,周而复始。

七月中下旬,村子里紧张而又繁忙的夏收夏种到来了。每当这个时候,金黄色的稻穗低下了它沉甸甸的脑袋,等待着"嚯嚯"的镰刀来亲吻。秧田里一片片的连作晚稻秧苗,嫩嫩的叶子在晨曦中挂着闪闪发亮的水珠,又正在"闺中待嫁"——等待着大家来拔起,给它找上合适的田野后再种下。

一年接一年的赓续中,村民们把这个时段冠以了一个非常写实的名字——"双抢",意为抢收抢种。

望着一块接着一块在风中起伏着的、金黄的早稻和绿油油的秧苗,大家既喜上眉梢,同时又会愁肠百结、忐忑不安起来,思索着要怎样才能在烈日下不折不扣地打好这场硬仗。

三伏天时,早稻成熟后极易倒伏和掉粒,所以一旦开镰,必须及时争抢晴天收割完,若一有拖延,弄得不好,这些已将要到手的粮食有可能将会丰产而不能丰收。但如果开镰过早,大家割下的会有很多将是灌浆不实的颗粒,等到晒干后,一看很多又会是青秕谷,同样也会大大减产。

于是,在"双抢"这样的氛围里,那句已流传了千百年的"晚稻插种不过立秋关"的农谚,又在大家的头顶——村口那只高音喇叭里响了起来。这好像是一根无形的鞭子,在这个节点上,又将在爸爸妈妈的身后高高地扬起,时时刻刻催他们奋进,让他们不敢生出丝毫的贪懒之心。

在毒辣辣的太阳下,每天的汗水是他们最好的代言物,这仿佛成了他们的孪生兄妹,与他们总是形影不离。不过,要用"挥汗如雨""汗流浃背""汗流满面""大汗淋漓"一类的词语来形容他们,都会无功而返,此时此刻,这些都早已显得苍白无力,力不从心了。

"嘟瞿……嘟嘟瞿……嘟嘟瞿……"

深夜二三点钟,猴子队长的哨子声就会不停地响起来。响过一阵子后,他生怕大家没有听到,又放开了喉咙从各家各户的门前大声地喊上一遍。爸爸妈妈听到后也就迅速地起了床,尽管全身腰酸背痛的,但还是用冷水洗了一把脸,半睁着眼睛,出门随大家一起,往田畈里走去了。妈妈还边走边捋着头发,一个磕绊,还差点摔倒了。

下了田大家都忙碌开了。

这回他们起早来收割早稻,太阳还呼噜呼噜地睡着,稻田里的水过了半夜后,也有点凉下来了,所以可以勉强对付。可是,等到了太阳慢慢升起来后,水温也慢慢地跟着升上来了。最让他们难受的是上午十点钟后,弯着腰在收了早稻的水田里干着时,在火球一样的太阳下烤着,胸口又迎着晒得滚烫的田中之水,身上的汗水湿了又干、干了又湿,衣服上都结起了白白的盐花。妈妈这个在小城里长大的女人,虽然来这里多年了,但干农活还是比不上大家。你看,田中的她已被闷得喘不过气来。她说踏在田里的脚踝,犹如箍着脚镣一样阵阵地胀痛。而在她施肥——抛撒羊垃圾时,冲天的臭气更是让她恶心阵阵,时不时想要吐出清水来⋯⋯

近黄昏。虽然热浪稍有退去,但是蚊子又成群地袭来了。

妈妈提了几只秧与一群人一起在田塍上走着,她赤脚走在湿滑的田塍上时,与同村的其他人比,动作明显有些不协调。东倒又西歪的,"警情"无处不在。这时,成群结队的乌蚊虫又开始在她的头上盘旋,她一路挥着手、摇着头、赶着虫子向前走。迷茫中一个跌闪,突然两只脚分叉滑向了田塍的两边,"啪"一声,一屁股坐在了湿漉漉的田塍上。双腿正好划出了一个八字，惊恐中双手举在了半空，无意中摆出了一个"大"的姿势。前前后后一起走着的人看到后，给她送上了一个哄堂大笑。

太阳早已落山多时，天也已黑乎乎的，大概已过了九点钟吧，拖着疲惫的身体收工回家后，爸爸"扑通"一声跳到了门前的小河里面洗起了澡，妈妈快快地走进了灶间烧起了饭。待炉火用硬柴烧旺后，她又用脸盆舀了些水，走向了里屋关起了房门洗起身子来。等她出来，把脸盆中的脏水往门前道地上一泼，就不停地喊起了哥哥的名字。哥哥听到后很快就来到了她的身边，接过妈妈手中的脸盆，按她的吩咐，去小河里舀来水，一盆一盆地把道地的地面给泼了个透。爸爸洗好后，他把吃饭的桌子搬到屋前道地上。屋内实在是太热了，所以我们一家人就吃起了风凉饭来。那时家中很穷，那样的大体力投入，却根本没有什么好吃的给予补充。每天在我家的饭桌上，当家的菜总是一碗饭焐茄子，两碗饭锅上蒸的冬瓜，再加上一大盆的咸菜汤。

你看，爸爸倒了些汤，"哗哗"地吃了起来。妈妈好像没有胃口，坐在那里一时没有动筷。可能是刚才在田塍上摔了一跤之故吧，她还不时在用手摸着自己的屁股。看到了这一切，爸爸劝她说：

"人是铁，饭是钢。你要吃点啊，不然明天怎么有力气下田干活啊！"

妈妈听后，拿起筷子，勉为其难地扒上几颗米粒，细细地嚼了起来……

待一家人吃过饭后,爸爸可能很累了吧,急急忙忙爬上放在道地上的桌子,两脚一挂,呼呼睡去。直到实在受不了蚊子的叮咬了,才睡意蒙眬地进屋钻进了蚊帐里。汗水湿透了席子,他也全然不顾,因为凌晨又得出去干活了。他告诉我们哥弟俩:

"无论如何必须抓紧时间睡一觉,不然人要顶不牢了。"

然而,更有多时,他总会翻来覆去的睡不着。那是因为他已被晒得古铜色的背,早已"千疮百孔",严重的皮炎让他痒得实在难以忍受。可是他总是忍着,生怕发出一点点呻吟而影响到了妈妈和我们的睡眠。我可怜、可敬的爸爸,常对妈妈说:"天气闷热,穿上衣服不舒服",其实她心知肚明他是为了省下几个布料钱,这样的大热天里,出门时也不舍得穿上件衣服,光着膀子"赤膊上阵",这怎么不让妈妈默默地流泪。有时他晒得实在受不了,抓把泥浆往身上糊上一层,就当作是一件神奇的外衣,用来抵御太阳的炙烤和蚊虫的叮咬。可过不了一会儿,泥浆已被晒干了,一块一块地咧开了"嘴"。这个时候,看他弓着背种着田的模样,远远地望去,宛如那只龟兔赛跑中的乌龟,正坚定着信念,缓缓前行……

然而,有好多天里,这样的日子也要被打上折扣,因为在晚上,队里临时要分稻谷、分稻草什么的。

听到队长要分东西的叫声后,爸爸对妈妈说:

"他妈,你太累了,早点休息吧,这活我一个人去干就行了。"

说完话,他就拖着疲惫不堪的双脚,又走向了野外,走进了黑漆漆的夜色里……

爸爸妈妈总是这样拼死拼活地干着,不论怎样他们也舍不得落下一天,乃至一个早晨或一个晚上。他们知道一天的收入对别人来讲或许不算什么,可对我们这个家来说,那就意味着能换来几块砖或几斤水泥,这样一天一天地积下来,离我们家的新窠又会近上一步啊!

整个"双抢"季节里,爸爸妈妈这样一天又一天,艰难而又疲惫地熬着,一直等到了"双枪"结束好多天后,等到那个吃新米饭的好日子来临了(对于我们小孩来讲,这绝不亚于过节),爸爸才去唐栖街头,买上一点点可怜的肥肉,用冬瓜一烧后,让大家快快乐乐地吃上一餐,也让我们一家人暂时忘掉了那些艰难而又疲惫的日子。

【二十九】

俗话说：兔子不吃窝边草。

我想问一下，大家还记得多年前的朱水宝吗？

就是多年前玩火烧掉了我家的楼房，后来又专门不学好，几次去偷吃红种家的红烧肉，被大家叫作"猪水泡"的那个小鬼头。自从他爸爸大头阿宝去杭州城里送枇杷，死在了半路上后，他家中便只剩下了他一个人。向来没有人管他，这下更是让他无所忌惮，更好吃懒做了。那样说吧，按村民们的说法是：

"他好的没有学会，坏的却都从他爸爸那里、从外面的大世界里给学到手了，并且还学得比他爸爸更胜一筹。"

他在村子里经常偷鸡摸狗、调戏妇女、惹是生非，什么事都干得出来。大家给他的评价是：

"只有你想不到，没有他做不到。"多年来，只要他一出现，大家都会像避瘟神一样地避着他。

你看，这些天他鬼鬼祟祟，又把目光落到了小软条白沙身上，并且像蚂蟥一样，正死死地盯着她不放。

蓝蓝的天空白白的云。

此时，这如诗如画的天空，正倒映在灌满了水的田头。微风吹来，白云在水面上也跟着漂动了起来。白色的或蓝色的一个个涟漪，像是小软条白沙身上穿着的蓝白相间的花衬衣，格外醒目。

大家都在一旁的田里种着田或施着肥。

这回，从不愿下田的猪水泡也来到了田头，正站在田塍上东张西望。起先大家还以为日头真的从西边出来了，互相问道：

"这家伙真想学好了？"

可没过多久，细心的人们一眼就看出他的心思来了——他心中正怀着鬼胎，在人群里找寻着小软条白沙。此时的小软条白沙手里提着几把秧，正从另一条田塍上走来。他看到后就横着穿过了田畈，不管人家刚插好的苗，双脚踏碎了那些水面上的蓝天白云，快步冲到了她的前面，假惺惺地笑了笑，殷勤地说道：

"头凤，你晚上有空吗？今天的电影不错，晚上跟我一起去唐栖街上看电影？"

"我不去，你自己去吧。我不是已同你说过了呀，我不喜欢你，你今后不要再来纠缠我了！"小软条白沙干脆利落地回道。

"猪头疯，你以为你是谁，不要给你面子都不要哦！"

猪水泡话一讲完，就一反常态板起了脸，伸出双手，想把小软条白沙搡向水田中。这时，正在种着田的不少村民都气愤地喊了起来：

"猪水泡，你不要太过分了！人家姑娘不愿意，你还一定要逼着人家跟你去看电影？"

爸爸看到后，飞快地从水田中深一脚浅一脚地跑了过去，一手把猪水泡拉到了一边，然后叫小软条白沙从另一边走开了。

这时的猪水泡怒火冲天了，心中的气正好有地方出了，指着爸爸大声吼道：

"关你什么事？等着瞧，会有你好果子吃！"

说完话，他挺了一下尖尖的头，还朝爸爸梗了几梗脖子，暴突着眼睛盯了一会儿，然后，气势汹汹却又骂骂咧咧地走开了。

【三十】

村子的西边,有块已长得高过了人头的枇杷树苗地,此地离村子较远,虽然有条小路穿过这里,但很少能见到人影。

这条小路是小软条白沙要去他舅舅家,抄上几步近路时的必经之路。那天她在舅舅家早早地吃过晚饭,赶紧回家了。因为天黑之后她一个人不敢走夜路,但等她拼命地走到这里时,太阳还是已经落山了。远方一棵孤零零的杂树上,不停地传来乌鸦们"哇哇"的叫声。她听着乌鸦阴森森的一阵阵叫着,心里开始发毛起来,所以不得不又加快了步子,她想快点走过这里。

可真是哪壶不开,提哪壶。当她走到纵深地带时,面前草堆里突然跳出了个蒙面汉,手里拿着一段木棍,二话没说,当头给她来了记闷棍。"嗡"一下,她顿觉得地动山摇,立即就倒在了地上,并且还昏了过去。那人一把把她揉进了没过膝盖的草地里,剥开了她的衣服、拉下了她的裤子,开始了灭绝人性的蹂躏……

爸爸是在第二天早上被警察带走的,来抓他的人当场就给他

戴上了手铐。村里来看热闹的都摇起了头,用一种讥讽、憎恨的语调说道:

"啊!这个老流氓又犯事了!"

妈妈站在边上不停地抽泣着,我拉着她的手,头朝着天看着她的脸"妈妈,妈妈"地叫着。哥哥冲出了人群,朝刚才在说我爸爸"这个老流氓又犯事了"的人,大声地叫嚷着:

"我爸爸不是流氓,你才是流氓,你才是,你才是!"

他说话时还跺起了脚,捏着拳头,脸上露出一副想要与人拼了的样子。

那人双眼盯着他看了好长时间,还恶狠狠对他说道:

"你这个弱智,你晓得个什么东西呀!你晓得个屁啊!"

哥哥挺了挺脖子,啐了口口水,用手指着对方,又开始费力地跳着大喊了起来:

"你才是弱智,你才是弱智呢!"

"坦白从宽,抗拒从严。你老实招了吧!"

在派出所的审讯室,民警用一束强光照在了我爸爸的脸上,大声且严厉地朝他吼道。

"那不是我干的,不是我干的!"爸爸抬起了头,声嘶力竭地又一次喊了起来。

"那这是谁的?"

民警目光如炬地向爸爸盯了一会儿后,拿起了一只旧鞋子和一块被扯碎了的旧衣布,朝爸爸投来了杀伤力更强的目光,双眉翘得老高、咄咄逼人地问道。

"这是你的吧？铁证在这里，你还想赖？你这个流氓犯，以前还有前科在哦，改造了那么多年，你的流氓本性为什么还是没改好啊？"

……

审讯已进行了几个小时，爸爸始终没认罪，结果又被关了起来。

法网恢恢，疏而不漏。几天过后，案子终于有了进展。公安机关在一片撒落的草叶上、从滴在现场的一小滴精液的斑点中，查明了真正的罪犯——猪水泡。

原来这个狡猾的猪水泡，从我家门口偷走了爸爸的旧鞋子与旧衣服，穿在了脚上和包在了头上，事后又故意丢在了现场，让公安机关破案绕上了一个大弯子，让爸爸蒙上了好多天的不白之冤。

被关上了多天，爸爸一头的黑发一下子变成了白发。从拘留所放回来后，他坐在家门口，一时不敢走进家门，因为他实在不知道该向我妈妈怎样解释这件事。这一头的白发，像一朵白色的鲜花，开在了自己的家门口，开在了他生命的十字路口。

坐着坐着，抬头时，他一眼又是看到了村东头那棵大枣上的鸟窠，看着看着他的喉结动了起来，咽下了几口口水，喃喃地说道：

"鸟啊鸟！我还真的不及你呀，你做了这么好一个窠让家人住着，而我呢，我既没有一个像样的窠，却又落得这副狼狈的样子！你说还有什么脸见人啊！"

"喳、喳、喳喳……"那鸟儿仿佛是通了人性，在爸爸有些绝望的一刹那，又起劲地朝着他不停地叫了起来。此时此刻，他的眼前又浮现出了他妈妈的身影来，耳边又一次响起了小时候他妈妈老是挂在嘴边的民谣：

金窠银窠，不及自家草窠。金窠银窠，不及自家草窠……

他跟着念了几遍，情不自禁地站了起来，鼓起了勇气，勇敢而又大步地跨进了家门。他心中再次起了一念：

"喜鹊们，你们把窠搭得这么好，这么的漂亮，我想我也能，我也一定能！只要我不改初心，永不言弃，一定能为我们这个家搭上个漂漂亮亮的窠，让我的老婆儿子们舒舒服服地住在里面，一家人一起过上红红火火的日子。"

【三十一】

我对家乡的最初记忆,是来自一颗枇杷的记忆。

记得那时我刚上学不久,经过选拔后,我代表我们学校去区里参加一个中小学生田径运动会。

当时学校老师给我报的项目是:100米和200米,另外加了一个4×100米的接力赛。体育老师总说我"步频"快,同时爆发力又特别好,是一个好苗子。果不其然,我没有辜负老师的期望,一举拿了100米、200米两块金牌与一块接力赛的银牌。

并且我还要告诉你,后来我又意外地拿到了第三块金牌。

事有凑巧,比赛那天,原本安排我们学校另一位高年级同学,要跑800米和3000米的,可是那位同学在先前的一个田赛项目上,不小心把脚给崴了,不能参加比赛了。老师一筹莫展,一时找不出合适的替代人选来。

"老师,如果找不到合适的人,是否让我去试试看?"

我在我们的老师正在苦思冥想之时,大声且胸有成竹地向他毛遂自荐道。

"你?"老师反问了一声后,疑云重重地朝我看了起来。

接着又说:"这是高年级的项目呀,你还小,能比得过他们吗?"

"老师,我想我能。我每天早上上学的时候,总与我哥哥他们那些大我几岁的同学比着跑,他们都跑不过我。"一说完话,我很自信地反看起了老师。

老师摸了我下头,看他思忖了一下后,说:

"一时也找不到人,要不你就去试试,就当是去学习一下吧,为将来做好准备,多留些经验。"

"各就各位,预备——"

"嘭",随着发令员的一声枪响,我第一次跑上了800米的征程。一圈下来,我跑在了第二,我们老师看看我还不错,心想有戏,就站在了跑道边上给我高喊——

"元宵,加油!元宵,加油!"

我一听到老师的高喊声,不知从哪里又冒出了持续的劲儿,一路向前,把其他的参赛选手给甩得远远的,就这样,我再次拿到了冠军。接下来的3000米项目,我毕竟年纪太小了点,耐久力不够,只拿到了季军。可是这一来,已经不得了了,我一时成了运动场上的小明星了。一比完赛,我的体育老师亲自拿了一颗枇杷,还给我剥好了皮在等我了,看我正走向他,他又小跑了几步,一下子塞在了我的嘴里,说道:

"元宵,你太强了。先吃颗枇杷,回去我要向学校领导申请,给你好好奖励一下。"

其实一颗枇杷对我来讲,那是太平常的事了。我从小就长在枇杷的丛林里,我家的房前屋后都是枇杷树,房屋也在枇杷树的掩映之中。我们一群小伙伴还专门在枇杷树上玩"强盗赛"什么的。可是,此时此刻,这颗枇杷的意义就特别的非凡了,已远远地超出了它只是一颗水果的含义了。第一,这是老师对我取得成绩的肯定。第二,所有的参赛选手与老师们都认为,我能取得如此辉煌的成绩,是因为我从小就吃营养丰富的枇杷。那一颗颗神奇的枇杷从小就为我插上了腾飞的翅膀。从此我就更加喜欢上枇杷,喜欢我的家乡西太洋,喜欢我的唐栖古镇了。

自从运动会之后,学校也把我当作宝贝加以培养——说我是个可塑之才,将来必成大器。拿着那么多的金银铜牌回到家里,爸爸看到后高兴得不得了,"嘿嘿,嘿嘿"地笑了起来。我把得奖的事一一告诉了他后,他撸撸我的头,对我妈妈说:

"他妈,看来我们家有指望了,在我手里,到目前为止还不能给你搭上个让你喜欢的窠,看来我们元宵他一定能行,一定能行啊!"

于是,爸爸妈妈通过彻夜长谈,狠下了心,做出一个重要的决定:因为家里经济困难,已无法供我们哥俩一起上学了,同时哥哥学习成绩又很差,我呢不但体育上拔尖,文化成绩在班里也是数一数二,所以最后决定让哥哥退学,全家集中力量来供我一人上学。按他们当时的说法就是,把宝全押在了我的身上。

我们的学校当时在一个破旧的庙里,这里离爸爸早年上学的

"栖溪讲舍"大学堂不远。在这样一个破庙里,学习的硬件可想而知,条件非常不好,教室三面通风,上课的时候,还经常有小鸟从上面的瓦楞沟里钻进钻出的,还会时不时地叫起来,而且有时还会漏雨什么的。可是这一切并未影响我的学习,在这样的环境里,我的学习成绩总是名列前茅。学校里的老师们也都特别喜欢我,并希望我能再接再厉,再向高峰继续攀登,争取将来能考上大学,成为我们西太洋村里的第一个大学生。

不出所望,几年下来,我的成绩也一直保持在班上领跑的位置。爸爸见了我总会摸着我的头说:

"元宵,不错啊,继续加油!"

说真的,那年月,学校的老师与爸爸妈妈都对我寄予了厚望。

可是,天真的有不测风云。我清楚地记得,那是我们生产队里枇杷快要采摘完了,也就是在收尾时间段里。我与村子里大大小小的同学们早上去上学时,早就观察好了哪一块今天能采完。那时生产队里采完后,就允许我们这些小鬼头去寻找那些落下的果子,不管多少,谁找到了就归谁所有,这可让自己美美地享受一顿,还可以与同学们交换一些别的好东西吃。

"当、当、当……"

当学校里的值日老师走到那破庙的门口,用一根铁棒敲击起挂在上面的小铁板,让它发出了这样的声响后,早已准备好的我们,就迫不及待地冲出了教室,在蜿蜒曲折的乡村小路上比起来了,看谁跑得快。因为谁跑得快,就意味着谁可以先到那块我们早上就看好的枇杷地里,谁就可以先找起大人们采摘时遗漏的枇杷来。

面对这些大大小小的村子里的同学们，跑步我是有绝对优势的，当我跑到那里时，那些与我同时起跑的人，早已被我甩掉一大段，等他们到时，我早已有好多颗收入囊中了。

每当我们收获了一部分后，我们总会把书包往地上一放，然后坐在书包上，像是排排坐一样，美美地吃上一顿。还会边吃边显耀一下各自的战果，有人说："我的是最大的。"

又有人说："我的是最红的。"

我大声说："最好的在我这里，我的是白沙，是枇杷中的极品。"我还用我看过的书——李时珍《本草纲目》里的原句来加以说明，

我站起来大摇大摆地对大家说：

唐栖枇杷胜于他乡，白为上，黄次之。

大家听得哑口无言。我看到大家被我镇住了后，就大谈特谈自己看到过的，那些关于枇杷的诗，搞得大家对我刮目相看。

正当我讲得非常投入之时，一群鸟正好从我们的上空飞过。"叽叽喳喳"的叫声吸引了大家的注意力。随着叫声渐远，我们发现鸟儿已栖落在那棵高大无比的枇杷树上。这时，大家看到那树的顶上还有好多颗枇杷正在阳光下轻轻地摇曳着，像是在向我们招手，又像是在说我们真没用，那么多的枇杷挂在上面，都找不到。

"哇！那里还有那么多的枇杷呀！"

在一个同学的高喊声中,大家又争先恐后向那棵树跑去了。

我是第一个上树的人,我的目标是要摘得最最顶上那几颗熟透了的、最诱人的枇杷。这几颗枇杷长在一条最高的软枝条上,像是天上的星星,在微风中来回招展,特别吸引着大家的目光。

我快速向上爬了起来,正当伸出手准备采摘时,突然发出"咔嚓"的一声——

我与一根双脚踩着的树枝一起,从半空中落了下去,在下边的树枝挡了几下后,"啪嗒"一声,重重地摔在了地上。

同学们见我从上面掉了下来,起先都惊呆了,张着嘴巴怔怔地看着我。我的第一反应是,想装出一个好汉,想立即站起来对大家说:"没事没事。"然后掸一下身上的泥土,又重新上树。可是,哪里知道,这一摔,任凭我怎么动也起不来了,并且还伴随着剧烈的疼痛,眼前漆黑一团,一时还晕了过去。

有同学跑到我家,叫来了我爸爸。爸爸把我背着去了医院。医院的医生说,摔下来时,把腿给摔断了,还殃及了膝关节,有可能是半月板也碎了,必须马上拍片做手术,不然后果不堪设想。同时,因伴有严重的脑震荡,我的大脑里面还有好多的瘀血。爸爸只得去出入院处办理了入院手续,交上了住院需要的各种费用。

我出了事,家里已是乱哄哄的一片。一段时间下来,光家里的那点钞票可谓是杯水车薪,早已用完了。妈妈时不时流起了泪,爸爸为了给我治病,跑来跑去到处向亲朋好友们借钱。妈妈看看实在没有办法了,跑到灶间,拿出三支香点了起来,跪下后,朝着灶间的司令堂拜了拜,口中还念道:

"求求灶司菩萨,求求一宗之里的老祖宗,保佑我们元宵平安无事,保佑我们元宵早点好起来,早日去上学。"

在跪拜的过程中,她手里那几支香的烟雾,袅袅地散向了门外,也散向了停满了鸟儿的枇杷林中。就在这个时候,门外传来了乌鸦的叫声:

"哇,哇哇……哇,哇哇……"

声音越听越低沉,越听越凄凉。听着听着,我妈妈皱起了眉头,朝门外"呸呸呸"吐了几口口水。不知不觉中,她还摸了几下腰间的裤带,更加伤心地痛哭了起来,声音时高时低一时还盖过了乌鸦叫声。

【三十二】

俗话说：伤筋动骨一百天。

还不到一百天，我可以下地走动了。但是我的髌骨伤后半月板也受到了影响，本来要做手术治疗，由于家里经济困难，我们坚决要求医生采用了既保守又省钱的方式进行治疗，结果被医生言中，我落下了严重的后遗症：腿伸不直了，走起路来与爸爸一样了，一瘸一拐的。人家说我们父子俩，完全成了同一个模板中印出来的，只不过他是左腿，我是右腿。每当我俩一前一后走着，他向东倒时，我往西倒，我往东倒时，他又向西倒。人家看到后，当面装作没什么，暗地里总会捧着肚子笑个不停。时间一长，让我这小小心灵受到了极大伤害。自此我的学习也受到了极大影响，落下了一段时间的课，加上脑伤后遗症时时困扰着我，并且那段时间心理压力特别大，虽然我靠自己原有的底子，在学习上，还花上了比常人多几倍的时间，用了九牛二虎之力考上了初中，三年后又勉强考入了高中，但成绩已是江河日下，到高考前，已落在班里中等左右的位置，看来想要考上大学，没有多大的希望了。

我们生产队里的猴子队长真是个好心人。他看到了我这样一个现状后,心里也为我们家着急。他出于关心及念及那么多年来与我爸不断加深着的情谊,这次主动跑到我们家里与爸爸商量起我的事来。他说:

"元宵这细格,自从腿出了病,脑受了伤后,学习受到了影响,成绩也差起来了,依我看在读书这个规划上要改变一下计划了,也不能再指望他有什么特别出人头地的机会了。目前高中就要毕业,我这里刚好有个去砖瓦厂做工的机会,你要是认为好的话,我就把这个机会给了他,让他早点去参加工作吧,那样可早点为家里分担一下家务,也能为你减轻一点经济上的压力。"

"那具体做什么工作呢?这细格年纪轻,身体又单薄,从来没有干过重活,腿上又有病,砖瓦厂里都是些蛮力活,他能干得了吗?"我爸爸商讨式地朝猴子队长说着。

猴子队长说:"这个你不用担心,那里的厂长是我的老战友,我可以托他给元宵安排个财务、统计什么的,更何况元宵是高中毕业生,比起那些没有文化的老员工来,算得上是个'高级知识分子'哟,到时候他们厂里其他部门抢着要也不一定呢!"

爸爸说:"这样啊!那要不等他毕业了,参加完高考后就去试试?"

"好的,去试试吧。我回头去跟我的老战友打个招呼,告诉他元宵再过几个星期,高中就毕业了,等参加完高考,如考不上大学,就去他那里报到上班。"

"那,谢谢了,谢谢了!"

爸爸非常感激地伸出了手，摸了摸猴子队长的手，声音有些颤抖地说着。

接着他又说道："队长，你对我们这么好，我得好好谢谢你啊，要不在我家吃饭吧？"

猴子队长说道："饭今天就不吃了，等事办成了，咱俩是要庆贺一下，一起再来喝上几盅吧。"

"好，好，好。那就听你的，听你的……"

爸爸接过猴子队长的话，不停地说着"听你的……听你的……"，还不停地点起了头。脸上堆满了高兴和说不尽的感激。

我自从枇杷树上摔下来后，仿佛连魂也都摔掉了，看到人家上体育课，我却上不了了，每每如此，就会忍不住要流泪。学习上精神又集中不起来，成绩自然掉了又下掉。我觉得自己太无能太不争气了，一定让爸爸妈妈失望透顶了。

高中毕业后，我虽然参加了高考，但是名落孙山，想要上大学，一点指望也没有了。最终也只得听从了爸爸的劝说，进了在当时讲来，属于我们那一带最好的企业，也就是猴子队长给我爸爸推荐的，专门做砖瓦的工厂。

"来来来，拿起杯子来，我们一起碰一杯。你看你看，都在忙这忙那的，我们有多长时间没有碰过杯了？"

当猴子队长笑眯眯地坐在了我们家的桌子旁，又与我爸爸一起喝起了酒的时候，我的工作确实早已有了着落了，并且我还被安排在了财务科，做起了出纳。在当时，凭我的文化水平，虽然还没有多少专业知识，但干起事来非常顺手，领导也时常表扬我，我也干得很开心。爸爸妈妈看着我有出息了，也都很高兴。

"队长，让我先敬你一下，你待我们家这么好，我也没有什么好的东西来谢谢你，只能用这杯酒来表示一下我的感激了。"

爸爸话一出口，杯中的酒就"咕嘟"一下，一口闷下，全都进了肚。

"慢慢来，慢慢来，我们好长时间没有在一起喝酒了，一起好好叙个旧吧。"

猴子队长看我爸爸喝得那么猛，伸出了手，两根手指头并在了一起，轻轻地笃了几下桌面，殷殷地叮嘱起了我爸爸："慢点，慢点。喝醉不好，喝醉了不好。"接着，他开始有说有笑、非常投入、头头是道地跟爸爸讲起了小家大家还有国家的有关民生、农村、农业等政策来，爸爸双手托着腮帮，目不转睛地听着，像是一个非常虔诚的"小学生"，还露出了一副听得津津有味并大有心得的样子……

【三十三】

我在砖瓦厂里工作上勤奋好学,不怕烦琐和劳累,相对来讲又有点文化,与同事们的关系处理得也相当不错,可以说干得有声有色,处得四平八稳,所以得到了同事与领导们的肯定。一年后,通过业务培训考试、拿到了会计证,我又被提拔为主办会计,工作上如鱼得水,越干越出色了。

一眨眼又几年过去了,随着年岁的增大,工作上的事虽然处处顺心,领导也放心,但是生活上的事却开始让我烦恼起来。大家都说我的脸长得不错,但是我心知肚明,腿脚毕竟不便,说得好听点有点残疾,不好听点就是个跷脚佬。家里和亲朋好友们,曾经也张罗着给我介绍过几个姑娘,每回见面,我们坐着说话,对方满脸开心认可,可是等我一站起来走路时,一个个全都跑光了。每当这种时候,我总会在我的那条摔坏了的腿上,狠狠地掐上一把。想想也有点可怜,腿被我掐得青一块紫一块的,受够了我的折磨。但这青一块紫一块的斑痕,像是我写给自己的一页页成长史,让我更懂得了人间的冷暖,也催生着我更善良的人性。

古人常说："善有善报，恶有恶报。"果不其然，我的善良感动了我的一个同事。

一天，在我们厂里干活的一个中年妇女，跑到我的办公室对我说：

"元宵会计，你是个好人。"

我当时正在专心做着账，一听到有人在对我说话，就抬起头朝她看了一眼，然后问道：

"啊！这怎么说呢？"

"你在我们厂里虽然是个大干部，但是我们有事情时，你总会不遗余力地帮助我们，平常还会不声不响地帮助我们解决一些生活上的困难。"

听着听着，我觉得有些不好意思，脸红了起来。赶紧对她说道：

"没有，没有。我没有你说得那么好。那些都是我分内的事。"

"元宵会计，我想冒失地问你个事，可以吗？"

我两眼睁得大大的看着对方，意思是你想问什么呢？你说吧。

于是，她有些不好意思地笑了笑，问我道：

"你有女朋友了吗？"

"女朋友？"我听到她说完后，也在自己心中慢慢地复述一遍，脸更明显地红了起来。没有直接回答她的提问，而是有些不太好意思地朝她"嘿嘿嘿"地微微笑了起来，仔细地看了她几眼后，心想：你这么大年纪了，我们俩总不般配吧？一时露出了一脸的尴尬。她看到后，忙抢着解释道：

"你不要误会，我要介绍的不是我自己！"

我听着"哦，哦"地拉着长调应了两下。

"这样的，我呢看到你人品好，年纪呢也不小了，我家里呢有个年纪比我小得多的堂妹妹，你要是有想法，我给你介绍介绍。"她说完话后，马上从衣袋里掏出了一张二寸的照片，递向了我，并说道：

"你看，长得不错吧？她很想嫁到你们如诗如画的江南来，老是写信、打电话来叫我给她物色一下人，看看能不能找到个合适的。我已观察了你好久，我看你们俩是蛮配的。"

她边讲边朝我看着，见我害羞地没有多说什么，最后还是提示性地对我说：

"不是快要过年了吗，你要是有想法，就跟我一起回我们老家去看看？看得中意，就一起谈谈看，看不中意也就当作是一次旅游，到此熄火。你看好不好？"

此时的我陷入了极度的不好意思之中，没有直接回答她的问题。她以为我没有听清楚，又重复了一次上面的话，然后很坦诚地说：

"是不是还要想一想？那就等你想一想吧，过十多天，也就是我要回去之前，你给我个回音就好了。"

我有些腼腆，努力掩饰了一下自己那些已写在了脸上的不好意思，连忙说：

"哦。好的，好的。那先谢谢你，谢谢你了！"

"不用，不用。"说话间，她想离开了，我就起身把她送出了办公室。

回到办公室后，看见办公桌上还放着那张刚看过的姑娘照片。我不知道是她有意留下的，还是她落在了我这里。趁着边上没有人，我拿起相片仔仔细细地端详了起来，看着看着，感到有一种热乎乎、热乎乎的感觉，看着那姑娘水灵灵、像是会说话的双眸，不知怎么，我的脸又一下子红了起来……

晚饭时分，我对爸爸妈妈说起了刚才在厂里碰上的这件事。我妈妈既兴奋又不无担忧地问我：

"那去一趟得要好多钱？"

她说完后，无意思中还向腰间摸了一下，我估计她又在摸她腰带上的结了。渐渐的，她的表情中透出了一种左右为难的尴尬相。

"钱？我这几年厂里发的工资都不是交给你们了吗？"我有些不快地向我妈妈诉道。

一旁的爸爸先是沉默了一会儿，然后向我解说道：

"那是我与你妈妈准备着明年开春后，想要给我们这个家搭上个新窠用的呀！"

"噢，我们元宵要讨老婆了，我们元宵要讨老婆了！爸爸，妈妈，那我也要，我也要讨个老婆哟！"在大家都闷声不响吃起了饭时，哥哥却不停地、手舞足蹈地嚷嚷起来。

等哥哥的叫嚷声过后，我爸爸抬头看了一下妈妈，又开始拿出了主意道：

"要不这样吧，等一下叫你妈妈看一下我们的存折本上有多少钱了，要是足够的话，你就去一趟吧，我看你也已老大不小了，是该成个家了。至于要搭新窠的事，我看也只能暂时先放一放再说了。"

"爸爸，我也要去，我也要去！"我哥哥听到爸爸的话后，又拼命地向爸爸叫嚷起来。

"是你弟弟去相亲，你去干吗？"爸爸白了一眼哥哥。

"老大，听话。下次我们也托人给你物色一个姑娘，到时你再去吧。"

妈妈在一旁劝说起哥哥，哥哥听到了妈妈的话后，安静了许多，也就不再吵吵闹闹了。

妈妈看哥哥不吵了，也就顺着爸爸的话，充满自信且笑眯眯地说道：

"他爸，存款不用去看了，我刚摸了一下腰带，至少也有好几百块了。以前我是存十块后打上一个结，后来多点起来了，我就改为五十块打一个结，现在摸摸腰上，大结小结，结碰结的已打有不少了。"

听完此话，我与爸爸都张大嘴巴"哈哈"地大笑了起来。爸爸说：

"他妈，平常你老是会摸着腰，我还以为你腰不舒服呢，原来这里面还藏着那么大的秘密啊！"

妈妈笑笑说："他爸，你知道我是不认得字的！办法虽然笨了点，但是这很好记、很实用呀！"

【三十四】

得到了家里的同意,我也就急急地告诉了厂里的介绍人,忙着一起去买火车票了。

谁知道年关将至,火车票还真是一票难求。正在一筹莫展之时,我突然想到了我以前上小学时的体育老师。我记得他的老婆就在火车站里卖票。看来我还真的找对了人,一问老师,老师就说:

"没事,这事你就包在我身上好了。"

不出几天,那车票果真给我搞到了。于是,我就高高兴兴地跟着厂里的那位介绍人和她的几个同乡,一起去了我从未去过的地方,祖国的南疆——广西。

绿皮火车"哐当哐当"慢慢地爬着,四天四夜后,我们终于到了南宁,然后又跟着上了长途汽车,坐了三四个小时的车后,开始步行起来,大约又走了四五个小时吧,有人指了指对面的山,对我说:

"你看到了吗?我们的家就在对面的那个山腰上。"

我顺着他指的方向一眺望，心想，那里老 K 牌大小的一个个白点，就是他们的家吧。

我问道："还要走有多少路？"

那人说："快了快了，要从边上绕过去，所以可能还要用上三四个小时吧。"

"啊！"我一听有些绝望地惊叫起来。

接着又补充道："你们的家怎么那么的远呀！"

"不远，不远。要是累，我们唱唱歌吧，边走边唱歌，很快就会到了。"有人这样提议着。

于是，我跟着他们不停地走着唱着，虽然是冬天，但这山路一上一下的，还是汗流浃背了起来。

到了目的地，我很快就看到了照片上的那姑娘。生活中真实的人长得要比照片上的还好看，心想这下总算没有白来。我以前从来不相信有一见钟情的说法，但在这里我彻底信了。因为我一看到姑娘，真的怦然心动了。

我知道，我既然去了，又看到了非常称心满意的姑娘，总得表示一下我的心。于是，我请了姑娘的爸爸妈妈、哥哥弟弟、亲戚朋友，步行了三个多小时，来到了一个藏在山中、三面被大山包围着的小集镇上，摆上了一桌。点菜时我心里没有底，怕身上带的钱不够，弄出洋相，点起菜来有点缩手缩脚的，点了一半后，轻轻地问服务员道：

"已点了的这些菜要多少钱？"

服务员说："大约一百不到吧。"

"一百还不到？这么多的菜一百也不要啊？你算错了吧？"

"没有啊,我们这里能吃上二百多的算是大款啦。"

"那你们这里最好的菜都给我烧上来,要多少钱?"

"也不会超过二百五十啦!"

我一听,顿时口气大了起来,说道:

"哦,原来这样啊!"

然后,提了提嗓门,挺了下胸,朝服务员大声说道:

"那这样吧,你把你们这里所有的好菜都给我烧上来吧,我先拿三百块作押金,吃好了再结账可以吧?"

"当然可以,当然可以。"

服务员点着头、笑得阳光灿烂地说道。

店老板一听也兴奋起来了,想今天碰上大款了,有钱赚了!态度也就比刚才进来时好了许多。我说要怎么样他们就怎么样,都不折不扣、唯唯诺诺,伺候起了我们,让我们这帮人吃得好开心,酒更是喝得高潮一个接着一个,一时都分不清天南地北了……

回家的路上,几个年纪大一点的长者对我说:

"元宵啊,你真让我们开了洋荤了,我们活了大半辈子,还从来没有看到过这样大的体体面面的场面,也从来没有吃到过这么多好吃的菜过啊!"

听着这些话,我心里美滋滋的,走起路来也开始手舞足蹈、趾高气扬了。我心知肚明,自己虽然腿有点跷,但这已完全不会影响我在这群人心目中的高大形象。

过了正月十五,闹过了元宵,我要离开那里回家了,看看身上还有一些钱,就起了个狠心,在姑娘家里办了几桌酒席,叫姑娘的哥哥弟弟给我买了些菜,在他们家中又大吃大喝了起来。席间那姑娘完全把我当作是她的男人了,拉着我的手,一起向大家敬起了酒。酒过三巡,我的虚荣心又上来了,从口袋里摸出了一大叠十元面值的人民币,分给了姑娘的爸爸妈妈、哥哥弟弟们。分好后,对着姑娘的爸爸妈妈又来了一段豪言壮语:

"爸爸,妈妈。姑娘我明天带走了,你们放心吧,我会对她好的,与她一起好好过日子的。知道你们生活上较困难,钱我每月会给你们寄来的。"

姑娘的爸爸妈妈一听,感动得流下眼泪。拉着我的手死死不肯松开,并高兴地用激动得有些颤抖的声音,对着所有在座的人说:

"真是个好女婿啊!我闺女有个好归宿了,我闺女有个好归宿了!"

带着称心如意的姑娘一回到自己的家,本想妈妈也一定会跟我一样很高兴,可是不知怎么回事,她却怎么高兴不起来。当她得知我把她存折上的钱已给用完了,她有些忧郁地对我说:

"元宵啊,你把钱都用完了,那我们今后的日子怎么过呀?本想你有钱多回来,我叫你爸爸再给你俩搭一间泥房,这下好了,你却用光了,那你们住到哪里去啊?"

我一听有些内疚,但很快就回妈妈的话道:

"妈妈,这你不用担心,我会带着姑娘住到我们厂里去。在厂里我再向厂长说说,给我媳妇也安排一份工作。那样上班不但方便,两个人的收入也会比以前更多,每个月我们给家里的钱也会更多起来,今后的日子你根本不用再去愁了。"

……

我苦口婆心地讲着，妈妈听了后，脸上的愁容也渐渐地烟消云散了，看着眼前这个周正的好媳妇，开始接纳她了，脸上终于飘起了一阵一阵的笑容。

此时此刻，村口那棵大枣树上停着的喜鹊，也正在"喳喳，喳喳"地叫个不停。在喜鹊叫声的陪伴，站在边上的爸爸用一种赞许目光，也一个劲地对我说道：

"元宵，眼力当真不错啊，的确挑了个好媳妇回来，不光人长得漂亮，言行上还特别的懂事。"

说着说着，哥哥抢过话题说：

"嘿嘿，爸爸妈妈，我也会给你们找个不错的，我也会给你们找个不错的。"

听着听着，我们一家人都笑得前俯后仰，一时都合不拢嘴了。

【三十五】

近一年下来,我把我的工资奖金除了我俩必要的开支和给广西寄点外,都给了妈妈。每次给,爸爸总是瞪大了眼睛、笑着说:

"有这么多啊!"

爸爸一个月一个月点着。妈妈的腰带上又一个接着一个地打起了结来,爸爸看到后再次哈哈大笑了起来。一天,爸爸妈妈同时对我们说:

"元宵,这次家里可以再搭三间简陋的新房了。"

于是,择好良辰吉日,爸爸又叫上亲朋好友一起动起了土。

这回用的材料要比上次的要好多了,买了些碎石块,叫了一个有经验的石匠师傅,垒起了石块墙。从此,我家里的猪、羊什么的,与我们分开住了。我们家的房子虽然仍是简陋的样式,但也总算结束了人畜混居在一起的漫长历史。妈妈动情地对爸爸说:

"他爸,从今天起我们也总算有了个像样的窠了。"

"嘿嘿。"爸爸听后憨厚地笑了一下,然后说道:

"他妈,委屈你了,跟村上人家的砖瓦小洋房一比,我们这个哪算得上是个像模像样的窠啊,还是推板的、蹩脚的!来年等我们有钱了,我一定会再给你搭上更好的窠!让你在晚年好好享受一下快乐、幸福的生活!"

家里的新窠搭好后,爸爸说该给我的婚姻大事摆酒席了。他说:

"不能再与以前那样,让别人误以为你俩是不明不白、偷偷摸摸地住在一起的。要名正言顺地让大家晓得你们是合法的夫妻。"

于是,他就一门心思地筹划起了我们婚礼。

结婚那天,亲朋好友都到了,也已到了预定的开席时间,可是爸爸却还迟迟没有宣布开席,我有些急了,走过去问道:

"爸爸,时间已到了为什么还不开席呀?"

我爸爸眼睛一刻不移地望着门前的路,对我说:

"快了快了,他说马上到了。"

"谁啊?"我不解地问道。

"你这个细格啊,要懂得感恩哦,你们读书人不是常说'滴水之恩,要涌泉相报'吗?你自己想想,自己想想看,队长对我们一家你说有多大的恩啊,你今天结婚办酒,他在公社里开会,说要迟点到,你说要不要等他一下?"

"是的,要等,要等。"

等爸爸一说完,我就立即坚决地表态要等。爸爸听到后,一刻不停地说:

"儿子,你懂事了,你懂事了。"

随即,我俩也就又开心地忙这忙那起来,与各自请的客人打起了招呼,寒暄个不停着。

"来……来……我……与你……爸爸……与你爸爸一起……来……来敬你们两个细格……一杯,祝你们……白头……到老,早……早生……贵子。"

今天,猴子队长与爸爸两个人一高兴,肯定是多喝了几杯,所以说起话来就有些断断续续了,嘴里像是含了颗石蛋子,舌头也没有平时那样利索了。此时他正拉着爸爸,一起给我们小两口敬酒来了。

我和新娘子马上站了起来,我忙说:

"队长,谢谢了,谢谢了!来,让我们两个先敬你们一杯吧,今天你得放开了在我们这里多喝几杯啊,因为今天是我们的好日子啊!"

"对……对……对!多……喝……几杯,一定多喝……几杯!"

猴子队长说话中,就一口把酒给倒进了嘴巴里,因为边倒还边说着话,所以酒喝进去时还呛了一下,不停地咳嗽了起来。爸爸看到后马上在他背上用手掌轻轻地拍了起来,猴子队长转过头去对爸爸说:

"阿根,不用,不用,没……没事的。走,我俩……我俩再去……再去喝上几杯。"说完话,他有些摇摇晃晃地拉上了爸爸,向着他们原先坐的那个桌位走去了。

"你听着……你听着,我先给你,给你……透露个……天大的……好……好消息。我们这个世界要……要变,要……要……大变了!"

酒过三巡,猴子队长一脸神秘地跟我爸爸说起了他的新秘密来。我爸爸不知所云,但又非常好奇地问道:

"真的吗?那会怎么个变法?"

"上面说……说要……要改革开放了,我刚才在……在公社里开会,书记……给我们传达了……传达了中央三中全会……三中全会的……文件,我听着听着,觉得我们农民兄弟……有……有奔头了。"

爸爸一脸惊讶地看着猴子队长,更是一脸疑惑地问道:

"那,怎么个奔头啊?"

"比如,比如你……你要是再去……再去贩卖鲜笋,看到……看到市场管理员,再也……再也不用……不用东躲西藏了……"

猴子队长在一片醉意中东扯西拉地给解说了一番。

酒实在是喝得太多了,猴子队长在再一次说出了"有奔头了"几个字后,一头就倒在了桌子上,"呼呼"地睡着了……

猴子队长在酒席上睡着了,可是爸爸一直到了深夜还没有睡意。深更半夜了,他还与妈妈在捉摸刚才酒桌上猴子队长说的要改革开放了的事,那到底会是个怎么样的改革开放法呢?爸爸说:

"他妈,要是又可以让我出去给人家修船打船,我看我虽然技术上顶呱呱的,但是生意上可能不会再像以前那样好了。"

"你这话什么意思呢?"妈妈问道。

"你看,以前家家户户出行、运东西等主要靠水路,都离不开船,现在不少村里都通上了公路,汽车更快啊!再说,有船的人家中,有一部分也被水泥船铁皮船给替代了,还用木头船的人家目前已经不多了,并且还会越来越少。我看我得想个办法去找找别的活看了,看看除了老本行外,还会不会有其他适合我干的活。"

妈妈一听,眨起了眼睛,说道:

"你讲得倒也有道理,可是你这个年纪了,也不是你想干什么就能干上干好的。我们明天再问一问队长吧,目前像你这样的,还有什么好一点的活适合你做?"

说着说着,妈妈打起了哈欠……

"喔,喔,喔……"鸡棚里的鸡已经开始在报晓了。爸爸看看妈妈已是一脸的睡意,他往上拉了一下被子,对妈妈说:

"不早了,不早了,天也快要开眼了,你睡吧,你睡吧。"爸爸伸手关了灯,两人依偎在一起,妈妈摸着爸爸的头,说:

"他爸,累死了,你也快点睡吧,明天还有很多事在等着我们呢!"于是,顷刻间他也就安静了下来。

"哈哈,我有翅膀了,我也可以飞了。"

爸爸扑棱了几下翅膀,"嗖"地向村口的大枣树上飞去。

"喳喳、喳喳……"

停在树上的几只喜鹊朝他欢快地叫着,像是在迎接着他的到来。爸爸飞到后,它们又"喳喳,喳喳"地向爸爸说起了什么。

爸爸听后也开始"喳喳，喳喳"地跟他们进行了好长时间的交流（爸爸很兴奋，还嚷嚷着——我也会说鸟话了，也会说鸟话了）。

"扑，扑，扑"在交流完后，随着一阵翅膀拍打着空气发出的声响，爸爸跟着一群喜鹊飞向了远方。

一路上一个个美丽的城堡、一座座金碧辉煌的大洋房也在向他们飞来，其中一只领头的喜鹊问爸爸道：

"阿根大哥，你要哪间啊？随你选。"

"啊！随我选啊！那我要这间。"我爸爸指着边上最大最美的一间说道。

"哦，那这间就归你了，你可以去居住了。"

"那我可以带上我的老婆和孩子们一起去住吗？"

"当然可以啊！这已经是你的房子了，你想怎么住就可以怎么住啊。"

"太好了，真是太好了！"在爸爸的一声大叫声中，沉睡中的妈妈也被叫醒了，她推了他几下，疑惑地问道：

"他爸，你在大喊大叫什么啊？什么'真是太好啦'？"

"唉！他妈，原来我是在做梦啊！"爸爸揉了一下眼睛，朝妈妈哈哈地大笑了起来。

第二天的晚上，当爸爸妈妈上了床，准备睡觉时，妈妈突然急切地问道：

"他爸，你今天白天碰到过队长了吗？"

"哦，碰到过了，碰到过了。"

"问了我们昨天一起说的那个事了吗？他是怎么说的？"

爸爸说:"问了。队长说:'我们行政村里有块几十亩的水稻田,是集体的,以前是村里的青年民兵们用来做高产试验田用的,现在村里的田地都要承包给各家各户了,那块田我听村里的干部说也想要承包出去,你去干别的呢,经验不足,我想种种稻或种些时令蔬菜去卖,是比较适合的,更何况你又是干这行的一把好手。你要是有兴趣,我替你去问问上面领导看,可不可以把那块地包给你,让你去发挥一下自己干农活这第二特长。'"

"真的,他真的这么对你说的?"妈妈问道。

爸爸听后点了下头,说道:

"是的。他真的是这样说的啊。"

妈妈一听可来劲了,坐着双手一伸,捏起了拳头,摆弄了一下自己的手臂,然后对爸爸说道:

"你看,我这把老骨头与以前比也差不了多少吧?到时也还可以帮上你一把,我们去承包吧,现在政策好了,政府允许我们那样干了,你有打船修船的活了,就去给人家打船修船,没活了我们一起好好干农活,要是能那样干上个一年两年,一定也会赚到一笔钞票的,到时我们想要的小洋房——我们朝思暮想想要的那个窠,还怕搭不起来?"

爸爸听后,点起了头,一把把妈妈拉到了怀里,一边用手指捋着她的头发,一边学着电影里的一句台词,用生硬的普通话、目光炽热、略显害羞地说道:

"老婆,我……我爱你!"

说完后,他突然关上了灯,一个劲地抱住了我妈妈,开始了他们好久没干了的事。

一个月后，爸爸如愿以偿地拿到了那块田。

爸爸是个爱动脑筋的人，把它分成了两半，一半种水稻，一半种起了各种蔬菜，还搭起了大棚。他没日没夜在那里干着，妈妈呢在唐栖镇上的农贸市场里找了个摊位，专门卖他种出来的菜。这样一搭一档，每天都有了不少收入。过了一段时间，他俩又在村里租上了一间农家房，搞起了一个小小的"农家小乐惠"饭店。虽然干这干那，干起来较苦，但是他们还是非常开心，存款上的数字在不断地增加，妈妈腰带上的结也越来越多了。他们没日没夜地干着，反倒看上去越来越开心、越来越年轻了起来。这一刻，他俩仿佛已看到了我们家那个要搭的、漂漂亮亮的新窠了。

【三十六】

晌午时分。

爸爸在田间干得大汗淋漓,突感饥肠辘辘。他伸出手用袖子擦去了额头上的汗珠,微微地抬起了头。阳光甚是刺眼,于是又用手遮挡起了耀眼的光线,用余光瞥了一眼天空:蓝蓝的天空中,火辣辣的太阳早已升到了头顶。他开始自言自言起来:

"啊!时间过得真快啊,才干了这么点活,一个上午就过去了,一眨眼又到了吃中饭的时间了。"

他干活的地方离家有点远。

他走过一条蜿蜒的田塍,穿过了一块茂密的桑树林,走上了一个高耸着的小土墩,枇杷树掩映中的家,就出现在眼前了。因为有些饿了,他走得特别快,匆匆地走进枇杷林时,想抄几步近路,便绕到了长势最茂密的少有人走的几棵树下,一群正在树枝上纳凉的鸟儿,被他突然的闯入给惊着了,扑棱了翅膀都飞了起来。待他一过,在树的上空盘飞着的鸟儿,又"喳喳"地呼唤着,纷纷飞回到了原地。他回过头去,朝它们看了一眼,挠了挠头，"嘿嘿"笑了下，有些内疚地说道：

"对不起，对不起，惊到了你们了吧？"

一到家门口，爸爸就闻到了从屋里飘来的、久违了的肉香，这让他下意识地动了动嘴巴，还舔了下嘴唇。他自言自语道：

"难道老婆在做红烧肉？这味道已半年没尝过了……"

听到了外面的脚步声，妈妈匆忙从灶间走了出来，笑盈盈地对爸爸说道：

"回来啦！"

"是的。你在烧什么菜啊？好香啊，我在门外就闻到了。"

"嘻嘻。"妈妈先笑了一下，然后说道：

"你们最爱吃的红烧肉。为了能有个像样的宴，我们每天总是省吃俭用地熬着，已经好长时间没有吃过肉了，特别是两个细格，长身体的时候正需要一些营养啊！"

听完了妈妈的话，爸爸"哈哈"一笑，忙点起了头。

爸爸到家时，哥哥与我及我的老婆都急忙盛好了饭，坐在了桌子旁，等妈妈把肉端上来。哥哥更是一副等不及了的样子，双手各拿着一根筷子，不停地敲打起了桌面，还摇头晃脑，拖着长长的舌头"哇啦哇啦"地欢叫着。

待妈妈把一碗刚起锅的红烧肉往桌子上一放，早已坐在位子上等急了的我们，一双双筷子像一支支箭，不约而同地都"射"向了碗中，爸爸一看，我们的筷子都已快要打架了的样子，他把已伸到了半路的筷子，马上又缩了回去。哥哥夹起一块后迫不及待地一口塞进了嘴里，突然"哇"地叫了起来，这肉刚起锅实在太烫了,看样子是被烫着了,他拼命地张开嘴、使劲"哈、哈、哈"地吹起了冷气。

这像是一场比赛。一块肉下肚后,我与哥哥又抢似的夹起了第二块。正当此时,我用余光瞄了一下爸爸,发现他没有动筷,只是在看着我们吃,于是问道:

"爸爸,你为什么不吃啊?"他朝我们笑笑,说道:

"我以前吃百家饭时,天天有的吃,吃厌了。你们吃吧,你们吃吧。不过要给你们妈妈剩下一点,让她也尝一尝味道哦。"

可是,就在我与爸爸的交谈中,碗中最后的一块肉,也已被哥哥一口咬在了嘴里了,等我妈妈上桌时,碗里只剩下一点肉汤了……

望着妈妈,爸爸一脸内疚,埋怨起了哥哥。正当哥哥伸手还想要去倒那点剩汤时,爸爸抢先一步,把仅剩的那点汤倒在了妈妈的碗里,非常不好意思地说道:"他妈……"

"你们吃,你们吃。这本来就是专门为你们烧的。"妈妈十分开心地朝我们看了一圈后说道。

爸爸挠了一下腮帮,更加不好意思起来。这时,妈妈又补说道:

"他爸,一切都是你的功劳啊!你种出来的菜当真好,又白又嫩,这些天,特别好卖。人家吃过后还都说好吃,回头客越来越多了,不光能价钿卖得高,销路也特别好。一些单位的食堂,一买就是十多斤。每天那么多的菜,一早上就能卖完。一卖完,一数钱,我心里更是喜滋滋的。这不,想想家里好长时间没有买过肉了,两个细格跟着我们也罪过,所以我就咬了咬牙,买了斤肉回来。"

"嘿嘿。"爸爸摸了下头发，憨厚地朝她笑了下，说道：

"这样啊！你要知道，我们家的菜从不施化肥、不打农药，都是用有机肥种出来的有机蔬菜啊！

"我一次次地施着有机肥，让我们的土地肥力足足的、土质松松的，黑黝黝土壤中都冒着油哩。不瞒你说，插上根筷子我看也能长上叶子、冒出笋来。"

妈妈一听，忙笑着回道：

"看你，看你。说了你一下好，就又吹起牛来。"

此时，一旁的哥哥，睁了睁大眼睛，捂着嘴巴"咯咯，咯咯"地笑了起来。

妈妈朝他投去了不解的目光，像是在问：

"这话有这么好笑吗？"

然后她又把目光移到了爸爸这里，对他说道：

"他爸，这样的菜我们地里还有多少啊，这几天抓紧收了吧，估计天天能卖上个好价钿，看来我们又可以存起一些钱来了。我知道，为了我们能有个新窠，你也实在太累了，但是你还得再累上一把啊，得抓住这个好机会，快快地把它都收了。要是能再卖出个好价钿，我照样会再买点肉，再让大家好好吃上一顿哦。"

听了这番话，爸爸忙说："不累，不累。好的，好的。"

吃过晚饭，爸爸妈妈一起，在昏暗的灯光下，把白天已收在了家中的菜，一支一支地理了一遍，然后又坐着用稻草几支一把、几支一把地把它们捆绑了起来。已是深更半夜，妈妈打了几个哈欠后站了起来，给自己捶了几下背，然后对爸爸说：

"他爸,不早了,我们睡吧,明天还得起早去卖呢。"

上了床,爸爸很快脱去了外衣准备睡下时,妈妈突然拉了他一把,说道:

"他爸,好怪啊!"

"怎么啦?"爸爸打着哈欠,拖着长调问道。

"不知道怎么的,吃晚饭时我发现筷子筒里的筷子少了好多根。"

"不会是你去河埠头洗时,没注意让水给冲走了吧?"

妈妈"啧"地一下,半信半疑地说道:

"我当时也没有特别注意,也有这种可能吧。"

第二天晚饭时,当妈妈又给我们去筷子筒里拔筷子时,她再次惊讶地发现,筷子筒里的筷子又少了好多根。一个转身,她飞快地跑到饭桌边,跟爸爸说:

"他爸,不对呀,筷子筒里的筷子今天又少了啊……昨天你说让河水给冲走了,可我今天去洗碗筷时,特别小心,一根也没被冲走啊,怎么现在又少了呢?"停顿了片刻,她又紧张地说:

"会不会又碰上了'大头鬼'了?看到我们的菜天天卖上了好价钿,眼红了?想要来搞搞我们了?这是不祥的先兆吗?难道连饭也不想给我们吃了?"

妈妈越说越紧张、声音越来越颤抖,说完之后,她马上跑进了灶间,点上了三支香,朝着灶头上的司令堂,口中念念有词地拜了起来:

"灶间菩萨,一宗之里的老祖宗,你们要好好地保佑我们哦,让我们健健康康,种出好菜,卖上好价钿,经常能吃到肉,并早日能搭起个像样的新窠来哦。"

夜深人静。

"汪，汪汪……汪，汪汪……"

躺在床上已入睡了的爸爸妈妈，迷迷糊糊中，被一阵狗吠声惊醒了。

"他爸，这是谁家短命的狗啊！深更半夜的怎么叫得这么厉害呀。"爸爸答道：

"听叫声好像是从白沙家那边传来的。"

说完后，爸爸又仔细地听了会儿，确认了一下，再次说道：

"也不知道怎么回事，这段时间里，老是要叫个不停，有时你睡着了可能没有听到。"

东拉西扯了一会儿后，妈妈又突然说起了别的事情来：

"他爸，这几天我们的老大有些不对劲呀，他总是看到你出门后也跟着出门了，在你快要回来时，他也就赶在你前面回来了。是不是跟着你一起在干活啊？"

"没有啊，那你有没有问过他在干啥呢？"

"问了啊！他只是傻傻地笑笑，摸着头总说没干啥没干啥！"

"不会是看到他弟弟有老婆了，他也想出去……"

"不会吧，他这样老实巴交的，去哪儿找啊。"

谈着谈着，睡意又袭来了，各自翻了个身，他俩同时睡着了……

一天，通红的晚霞把西太洋的水面照得金碧辉煌，水鸟们也贴着水面飞舞着，勤劳地捕捉起了晚餐。当庄稼人都准备收工之时，刚刚还是好好的天空，突然被一块黑布提前包裹了起来。这夏日的天，说变就变了。一时，天空中霹雳大作、雷声隆隆，大家纷纷说："一场大雨已在路上了。"

猝不及防，大家都忙着跑向了家。爸爸与哥哥几乎同时冲到了我家的屋檐下。

"你干什么去了，要淋雨了才回家？"爸爸抖了抖头发，撸了一把脸上挂着的雨珠（也有可能是汗水），朝哥哥问道。

"没，没干……没干什么。"哥哥神色有些慌张地回答道。

"没干什么那你不知道早点回来啊，非要淋上这场雨不可啊！"爸爸的责怪声越来越响了起来。

妈妈听到了声响，跑了出来。她朝爸爸眨了眨眼、摇了摇头，伸手就把他俩都拉进了屋里。然后又向哥哥问道：

"儿啊，妈妈不明白，你把那么多的筷子拿去插在地里，你是想干什么啊？"

哥哥摸着后脑勺"嗯……嗯……嗯……"地支支吾吾了一番。爸爸也十分不解地问道：

"他妈，怎么回事？我被你弄糊涂了。"

"今天你出了门后，我看他也出了门，我就偷偷地跟在他身后，想看看他到底是去干什么了。没想到他去了我们最远的田旮旯里，在一块已翻松了的地上插起了一根根筷子，边上还拉起了绳子，把那块地方拦了起来。我看他专心致志地干着，没有多说什么，好奇了一会儿，暂不想打扰他就回来了。"

"老大，你这是在干什么啊？"爸爸听了妈妈的话，更疑惑地问了起来。

这时,哥哥伸手把一根手指塞进了嘴里,边咬边断断续续地说道:

"你们……你们两个……不是老在说……要搭个新窠、搭个新窠吗,我……我想今年……今年把它们种上,明年……明年就可以出……出笋了,出了笋……可以……可以卖钱,卖……卖了钱……我也就可以……可以为家里出……出上一份力,好买……砖头,好买……水泥,好买……好买钢筋嘛!"

"啊!"爸爸妈妈对视了一眼,异口同声地发出了一声惊呼。

爸爸伸出手摸了摸哥哥的头,有些凄酸地说:

"儿子啊,你好傻啊!这筷子种下去后怎么能出笋呢?"

哥哥听后朝他狐疑地看了一眼,不无疑惑地说道:

"不是你说的吗,'我家的地肥得冒油,插根筷子也能长出叶子冒出笋来了'。"

"这真是应了一句老古话:'说者无意,听者有心'。"

爸爸妈妈听哥哥这么一说,双双辛酸地感叹起来……

望着哥哥,爸爸又补充道:"我的傻儿子啊,我只是用来比喻一下的。"

少顷,妈妈一把拉过了哥哥,紧紧地抱住了他。她顿感鼻子酸酸,"簌簌"地淌起了眼泪……

雨越下越大,此刻,西太洋的上空,仿佛早已被捅上了个大窟窿,雨水正往这里哗啦啦地倾倒下来。

我爸爸摸了摸湿漉漉的心脏,轻轻地叩问起自己:"我们家离新窠到底还有多远呢?"

【三十七】

"喳、喳喳……喳、喳喳……"

远远地望去,太阳已掉在了召山的山岗边。村东头大枣树上的鸟儿也不停地叫了起来。仿佛是在对田间干着活的大家说:

"不早了,该回家啦,该回家啦!"

傍晚时分。

猴子队长一只裤脚高一只裤脚低地从田间回了家。双脚湿漉漉的,脚趾上还沾着尚未洗净的泥。他走进家门后,把队长嫂打扫得干干净净的地面,印上了一个个沾满泥浆的脚印。队长嫂在灶间听到有人进屋的声音,就知道是自己的老公回来了,于是,走到灶间的门口,向外亲昵地喊道:

"你回来啦。饭菜都已做好了,马上可以吃饭了。"

话一说完,她马上又回到了灶边,想着盛菜起锅。

可是今天却有点反常,她话喊出口后,没有听到一丝回应。于是,再次走到了灶间的门口,仔细地看起了情况。她看见猴子

队长在屋子里踱来踱去,把干干净净的地面已踩得泥迹斑斑,不无怨气地问道:

"怎么啦?人家问你怎么一声不响的?看着你这失魂落魄的样子,像是有什么心事似的!还把这打扫得干干净净的地面,搞得一塌糊涂!"

队长嫂一边说一边用手指了指猴子队长脚边那一塌糊涂的地面后,接着又说道:

"还不快去洗洗,可以吃饭啦!"

猴子队长愣在那里,还是没有回声。在队长嫂接连催促了几声后,他才猛然回过了神来,不知所措地望了望他老婆,上句不接下句地回答道:

"唉,怎么啦!哦,好的!好的。"

没错,队长嫂眼力真的没错。此时的猴子队长确实有了心事,刚才在田间劳作时,他看到眼泪汪汪地走过的白沙,问道:

"白沙,你这是怎么啦?"

低着头哭泣着的白沙,听到猴子队长在问,停下了脚步,没有出声,只是朝着他稀里哗啦哭得更厉害了。

"到底是什么事让你这样伤心啊?"

"我刚从医院回来,医生说我患上了乳腺肿瘤,而且已是中晚期了。必须得抓紧住院治疗,不然的话生命也将难保了啊!可是,我哪有钱啊!要那么大的一笔钱,怎么办啊……"

"你先别急,看看我能不能帮你想想办法,相信事情总能解决的。"

白沙擦了把眼泪，听到猴子队长如此这般话后，向他露出了感激的眼光，轻轻地朝他点了下头。猴子队长用一种安慰的口气说道：

"那你先回家吧，明天要不先到我家里来拿一部分吧。"

"你家里？那嫂子会同意借钱给我吗？"

……

是的，老婆会同意吗？此时刚从田间回了家的猴子队长，也正在考虑这个问题啊！他在家里踱来踱去的，正思索着怎样才能做好老婆的工作，尽自己最大能力，去帮助一下那个患了重病的村民——白沙。

快快地洗了下脚，猴子队长坐上了饭桌。队长嫂马上递上了一只酒杯，给他斟满了酒，还甜甜蜜蜜地对他说：

"你先吃吧，我再给你做个下酒菜。"

话音刚落，快手快脚的队长嫂又重新点燃了灶火，炒起了她特意要为老公加的私房菜。

"老婆，不用炒了，够了啊！你过来一起吃吧，我想跟你商量个事情。"

"有什么这么要紧的事啊？等我把菜做好了来不及啦！"

队长嫂扭过头来，带着笑意来了一句亲密的"埋怨"话。猴子队长有些无可奈何，把存在了喉咙口的话又吞了下去，慢慢地啜起了酒。几口下肚，身子明显地热了起来。队长嫂的菜也做好了，正往桌上送过来。

"快坐下来，坐下来。坐下来一起吃吧。"

"看你，有事，有事的。告诉你，这些天我跟着大家做了两双老虎头鞋子，今天还卖上了个好价钿，心里好开心，陪你也喝一点吧。"说话间，队长嫂拿起酒瓶给猴子队长又斟得满满的，同时也给自己倒上了一杯。

"来，我们也学一下人家，碰一下杯吧！"说话间队长嫂把酒杯已递到了老公眼前，猴子队长忙说：

"好好好！"于是两人一碰后，都深深喝上了一口，接着各自抬起了头，含情脉脉地看起了对方，还不约而同"哈哈哈"地笑了起来。

"你今天看起来心事重重的，到底怎么了啦？"队长嫂笑容可掬地问道。

猴子队长先是"嘿嘿"一声，然后摸了摸自己的头，才正式开口道：

"刚才在田间干活时碰到了白沙，她说刚从医院回来，查出已得了乳腺癌，医生告诉她得赶快治疗，不然可能性命也难保了！可是她哭着告诉我，正愁着没钱治病呢。"

"这水性杨花的女人，我就知道她迟早要出事的。她有那么多的野男人，向每个人要点或借上点，难道还会再愁钱的事？"

"不能这样说人家嘛。人家一个女人，一个人过着日子确实不容易呀。那些道听途说的话，都是人家给编出来的，你也当真？不是常说啊，寡妇门前是非多！你也信了？"

"无风不起浪。那你跟我说说，他跟细头阿宝又是怎样一回事呢？"

猴子队长看老婆说得气势汹汹的，一时没敢多作声，又只得

低下头喝起了酒。喝着喝着,看他伸出舌头舔了舔嘴唇,逼了逼喉咙,又婉转地开口道:

"老婆,刚才白沙说借不到钱,那我们能不能借她一点呢?让她渡渡急,好去住院治疗。"

"啪"!

猴子队长的话音还未落,队长嫂把拿在手上的酒杯,重重地摔在了地上。猴子队长被怔住了。他愣在那里不知说什么是好。这时他老婆更是变本加厉地骂了起来:

"你这么一门心思地要借钱给她,难道你与她也有一腿?你这个不要脸的臭男人啊,暗地里难道还真做着那种见不得人的事啊!"

"没有,没有。请你要相信我,真的没有啊!"

"呜呜呜,呜呜呜。"她边哭边说着:

"还说没有,没有你怎么会这样关心着她的事?"

队长嫂骂的同时,又"呜呜呜"地哭得更响了。还一边哭一边跑进了睡房。只听得"嘭"的一声,关起了门,锁上了锁,"噼啪"一下,还拉上了锁上的保险。

"乒乓,乒乓,乒乓"房内不停地传出摔东西的声音。

猴子队长在这突如其来的情况面前,没有跟一般的乡村男人一样暴跳如雷,而是一个人慢慢地把杯中的酒给喝完了,因为刚才他早已想到了这个过程,一切都在他的预料之中。他也非常了解自己的老婆,当她发怒时,不能马上接近她,不然她的火会发得越来越起劲。只能让她独自发泄完后,她才会冷静下来。就会心平气和地听自己给她讲道理,并与自己争论。只要道理在,她最后也会同意自己的想法的。

……

多喝了一些酒,感到有些晕乎乎的,猴子队长靠在一把椅子上睡着了。

可能白天干活太累了,他的呼噜声特别地响,把整个屋子打得"地动山摇"起来。

在房间里发泄完了愤怒的队长嫂,听到了这特别响的呼噜声,看她有点坐不住了,轻轻地念道:

"这臭男人怎么一声不吭睡着了啊!当心受凉了啊?"她的心开始软了起来,抱了条被子走了出来,轻手轻脚地盖在了猴子队长身上,还轻轻地压了压他肩膀两侧的被角,一压却把呼噜声中的猴子队长给压醒了。于是,他披着被子,拉着老婆进了房间,又开始与老婆又讲起了道理来。可是要讲通他老婆确实有些难,从黄昏一直争论到了启明星已起来,他老婆还是死活不同意借钱。他老婆还是没有想明白,自己的老公为什么会这样热心于别人的事、热心于白沙。今夜,在白沙这件事上,她作为一个敏感的女人,一举一动着实压得我们的猴子队长透不过气来……

浓浓的雾霭夹裹着各家各户的炊烟,在一阵晨风中向远方扩散着。天已开眼,鸟儿的叫声也清脆悦耳地响了起来。这个时候,猴子队长的嗓音却越来越嘶哑了,与老婆辩来争去的,争了一个通宵了,想要的结果还是没有争出来……

猴子队长出了房间,做起了早餐。

太阳已爬上了村口那棵大枣树时,队长嫂起了床,洗漱完

后,看到了桌子上放着的丰盛早餐,心里生出一阵暖意,心想:

"我老公确实是很爱我的,并且是最爱的!"

不一会儿,两人吃起了早餐,吃着吃着,又交换起了各自的意见。

"我当年在部队当兵,家里的爸爸妈妈身体不太好,经常生病,你呢虽然还没有过门,家里有了这事那事,你总是帮着照料着,可你毕竟是个女人,有些事情你是做不了的,还不是大家,争着来帮忙,才度过了一个又一个难关的吗?如今我回到了家里,大家常说——滴水之恩,涌泉相报。更何况我是个共产党员啊,那更应该要为大家多做点事多出点力。解人之难,急人所急,那是我们中华民族的一种传统美德啊!再说去年你家弟弟生了大病,不也是一方有难,八方支援,乡亲们给募捐了一大笔钱,才救了他的命吗!"

……

听着听着,队长嫂吃着暖暖的早餐、品着可口的菜肴,朝猴子队长有些勉强地点了下头。开口道:

"那她要借多少呢?家里的这些钱你不是说等儿子明年从部队回来后,要给他留着去镇上买个窠啊!"

"我们家里总共有多少?尽可能多借给她一些吧,她那么困难,好救我们就救她一把吧。"

"那儿子会同意吗?"

"儿子的工作我来做吧。再说他今年已入了党,听他的首长说他思想上积极要求上进,表现还不错的。想来他的想法也不会与我有多大的距离的!"

"你说多借点给她,那我们自己万一有个什么事,可怎么办啊?"

"你看看,我这样身强体壮的,我们可以接着赚啊!再说真有个什么事了,大伙儿也都会帮助我们啊!"

一番话下来,队长嫂好像有所被触动,也没有再多说什么。等到早餐完毕,她朝猴子队长细声细语说道:

"那就听你的,我也想不好,你看着办吧。"

【三十八】

"阿宝,你以前不是总说,只要我有什么急需,一定会想尽办法借我钞票的吗?这次我生病了,得的又是那么重的大病!那你总得要说话算数哦。就算是我这些年来,对你死心塌地地投入后的回报吧!"

夜深人静,村口的几只山黄狗又在不停地吠了起来。白沙家门口的那束电光,与往常一样照例对着她家的玻璃窗亮了三下。"吱嘎"一声,白沙家的门又开始虚掩着了。这时一个黑影熟门熟路地闪了进去,门又是"吱嘎"了下,很快又被关严了。在细头阿宝进了白沙家的门后,白沙在第一时间,就向他说起了以上借钱的事。

"白沙,你也知道,我们家的钱都在红种那里管着,我拿不到啊!"细头阿宝听到了白沙的话后,这样回答着。说话间,他从衣袋里摸出了200块钱,对白沙说道:

"我身上只有这200块,这还是几天前给人治蛇伤时,人家给我的,我偷偷地藏着,没有交给红种,现在刚好给你吧。"

"那你当初不是还信誓旦旦地对我说,我要是真的得了什么病,治病这件事都包在你身上了吗?"

白沙用一种乞求的眼神望着细头阿宝,细头阿宝不敢正面看着她,只是用脚不停地擦着地板,不再言语。白沙摸了一下渐湿的眼眶,然后再说道:

"你回去吧,我知道你也有你的难处,下次不要再来我家里找我了。就当我们是走得最近的陌生人吧。你把这200块钱也拿走,我不想用你的钱,我明天自己会去想办法的!"

白沙向细头阿宝说完这话后,很快转过了身,背对起了他。因为此时,她眼睛里的泪水,已经像是江河里翻腾着的潮水,正在一个劲地向她袭来。她是实在不愿意让眼前的细头阿宝,再看到这一切了……

猴子队长家门口。

"白沙,你这次得了重病,医治要花好多好多的钱,我这里已与我老婆商量过了,家中的积蓄你先拿一部分去吧,不够的部分,我再去给你想想办法。"

第二天上午,当白沙忐忑地走到猴子队长家,提及借钱的事后,队长这样对她说道。听完了队长的话,白沙一直担心着的借钱之事,部分已有了着落,她的心一下子宽了好多,她对猴子队长说道:

"队长,谢谢你,也谢谢你们一家人,没有你们,我也就没得救只能等死了。"说着说着,白沙眼中又滚出了黄豆般的泪珠。

晚饭时分，我家的吃饭间。

"队长，队长，还没有吃过吧？"爸爸看到猴子队长走了进来，一边向他问候，又一边朝我妈妈说道：

"他妈，快，快给队长去拿副碗筷来！"

猴子队长还没有坐下，爸爸就已给他倒上了满满的一碗酒。然后拿起了自己的碗伸了过去，与他一碰，说：

"来，咱俩今天好好喝上一个。"

猴子队长拿着碗，嘴里也跟着说：

"好。咱俩今天好好喝上一个。"

可猴子队长的嘴巴没有伸向酒碗，而是把拿到了半空中的酒，在嘴边晃了一下，直接又放了回去。爸爸见状，问道：

"队长，你这是什么意思，这好像不是你的风格呀！今天好像没心思吃一样啊？"

猴子队长向坐在边上的我妈妈看了一眼，然后摸了一下嘴巴说道：

"是有心事啊，还真是逃不过你的火眼金睛哦！被你说中了。"

"那你说出来听听看，到底是什么事让你这样为难？"爸爸向猴子队长问道。

"开不了口啊，开不了口……"猴子队长欲言又止。

"对我们还有什么不好说的？你还当不当我们是兄弟啊？来，快对我们说吧！"爸爸又用酒碗碰了一下，又这样热情地说。

等爸爸话一说完，队长又看了一眼妈妈。妈妈马上说道：

"队长，是不是不想让我听到啊？那我先回避一下？"

"不用,不用,要你在,要你在才好。"猴子队长说完了话,又咳了两嗓子,然后拿起酒碗大口喝上了一口,接着这样说道:

"白沙的事情你们晓得不?白沙最近得了乳腺癌,要去省城医院做手术,可是她家里没有那么多钱,只好东借西借地凑,上午去过我家了,我与我老婆商量后,拿出了家里的大部分积蓄,借给了她。可是她还是不够,心里很着急,她说好借的地方都去借过了。我对她说先不要急,我来给她想想办法看,这不,我就来你们家了!我掰着手指把村子里所有的人家都掐了几个回合,近年你家在你们的勤劳之下,收成不错,说来也许会有一定的积蓄,所以也只能厚着脸皮替白沙来开这个口,不知道你俩怎么想,行不行?"

"不行。队长,当年我老公被她说成是流氓,还被判了刑,你又不是不知道。那么多年过去了,我们也不想再多说了,没想到她今天得了病,要向我们来借钱,那就休想了!"妈妈脸色铁青,抢先斩钉截铁地说道。

"我也是这样想的,当年吃的那个苦,我们总得记牢啊!"爸爸也是态度非常坚决、不留余地地说道。

"这样吧,你们的事我也理解,你们再商量一下吧,可借就借点给她,这次她真的走投无路了,不然的话我也不会替她来向你们开这个口了。再说救人一难,胜造七级浮屠嘛。你们当初有难时,村上不也是家家都伸出了援手啊……"

妈妈其实是个刀子嘴豆腐心的人,被猴子队长这么一说,想到当年在队长的关心下,各家各户向我们家伸出援手的场面,她的心一下子就软了好多。对爸爸说:

"他爸,那你看怎么样呢?"

"什么怎么样、怎么样啊。老人家不是说了嘛:'吃苦不记苦,老来无结果'啊!再说我们不是已计划要把这笔钱用来搭新窠了吗?我们现在的窠这么个样子,总得改造一下啊……"

猴子队长见爸爸这个犟得像牛一样的脾气一时转不过来,就又拿起了酒碗,说道:

"来来来,先吃酒先吃酒吧。"

于是,两个人又你来我往碰起了碗,大口喝起了酒。

妈妈见爸爸二三碗下肚,刚才那股气似乎已平了好多,看他俩光一个劲地喝着酒,刚才谈的事好像都已忘光之时,于是拍了拍爸爸的胳膊,说道:

"队长问你的事你到底怎么想的,给人家一个回答啊!"

其实妈妈看错了,爸爸是出于面子,在猴子队长面前把那股气努力地压着而已,佯装着没有事了。这下可好,妈妈在这个时间节点上突然一问,爸爸借着酒劲,像是被点燃了的爆竹,用手"嘭"一下拍打着桌面,彻底把我们这个饭间给炸响了——

"吃了那么多的苦,你怎么会一下子就忘得一干二净了呢!"

他调子拉得长长、大吼大叫着的声音,简直快要把我们的耳膜给震破了。并且在喊叫的同时,他还用手一把抓起了酒碗,狠狠地掷向了地面。"啪"一下,酒碗对半裂开。可他还是余怒未尽,再次捡起碎片掷向地面。他的手指也被锋利的碎片给划破了。滴着血还在喋喋不休地叫嚷着:"真是吃苦不见苦……真是吃苦不见苦……"

我从来没有见过爸爸发这么大的脾气,看到这场景被吓坏了,拉着妈妈的衣角,呆呆看着爸爸,一动也不敢动。

猴子队长一看这样的场面,忙说道:

"没事没事,他喝多了喝多了。先给包扎一下,让他早点休息吧。"他说完话朝我妈妈使了个眼色,拿起了抹布,收拾起了这狼狈的桌面。妈妈一看,十分内疚地对他说:

"对不起了,真是对不起了。你先回吧,让我来收拾吧。"

当猴子队长安抚了一下爸爸,刚要回时,爸爸可能因一时的失态,感到了不好意思了,又拉住了猴子队长,对他说:

"怎么走了啊,我们还没有喝好呀,来再陪我喝上几碗。"

说话间他又给猴子队长倒上了酒,朝哥哥指了下碗,哥哥明白了他的意思后,很快给他拿来了新碗,他又给自己倒得满满……

"这碗酒呢我们不喝了,今天喝得已差不多了,留着明天喝吧。不过你心里不痛快,我陪你再聊会儿天吧。"

猴子队长好像什么事也没有发生过一样地对爸爸说着。妈妈不失时机地给他们泡来了两杯浓浓的红茶,说:

"喝口水吧,醒醒酒,醒醒酒。"

猴子队长毕竟是队长,年轻时在部队当过兵,带过一个班,在外面见过世面,说话做事都很有分寸,非常得体,又善于做人的思想工作,几杯茶水后,爸爸的酒也醒了好多,猴子队长东讲讲西说说,爸爸竟突然松起了口,舌头有些不听使唤地向猴子队长说道:

"不好意思了,不好意思了,让你见笑了。那白沙治病的事还需要多少钱呢?"接着又对妈妈说:

"还是先救人要紧吧,你明天把存折上的钱去取出一半来吧,交给队长,让他替我们拿去借给白沙吧。"

猴子队长一听,站了起来,非常感激地向爸爸妈妈说道:

"看来我还真的没有看走眼,当初我就知道你们夫妻俩都是肯帮助别人的好人。"

话一说完,又拿起了酒碗,十分认真地对我爸爸妈妈说道:

"来,在这里,我先替白沙谢谢你们,谢谢你们了……"

翌日的上午,当猴子队长把那三捆(每捆一万)钞票交到白沙手里时,正因为借钱之事而忐忑不安的白沙终于安心了。她非常感激地向队长问道:

"队长,你帮我从哪里借来的?"

猴子队长笑眯眯地对她说道:

"你说我们村子上现在哪家有钱啊?"

白沙思索了片刻,说道:

"难道你是替我从——从船匠阿根家里借来的?他们怎么愿意借给我啊?你是不是没有告诉他们是替我借的呀?"

"此一时,彼一时啊!他们早已不记前仇了,夫妻俩知道了你这个情况后,已推迟了明年打算要搭新窠的计划,把钱拿出来借给你了。"

"啊,这样啊!以前我真不是个人,我真不是个人啊!"

白沙边说边拍起了大腿还"呜呜呜"地哭出了声来。片刻,她发疯似的向我们家跑……

【三十九】

妈妈是个特别会过日子的人,看看今天天气非常好,把家里的棉被、鞋子什么的都往屋外搬着,她说:"天气好晒个日头,睡起来、穿起来会更加舒服。"白沙跑到时,她刚抱着一大堆东西往门口走着。

"阿嫂,我真不是个人啊,真不是个人!"

妈妈在专心致志地干着活,被这突如其来的忏悔声给惊着了,全身抽搐了一下,她抱着东西艰难地转过了身来——

"啊,是白沙妹妹啊!"她惊叹了一句。然后把抱在手里的东西往边上的凳子上一放,顺手又牵了把竹椅子放在了白沙的面前,对着她说:

"来来来,坐坐坐。有什么事吗?坐下来讲,坐下来讲。"

"呜呜、呜呜……"白沙带着哭声说:"阿嫂,我真不是个人啊……"

"你怎么会不是个人?你不是一个活生生又漂亮的人,现在不是面对面地与我坐在一起啊!"

"阿嫂……阿嫂当年的那个事,真的对不住你们啊!"

"当年的事早已过去了,就让它过去吧!"妈妈手一挥,一如战场上的将军,示意白沙不管以前有多大的深仇大恨,都已一笔勾销了,叫她不要再提及了。

"不,阿嫂,我要给你们说清楚的,都是我的错,都是我罪该万死,当年大哥完完全全是被我冤枉的啊!"

"啊!那当年到底是怎么回事呢?我倒要听你说说清楚了!"妈妈拍了拍白沙的肩膀,从边上拉过一条凳子,坐在了她的边上,听她讲了起来——

"当年,我患上单相思暗中喜欢上了大哥,处处寻找机会想与大哥在一起,一次我借屋里家具坏了,请他来帮忙修修之名,把大哥骗到了自己的家中,施出了美人计,但他还是稳如泰山,一点也不动心。于是,我索性从后背抱牢了他,鼓足了勇气,把头靠在了他的耳边,对他说:'大哥,大哥我……我喜欢你……'

"没想到他却说:'白沙,你冷静一下,冷静一下。我们俩不能这样啊,我是家里有老婆、有儿子的人啊。'

"他说话间还推开了我的手。我感到非常失败,无地自容,靠在桌子上大哭起来。哭了一会儿后,我以为他会心软,会来拉我说好话的,可没有想到,他非常严肃地对我说:'白沙,你要是没有其他事,那我就走了。'当时我一听,心里那个火啊,狠狠地骂道:'你给我滚,给我滚!'就这样他走出了我的家,临走时,还不停地对我说:'白沙,我就当什么也没有发生,你也多保重、你多保重吧。'

"自那以后,我心中就积下了一股怨气。为了气气大哥,我把我自己投怀送抱到了一直喜欢我，老是想尽各种办法想来接近我的细头阿宝怀中。干柴碰上烈火，两人一拍即合，很快就干起了见不得人的事。可是，虽然找到了一个想气气我大哥的发泄口，但始终没有减弱我对大哥的恨，我暗中思忖着，要是有机会，一定要好好再报复一下他。清明节那天，我去召山看热闹，顺便还想去轧一下蚕花。当我远远地看到大哥走来时，我就计从心来，出了那个鬼策，说大哥向我耍流氓，派出所的同志做笔录问我时，我就一口咬定了他。从此，那场悲剧就那样开始了。当年我酿成了这么大一个冤案，真是让你们一家人都吃尽了苦头。"

说完了这番话，白沙站了起来向前迈了一步，哭哭啼啼地伸出了手，重重地拍打起了自己的脸，还十分真诚地忏悔道：

"我真是作孽啊，是该死，真是该死啊！"

而在此时，远处枇杷树上的几只鸟儿也仿佛是通了人性，开始起劲地叫了来：

"喳喳，喳喳——喳喳，喳喳——"它们也是在声讨白沙吗？抑或是在为我爸爸鸣不平？那声音与白沙拍打着巴掌发出的声音交织在了一起，锥人心骨、催人泪下……

妈妈快步上前，一把拉住了白沙的手，说道：

"白沙妹妹，别这样了，别这样了啊！你知道自己错了就好了，我不是早已说过，前面的事已一笔勾销了。"

【四十】

朱水宝确实是名副其实的"猪水泡"。

自从犯了强奸罪,在监狱里关上了几年后,一回到家,他还是没有一点悔改的意思,照样与关进去之前一样,好吃懒做,到处惹是生非,弄得远近村子鸡犬不宁。

那天在唐栖街上赌博输光了钱,一回到村里,他耷拉着脑袋,拉着三角眼,看到大家都会无缘无故地发起脾气来。好像是大家要他去赌让他输了钱一样。他见人就骂,见鸡啊、鸭啊、猫啊、狗啊什么的,就用脚往死里踢。

"汪、汪汪……"

一只很普通的草狗看到猪水泡远远地走来,不遗余力地叫了起来。猪水泡装作没有看到,不动声色地走近了它,飞起腿,用力踢上了一脚,狗被踢得飞了出去,足足有三四米远。狗一下子被踢懵了,可能也被吓怕了,打了个滚后,迅速爬了起来,一路叫着向更远的地方逃窜。可是让他万万没想到的是——就在他踢飞了那草狗的一瞬间,从另一头的墙角处,突然蹿出了一只牧羊犬,眼中放着非常可怕的光,狠狠地朝他的腿上咬上了一口,还争着准备要咬第二口……情急之下,猪水泡蹲下身子,捡起了一块石块,砸向了狗的脑袋,狗的脑袋上被砸出了一个深深的洞,鲜血顿时喷涌而出。狗见势不妙,就流着血逃走了。见狗逃远了,猪水泡拉起了已被狗咬破了的裤脚管,一看吓得半死,一块肉已被刚才的狗给叼走了,血正在汩汩地流淌不止。猪水泡不知怎么才好,一屁股坐在了地上,"救命啊,救命啊"地大叫起来……

红种听到了叫声,从屋里走了出来,幸灾乐祸地问起了猪水泡:

"啊唷,你这阿宝家的小祖宗啊!腿上怎么都是血,是被哪只狗咬了啊?"

猪水泡哭喊着,摸了一下伤口,双手向红种比画起了那狗的长相,最后说道:

"是只牧羊犬。"

"牧羊犬?那看来你要被咬发财嘞!"

红种说完话,就走近了猪水泡,把嘴贴近了他的耳朵边叽叽咕咕地说上了一通。猪水泡一听,马上停止了哭喊,一骨碌爬了起来,找了条布条,绑在了伤口的上部,止住了血。他一瘸一拐地向爸爸的"农家小乐惠"而去……

"元宵爸,你给我出来,你给我出来!"

当爸爸听到了这杀气腾腾的叫声后,先是一愣,然后到门口

一看,满腿都是鲜血的猪水泡正朝自己叫嚷着,心突然怔了下,忙问道:

"你这是怎么啦?"

猪水泡拉了拉三角眼,恶狠狠地回答道:

"还说怎么啦!还不是被你家的牧羊犬给咬了。快拿钱出来,给我去治疗吧!"

"啊,这样啊!那你先去看病吧,我了解一下,如果确实是被我们家狗给咬了,那我一定会拿出钱来的。"爸爸应着。

"还不赶快拿出钱来,刚才红种看到了,她确认这狗就是你家的。"

我爸爸哦了几下,然后很无奈地拿出了几张十元面值的纸币,交给了猪水泡,说道:

"那你快点去看一下吧。"

"你还以为是打发叫花子啊!笑话,拿这么一点钱就够了?少说总得也要几百块吧!"无奈之下,我爸爸又只得走向吧台,又拿来了十几张十元面值的纸币准备递给他,猪水泡看到了钞票,还没等爸爸递过去,他就迫不及待地从爸爸手中一把给夺了。他钞票一拿到手,还在手上"啪啪"地敲了几下,朝爸爸白了一眼,狡黠地说道:

"这下好了,你家的狗让你们交上好运了!我先去医院看了再说,反正后续的费用你们准备起来,我想你们有得出了,我会随时来要的,到时不能怪我哦,要怪那也只能去怪你们自己的狗了。"

自从猪水泡被狗咬了后,隔三岔五就会来到爸爸的"农家小乐惠",向爸爸讨要钱,今天来说这个是治疗费,改天来说那个是检查费,改天又再说这个是营养费……反正几天一个名目,要的数字也越讨越大了起来。

爸爸是个实实在在的人,他来讨要,想想人家确实是被自己家的狗给咬伤了,所以来一次就给一次。这样却让猪水泡仿佛掘到了一个金矿,从隔三岔五变本加厉,直至每天必到,而且数字要得越来越惊人。爸爸实在没有办法了,要他拿出治疗费用的票据来,他却死皮赖脸——今天说发票弄丢了,明天说去私人诊所看的拿不出发票等等,各种借口搪塞我爸爸。可是,他一开口,要是爸爸说不行,他就会在店里装疯卖傻的,吵得客人来了也不能正常吃饭,一段时间下来,店里的秩序都被搞乱了。这没完没了的事,让我爸爸苦不堪言,他找来猴子队长商量起对策来。

"你的这事,你不说我也早已在村子里听到看到一二了。我几天前在乡里开会时,还特意就此事去乡法律事务所,问了律师。律师说这事双方协商不成,得依法办:治疗费、营养费、陪护费、误工费等等都有标准。如果确实致残的,还可通过司法鉴定,根据伤残等级也会有一个标准可计算。所以,你不来叫我商量,我也想这两天过来告诉你。面对这样一个无赖,最好的方法是通过法律途径来把你们这事彻底解决了,不然他会弄不清、割不断,像个无底洞,让你既要一天天拿出钞票,又要影响店里的秩序。"

猴子队长这么一说,本来苦不堪言的爸爸,仿佛一下子找到了一根救命稻草,思路豁然开朗了起来,朝队长连连点头称:

"对，对，对。"

接下来的日子，猪水泡虽然接着来要钱，但爸爸都是一句话：

"我们的这件事，通过法律途径解决吧。我们自己是解决不好了，我已给了你那么多的钱了，你说还不够。钱不是不给，应该给的我一分不会少你，不应该给的，你也别再想东要西要了。"

猪水泡一听哪里会同意，心想利用这个机会再敲上一笔的想法要终结了，死活不肯，说这事他不要公了，要私了。村民看在眼里，只能恨在心里，生怕一出来说理，猪水泡日后要找上门去算账，所以大家都敢怒不敢言。队长毕竟是队长，在这种情况下，他站了出来，他对猪水泡说：

"朱水宝，这件事我看今天到此为止吧，你们两个人自己已解决不好了。我看通过法律途径来解决是最好的办法。再说对方也已表了态，对照法律法规，该赔你的他都会赔，一分不会少你。你还何苦天天这样吵来闹去的呢？吵来吵去已影响了人家店里正常的营业，人家给你倒过来一算账，说你影响了人家多少收入，这样下去你一分也拿不到，反而还要付给对方一大笔了哟！"

猪水泡听后，想想也没别的办法了，只好与我爸爸去乡法律事务所进行了调解处理。当猪水泡在调解协议上画上了他的大名后，爸爸那口气才总算松了下来。

可是好事不长，一段时间过后，等猪水泡把赔来的那些钱又花了、赌了个精光后，死灰复燃，他又不要脸地来了，说法律归法律，他被狗咬的地方现在又痛了，所以另外还得再给他一笔补偿，在店里又大吵大闹了起来……

这下爸爸可不再手软了，他拿起了法律这武器，面对死缠烂打着的猪水泡，主动报了警。

"猪水泡，猪水泡……"

当猪水泡在派出所被教育了一番，无精打采地低着头刚向村子走去时，红种看到了他，老远地就喊了起来。猪水泡抬了抬头没有说什么，只是朝她斜瞄了一眼。

"饮水不忘挖井人啊！你得请我吃饭哦，你上次被狗咬后，我不是给你出了个好主意啊。听说船匠阿根已被你敲上了好几次的竹杠，你也已搞到了不少的钱了！"

猪水泡没听到钱这字时脸色倒还好，可他一听到钱，这要不到钱而反被教育了一番，差点又要被关了进去的气，一下子又上来了，拉起了三角眼白了白红种，朝她狠狠地吼道：

"请客吃饭，请客吃饭，请你个屁！"

说完话后，扬长而去。红种转过了头去，看着远去了的猪水泡，"呸"一下朝他的背影吐了口口水，尖起嗓子，恶狠狠地回骂道：

"你这个枪毙鬼，要死了是不是？人家给你出了个好主意，搞到了那么多的钱，想叫你请顿饭吃吃，不肯就不肯呗，还摆这副死相给我看干吗！"

猪水泡愤愤然地刚想走进村子时，看到眼前一个村民背着喷雾器，正在向茂盛的青草喷洒着什么，他狗一样把空中飘来的那股气味用鼻子嗅了一下，自言自语道：

"原来是在洒除草剂啊！"

他拉了拉三角眼，眼珠子转了一下，"嘿嘿"冷笑了两声，迅速地离开了。

"朱水宝。"

当朱水宝低着头刚走到自己的家门口，听到有人在身后叫他。

他一听，心想："这声音好熟悉啊。"

转过头一看，忙擦了擦眼，然后"啊"地叫了起来，朗声喊道：

"原来是老二啊！"

这老二是他狱中的狱友。光着头，满头流着油，前后还有多处伤疤。最长的一条从左脸连到了右脸，像是一个配，生硬地把他的左右脸颊在原位上固定着，不过中间却夹带着几个大小不一的皱褶。

这些人进了监狱还是不知悔改，竟然在狱中称兄道弟，暗中还干起了见不得人的勾当，联合起来成了狱霸，欺负狱友、破坏狱规，处处与政府作对……

听到了朱水宝的回音，老二"哈哈哈"地笑了起来，说道：

"朱水宝，没有想到吧。我已出来一个星期了，你看我没有食言吧？在里面时，大家说好等我出来后一起干，这不，我一出来就带上大家来找你了，虽然我们的老大还在里面……"

听完老二一番话，朱水宝朝他点了点头，立马热情地招呼大家进了家，恰好正是吃饭时分，他也就忙碌起了酒菜来。

"哗哗哗"的倒酒声响了起来,一字排开的酒碗中都倒上了酒,大家都伸手拿上了一碗,老二高声叫嚷道:

"来,我们一起干上一碗,祝贺我们出来后的再次会合。"

满满的一碗一口下了肚,大家开始兴奋了,东拉西扯嗨翻起来,可朱水宝一副闷闷不乐的样子,坐着没有多说什么话。老二不无埋怨地说道:

"水宝,你怎么啦?是不是不欢迎我们来啊?"

朱水宝撇了撇嘴,"唉"的一声,稍微停顿了一下,说道:

"哪里啊!我是……"

朱水宝把刚发生的事和前些日子的情况一五一十地向大家吐了个尽,最后吼叹道:

"他妈的,这日子过得真是窝囊,不透气。"

"什么窝囊、不透气啊!不是还有我们兄弟在吗,这气我们来帮你出!"老二边说边就拿起酒壶,朝大家看了一下,指了指自己面前空着的桌面,叫道:

"碗都拿来……"

"哗哗哗"碗中又倒满了酒。

"来,拿起碗来,大家说,水宝的事是不是我们大家的事?"说话间,大家"砰砰砰"地碰过后,把碗中的酒又一口闷了下去,其中一个还站了起来叫嚷道:

"二哥,你说吧,具体怎么干。难道我们赤脚的还怕他们穿袜的吗!"

老二挥了挥手,示意要他坐下,可能嘴中还含有酒,他向大家叽里咕噜、含糊不清地说道:

"好，好，好。不过，这事我们得想一想……"

"她爸，你快回来吧，刚才有几位客人在我们店里吃过饭后，都说肚子痛得厉害，说一定是我们的饭菜有问题，投诉我们了。"

爸爸接到了妈妈电话，听到了投诉两字，脑子里突然"嗡"一响，然后马上从田头心急火燎地回了家。一到家就问妈妈：

"他妈，客人怎么样了？"

"也不知是怎么回事，说越来越痛了，都已送医院了。"

爸爸一听，一下子惊呆了，等他回过神来，左思右想也没有个答案，自言自语道：

"到底在什么地方出了差错呢？"

这话同时好像也在问妈妈一样，她喃喃地说：

"没有啊，菜都是新鲜的，做法也是与往常一样的呀！"说话间，她的头摇得像拨浪鼓一样。

这件事情发生后，随着涉事游客越来越多，越闹越大。政府非常重视——市场工商监管部门、卫生管理部门和人民公安等都介入了调查……

几天后，水落石出。原来是爸爸那块青青的菜园里，被喷上了除草剂。公安部门通过留在现场的鞋印和其他一些物证，很快就找到了喷洒除草剂的人。

"朱水宝，你老实交代，你为什么要向青菜上喷洒除草剂？你这是投毒行为啊！"在公安审讯室，民警盯着猪水泡严肃地问道。

"我……我不……不是投毒啊！因为我向他们要钱，他们不给，所以只是想把他们的菜园给灭了，让他们的客人来了没好菜吃……"

至此，关于客人投诉的案子终于水落石出，猪水泡这条恶狗，又锒铛入了狱。当然，管理部门也对我们家进行了批评教育，对我们的食材管理也提出了新的要求。

爸爸知道了这件事的前因后果，撸了下他一头的白发，对大家说道：

"乖乖隆的咚，原来如此啊。怪不得这一园子青青的菜，一下子枯黄起来了！"

无独有偶。

正当大家刚刚弄清了客人中毒事件时，我家"农家小乐惠"内，突然冲进来几个人，他们手操家伙，把我爸爸店里所有的设施都敲了个粉碎。还向我爸爸撂下恶狠狠的话：

"想太平，该付的钱还得要付啊！再不付还有好戏在后头呢！"

更蹊跷的是，网上出现了很多关于我们"农家小乐惠"的负面新闻。说我们做菜用的油是地沟油；店服务人员患有严重的传染病；客人用餐后被宰等等，负面消息接二连三，一波未平一波又起，一时被弄得人心惶惶，议论纷纷。"农家小乐惠"的生意受到了严重的影响。爸爸苦不堪言，也只能报了警。

"所长，经初步调查，据被传唤的那几人交代，'农家小乐惠'被砸烂事件，是那个绰号叫'老二'的手下几个鲁莽马仔为替朱水宝出头所为。另外，网上出现的关于'农家小乐惠'的负面新闻，经查实，也都是'老二'为了替朱水宝报复他人，叫人捏造事实，故意搞上去的。"

　　三天后，公安派出所里的办案民警，拿着一沓询问笔录和实地调查材料，向所长汇报道。

　　"怎么？又是朱水宝！"

　　所长一声长叹……

【四十一】

爸爸承包上了一块农田耕种,动起了脑筋小试了牛刀,还真当取得了不小的收获。他精神大振,说:"只要政府政策上允许,我还想扩大再生产,争取有个更大的收获。"

"队长,我想把我家边上这 100 多亩地从各家各户手里流转过来,把种植面积再扩大几倍,到时候会不会有更惊喜的成果?"

爸爸再次把猴子队长请到家,与他一起喝着小酒,聊着今后的打算。他有些举棋不定地对猴子队长说道。

"想搞大?那可是个好事呀!你看,我们村自从土地承包到户后,初期还可以,家家都勤勤恳恳没有一寸地抛荒,但是随着时间的推移,一些有文化的年轻人都跑到城市里去工作了,没有时间回家种地,有的甚至认为种地太脏太累不愿意回来种,全年都靠留守在家的长辈们支撑着。这些人种地虽然都称得上是一把好手,但一年一年下来,年纪都已较大,干起活来都有些力不从心了。我也正琢磨若干年后,我们这大片大片肥沃的土地,会不会有地没人去种，出现大面积抛荒呢？再说从另一方面来看，一家一户的单干，也有很多弊病在，特别是不适合农业机械化的推广，劳动力成本又高，新技术推广难等，已跟不上现代农业发展的需要。你这么一提，我觉得非常好，我明天马上向上面汇报一次，现在新闻里都在说国家在鼓励大家建设农场，我看你可以先动起来，争取喝上个头口水嘛。"

"真的？上面已有这样的政策啊！那太好了，麻烦你明天替我去向上面汇报一下，我呢先在村里挨家挨户地摸摸底，看看大伙都是怎么想的，愿不愿意流转出来。"

"好。就这样定了。"

爸爸和猴子队长谈着关于扩大生产规模的事，谈到了共同的兴奋点，两人不约而同地拿起了酒碗，"啪"地碰了一声，各自喝干了酒碗后，又倒上了满满的一碗。接着动了一下筷，边嚼边思索起什么。在这间隙，妈妈跑进了灶间，说要给他们加个菜。猴子队长摸了摸下巴，爸爸改变了一下坐姿，他们又开始聊起了另外一个火热的话题——乡村旅游。猴子队长讲着，爸爸竖着耳朵听着，这一晚，爸爸妈妈像个非常认真的小学生，一起听得入迷，还边听边根据他们的实际情况，不停地询问了好多问题……

一个月后，爸爸开心地告诉猴子队长说：

"队长，我那扩大规模的想法可以实施了。"

猴子队长惊讶地问："不是说还有两户暂不同意没有明确表态吗？"

"都谈好了，他们的关键问题是家里还有能干活的中老年劳力在，这些中老年人怕土地被流转后，自己待在家没事干了，所以顾虑重重。我消除了他们的疑虑后，现在都满口答应了。"

"哦，不简单啊！你现在学会做思想工作了！"

"哪里啊，其实也很简单，他们怕没有活干，我当场就答应他们，只要农场一建起来，就把他们招收为农场里的工人。这样他们流转土地后不但每年可以收到一笔不薄的租金，平时呢每月还可以从我的农场里领到一份工资。这是多好的事啊，这样一来你说他们还会不同意吗？"

听完爸爸的话，猴子队长竖起了大拇指，用一种肯定的目光朝爸爸说道：

"哈哈，以前只知道你打船修船的技术不错，后来又知道你种地种菜的技术也行，今天才知道你做起人的思想工作来，也真当是个高手，挺有一套的嘛！"

听了猴子队长的话，爸爸有些不好意思地摸了一下自己的头，然后朝着猴子队长"嘿嘿嘿"地笑了下，并且还十分明了地说道：

"我这把年纪也干不了几年了，弄起来后，我想把元宵也叫回来一起干，看来种田也少不了读书人啊！只有那样才会把这事给干好、干长。"

猴子队长朝他看了一眼，用略带调侃的口气说道：

"没想到啊，你路子一套又一套的。原来心底里还藏着这样的大招啊！"

说着说着，两个人的目光交汇在了一起，这目光像是一团火焰，烛照着他们内心，顷刻间，他俩都会心地笑了起来……

两个月后。

爸爸农场的营业执照在猴子队长的帮助下终于批下来了。于是爸爸带上妈妈,带着其他招来的乡里乡亲,正式轰轰烈烈地拉开了农场生产的序幕……

【四十二】

俗话说:好马不吃回头草。

说要叫我元宵回家搞农场,也并不是一件很容易的事。

我当年拼命读书,为的是什么?不就是为了跳出农门,想告别面朝黑土背朝天的乡村生活!如今,在厂里有了这么一个不错的工作,真心不舍得离开啊!再说,我在砖瓦厂里干得风生水起的,已是厂长的左膀右臂,厂长他哪里肯放?让我走了,他去哪里再能找到像我这样的好助手呢?

可是事也真太凑巧了,真的人算不如天算。随着大家生活水平的不断提高,对生活环境的要求也越来越高。唐栖古镇边上高耸着的这支砖瓦厂的高大烟囱,夜以继日排出的烟雾,时不时让小镇笼罩在一阵阵雾霾之中,弄得大家苦不堪言。从中央到地方,对环境的重视与治理的决心,已势不可挡。另外,砖瓦厂办久了,用于生产的原料——泥土也没有地方可取了,有时为了生产甚至破坏起了耕地。政府对此也下了狠心,经过研究定下了关停方案,不久也就付诸了行动。这下我只能被头铺盖一卷,带上老婆回家了。

"元宵，你回家了，爸爸真是太高兴了！"

我垂头丧气用自行车驮回了在砖瓦厂用的衣服棉被和日常生活用品，刚到家门口，爸爸就从里屋跑了出来，他笑容满面地对我说道。说话间他又上前扶稳了我正在停放的自行车，把上面挂着的、绑着的东西一一卸了下来。嘴中又大声地喊起我的哥哥，叫他一起来帮个忙，并把我带回家的东西搬到屋里去放好。哥哥听到爸爸叫声后，屁颠屁颠跑了出来，看到我们回来了，高兴得跳了起来，开心地说道：

"家里的羊今后不用我一个人天天割草了，弟弟可以帮着割了！"说完后，他怕我老婆没有听懂，还特意向我老婆努力地比画起了手势，接着用手轻轻地敲了一下喉结，逼真地学了几声羊的叫声。我老婆听到了他几声"纯正"的羊叫声后，不露牙齿地微微笑了一下，也学起了小羊羔"咩咩咩"地叫了几声。他们的叫声，一如电影里特务们的接头信号，使他们两个人很快就对接上了好心情。我有些好奇，问道：

"老婆，你学小羊羔的叫声学得好像啊。"

"我从小就在山上放羊，有时一整天都和羊在一起，你说还学不会羊叫吗？更厉害的是，我还可以用羊的语言与它们进行简单的交流呢！"

"啊！太好了，太好了！"

爸爸听到我老婆这么一说，在一旁特别惊喜地叫了起来。

我听后也特别惊讶地问爸爸道：

"她会学羊叫，还说简单地与羊能交流，这怎么让你老人家如此这般开心、惊喜啊?"

"当然哦!你不知道我正在托人物色一个像她这样的人吗,可找来找去找不到。没有想到我眼前的媳妇就是我要找的人!"

我一时被爸爸弄糊涂了,问道:

"啊!那可真是'踏破铁鞋无觅处,得来全不费工夫'啊!可你葫芦里卖的到底是什么药啊?"

"这个你过几天就会知道了。"

回答声中,爸爸弯下腰,抱起了刚才从自行车上放下的棉被包,往里屋进去了。我们也各自拿起了东西,跟着搬了起来。

自从我从砖瓦厂回来,进了爸爸的农场干活,一段时间下来,有些事情也确实颠覆了我的认知。在我的认知里,干农活是最不需要技术,没有科技含量的,甚至认为这是个人人不学都会的活。谁知真正干起来,才晓得原来要种好地,要获得丰产丰收,里面的文章可大着呢——全靠科学技术来支撑。没有一点专业知识,还真不太行得通,更谈不上能让我家的农场办得更好走得更远了。

【四十三】

这是一场让我刻骨铭心的赛事。

这么说吧,人的一生充满了戏剧性或不确定性,但或多或少总会有一些事会烙在心底,让人终身难以忘怀。

现在想来,爸爸在农事这件事上,也真是为我用尽了心思。当他看到我对干农活提不起一点兴趣,明白了我认为这活没有一点挑战性,谁干都能干好的思想正在作祟时,他萌生了要划一小块地给我,要我自己种自己管理的想法,到时可以与他种的一大块比比,看谁种得更好。我当时心不在焉,朝他"嘿嘿"一笑,心想:这有什么好比的,即使超不过你,也不会差到哪里去的。内心很有些不屑。

从我那不屑一顾的样子中,爸爸看出了端倪,下起了战书,问道:

"怎么样,敢不敢比?"

"谁不敢啊?比就比!"我有些心不甘情不愿地抬了下头、站了站挺,气呼呼地回应道。

唐朝诗人李绅曾说：

春种一粒粟，秋收万颗子。

既然接了我爸爸的战书，我就得应战，就得动手干起来。于是我也就开始张罗起了我那地里的农活，心猿意马地侍候起这些庄稼来，心想：你老头子能干出点什么特别的来呢？到时候也只能向我低头认输吧。想着想着，暗中一阵窃喜，自信心像吹气球一样，一下子大了起来。

天还真有不测风云。

随着时间的慢慢流逝，尽管我用上了九牛二虎之力，我的庄稼一天比一天赶不上爸爸的了，到了收获季节，有的甚至还因病虫害颗粒无收。至此，这场半年之久的比赛，在我耷拉着脑袋不说话中，落下了帷幕。我只能低着头彻底地认了输。那天，在地头，爸爸拍着我的肩膀，跟我一起坐了下来，笑笑说：

"元宵，我知道你不太愿意干这个事，认为干这个活又脏又累，收入又不多，在你眼里又用不上这技术那技术的，也真的难为你了。这年月，还有哪个有点文化的年轻人，愿意在家里干农活啊！只要书一读完，就鱼儿饯水一般地往城里钻，谁还愿意在太阳底下干呀？可是家里的这些地总得有人种呀？你不种我不干，过不了几年，我看我们这里的地都要抛荒了。我没有文化，也不懂什么大道理，只晓得我们的祖先说：'家中有粮，心里不慌'。这粮食可是件大事啊！没了粮，没有了这么好的菜，那让城里人吃什么呢？虽然现在市场上什么都有，但是哪有这个新鲜，哪有这个安全啊？目前城里人寻死觅活、找来找去就要找这个吃呀。只要城里人喜欢，我们就种起来，说不定到时还你抢我夺哩。我呢老了，派不上什么大用场了，那些什么收割机、插秧机、除虫机啊什么的，我只能看看摸摸了，要想弄懂它们怎么用，要下世来了。你既然回来了，那就好好琢磨一下吧，现在光靠两只手，做死做活，也不能有钱赚了。你呢脚又不好，去外面干也会碰上这不方便那不方便的。所以你还是留下来吧！这农活只要你用脑子去做了，说不定哪一天，你也照样会做出个名堂来。"

听着爸爸的话，我心里仿佛被打翻了一个五味瓶，各种滋味都涌上了心头，望着我的爸爸——一个普普通通的中国农民，第一次真正让我久久地难以平静。

夜深人静，我仍是沉浸在白天爸爸与我的促膝长谈之中，人生第一次尝到了什么叫失眠的滋味。我拿起了一个高中时的好同学近日送我的一本叫《乡村情结》诗集，漫不经心地看了起来。看着看着，一首叫《3860 部队》的诗进入了我的眼底，初读让我产生了不小的震撼，于是又反复地诵读了起来：

3860 部队

3860 部队现正驻守在农村
属临时编制

没有统一的服装

也更没有完备的装备

常常各自为战

几年前一场经济的战争四起

村子里那些年轻人

都跃跃欲试

有的打起了商业战

有的进入了工业阵

三八妇女和那些六十拐上了弯的老年人

自然而然被编制进了这支新生的队伍

那些老掉牙的武器

又一次被磨得锃亮

我们的3860部队

开始了留守阵地的任务

战绩应该还是有的

但距离那种大获全胜的感觉

似乎还相差甚远

长年累月也日见其力不从心

一些自动化程度较高的武器

长期被搁置在仓库里睡觉

一些技术性较强的作战方案

难以付诸现实

想想那些高科技的园区
想想那些现代化的农场
我们的3860部队大汗淋漓地前进着
但速度之缓慢令人叹息

该换换血液该换换装备
那么我们何时才能彻底地整编
这支队伍呢?

读着读着,本已难以平静的心,更是翻江倒海了起来……

【四十四】

手把青秧插满田,低头便见水中天。

六根清净方为道,退步原来是向前。

清晨,当我独自走上一条田塍,漫无目的地向前走着时,眼前一群人的身影深深地吸引了我。他们正在你追我赶地插着秧。看着看着,我的耳边响起了一个读诗人的声音,读的是五代后梁时的"布袋和尚"的《插秧诗》。这声音由低渐高,由远渐近,在我的头顶不停地萦绕着。

农人种田,手里拿着满把的秧苗,低头弯腰,倒退着身子,一步步顺次地把秧插进水田。他一步步倒退,退到田边,退到最后,秧便插好了,看起来是退步,实则是向前……

船舶前行,双桨却往后划动;看船夫点篙,或是双手顺着竹竿一节一节地后移,或是身体抵着竹竿在船边一步一步地往后走;箭拉得越往后,射出的距离越远……

不论"退后"还是"退步",在人们眼中心里都会被认为是失败。不成功，才会后退。但我们何不换个角度看世界？当前面无路时，退一步，虽不一定"海阔天空"，又岂知不会"柳暗花明"？退一步，可从头再来，将自己不熟练的部分先完成，把根基扎稳，以后的路才会越走越顺畅，这样岂不就是"退步原来是向前"的全部内涵所在？

我跳出了农门，现在又回到了乡村，踏进了这广阔的田野，是错还是对？我到底该怎么走呢？经过几天的思考，我决定既来之则安之——要让自己积极地动起来。于是，我一方面虚心向爸爸学习，同时听取了爸爸的意见，报名参加了镇政府组织的"中央农业广播电视学校"的学习，专门去了相关大学，听了多位农学教授的讲座。还邀请有关专家来到田间地头，实地手把手地进行了教学，并订阅了多种农业类书报，努力让自己充实起来，决心用科学技术来经营管理好我们的农场。

通过学习，我掌握了一定的理论知识，回到家中很快就将这些知识用于实践。这样边学边干，一时把家里的这个农场干得有声有色起来。越是红红火火，我的挑战欲就越高涨，我把整个身心都投入到了这里。爸爸看在眼里，喜在心头，看我已入行，有些方面还超过了他的水平，就非常放心地把整个农场的管理大权交给了我，并笑哈哈地对我说：

"元宵，爸爸年纪大了，有些事情做起来没有你们年轻人利索了，文化层面上也跟不上新的发展趋势了，我们的农场今后全靠你了！今天起，我就把它交给你了。要是你再能和今年一样的干上一二年，那我们造座新洋房，哦，不，不，不，应该说是小别墅，该没问题了，你妈妈朝思暮想的那个窠已经完全有望了。"

听了爸爸的话，我本想大声地告诉他：

"爸爸，这一切没问题。"

可是我似乎比以前成熟了许多，把到了喉咙口的话又给吞了回去，只是轻轻地朝我爸爸点了下头。因为，大家都知道，满口饭好吃，满口的话却很难讲。我当时只是把拳头捏得紧紧的，在心底里对自己说：

"元宵，万万不可让爸爸失望，加油干，得加油干啊！"

【四十五】

古人云：凡事预则立，不预则废。

面对整个农场，我先认认真真地做了个规划。在地上规划了枇杷、梅子、桃子、橘子、葡萄、石榴等十多种水果区域，田里除了继续种好水稻，并留出一部分用来种植藕、茭白、芋头等，还专门种起了鲜花。同时，养起了猪、鸭、鹅、鱼等，让我们的农场做成了一个生态链。爸爸看了非常高兴，认为我已真正地长大了。一天，在喜鹊们"喳喳"的叫声中，他捋了捋满头的白发，对妈妈说：

"他妈，你看看，你看看，多年前我就说过，我们元宵这个小鬼会有出息。虽然中间多少有点曲折，发生过不少小插曲。到如今，依然又是我们家的一条好汉了。有了他，我们的那个新窠——洋房、别墅也指日可待了。俗话说得好啊，是金子总会发光的！现在看来，我们元宵这块金子真的马上要发光了啊！"

妈妈听后，心头自然一阵高兴。可她佯装没有听到爸爸的话，没有多说什么，只管自己低着头干着自己手中的活——绱老虎头鞋。可是这回妈妈没有藏好她心里的那份高兴,脸上还是微微地露出了几许破绽,明显让外人也一眼看出来了。瞧,她干着活的手——分明是越干越起劲、越干越灵巧、越干越快了。

几分耕耘,几分收获。

春华秋实。一年下来,我不但超额完成了爸爸当初的设想,并且有了更清晰的思路,还买进了大型农业机械,引进了科学的管理机制,准备朝着农业机械化、管理科学化的方向大踏步地迈进。

"爸爸,我准备向周边一些农户再流转一些土地,把我们的农场搞成规模化,那样不但可以大大降低生产成本,还可把农场搞成一个四季分明的旅游景区。"

吃晚饭的时候,我老婆在炒着最后一个菜,妈妈正忙着往桌子上搬放菜碗,哥哥帮着盛饭。我给爸爸面前放了只碗,倒上了大半碗白酒,然后专注地看着他,一脸认真地对他说起了上面的话。

"哦。又有新动作啦!那……"爸爸"那那那"地"那"了好几下,然后说道:

"那要是真干起来,又要很多的新投入啊,家里准备造房子的事——造房子要用的钞票还够吗?"爸爸不无担心地问了下。

"爸爸,你放心吧,造房子的钞票我早就给你预留好了。用于投资农场的钞票要是不够,我会去找人用贷款的方法解决的。如果不出意外,明后两年准能还上。等我把你们想要的窠给造好了,你就可以开开心心、舒舒坦坦地与妈妈一起,过上幸福的晚年生活了。"

爸爸一听,拿起了酒碗,"吱吧"一下,声音很长很响地吸上了一大口,然后用手摸了下嘴巴,连忙说道:

"元宵,只要是我们的新窠有着落了,我也就心满意足了,那是我年轻时就向你妈妈承下的诺呀,自己手里没有好好完成,也只能靠儿子你了啊。有了个自己想要的窠,老来能够住上了,也算是了却了我与你妈妈的一桩心愿了。"

说完话,爸爸又拿起了酒碗深深地喝了一口,然后夹起了一块红烧肉,"吧喳吧喳"地嚼了起来,真是吃得又甜又香,看他吃起来津津有味。

席间,我对爸爸说:

"爸爸,你与妈妈辛苦了一辈子了,趁现在还走得动,你带上妈妈出去好好看一看祖国的大好河山吧!要是高兴还可办个护照,去国外荡上一圈,我也支持啊,只要你们开心了,我也就开心了,钞票的事情你们不用担心,我会给你们准备好的。"

妈妈一听非常开心,一手把爸爸已拿在了手里、准备再向碗中倒酒的酒瓶给夺了下来,一手拍了拍爸爸的背,说道:

"少吃点啦,元宵对你说的话有没有记在心里?跟着你一辈子了,连杭州城里也没有去过一回,更谈不上天南海北的什么地方了,再不带我去,等我们真正老了,走也走不动了,也就没有机会了啊!要是你这样吃,吃出个毛病来,那我就更没有机会了啦!"

爸爸听完了妈妈的话后,拿起了酒碗把碗底的酒很快地倒进了嘴里,并朝妈妈一脸认真地央求道:

"嘿嘿嘿,他妈,能不能再给倒上一点点啊?"

"好了,好了,不能再吃了,吃点饭吧!你以前不是经常说:'人是铁饭是钢吗'?酒不喝不会死,饭不吃可要饿死的啊!"

妈妈话刚一说完,哥哥给端来了一碗饭,递给了爸爸。爸爸看着妈妈已把酒瓶拿远了,也只得乖乖地接过了哥哥手中饭碗,有些不太情愿地吃了起来……

【四十六】

"他爸,我们真的像鸟一样,在天上飞了啊!你看啊,下面的云彩多好看啊!"

在飞往海南的航班上,坐在机舱窗边的妈妈,激动地对爸爸说道。爸爸也把头朝向了机舱窗口,放眼看了一会儿窗外后,对妈妈说道:

"我也真的好像在梦里一样啊!我们成了会飞的神仙了。"

妈妈笑嘻嘻地摸着爸爸的手,说道:

"他爸,我好像也是啊!"

这样的神仙梦,爸爸妈妈接二连三地做了起来,他们天南海北的东走走西看看,东吃吃西住住,人的脑子变得越来越灵活了。每出去一次回来总要津津乐道地说这说那,总会联系我们农场说个没完没了。

一次,在爸爸妈妈跟随着旅游团去海外旅游的日子里,我叫了一个设计单位,给爸爸妈妈心中企盼着的那个窠,设计好了图纸，预算了一下建新房所要的各种材料，并着手采购了起来。准备等他们旅游回来了，就动手把我们家那几间用泥墙、石墙筑起来的旧房子给拆了，重新盖上几间漂漂亮亮的小洋房，让爸爸妈妈开开心心地实现他们年轻时就编织起的梦想，给他们一个已想了大半辈子的——新窠。

几天后，待我办好了建房手续，他们带着大大小小的各种旅行包回来了。他们买回了各地市场的旅游纪念品。一看到我，爸爸连忙兴奋地对我说：

"这些将来都会有用的。"

到吃晚饭时，我对爸爸说：

"爸爸，我把我们造房要用的材料，都采购到位了，报告也已批下来了，就等你一声令下，马上可以开工建造了。"

"啊！你为什么不事先与我打个招呼啊，还动作这么快的呀！这些东西可不可以给我退了？"

"怎么，难道你看了这些东西不满意吗？"我急迫地问道。

这时，我爸爸摇了摇头，凝神静气地说：

"我现在不想把我们的旧房子拆了再建新房子了。我现在已改变主意了。我已看到了人家的老房子，只要简单地给外包装一下，内部做些别出心裁的布置，就可以开办起上档次的农家乐、上档次的民宿了。这些天，我也正想着要把我们家的老房子跟人家的一样装修一下，重新让它发挥起自己特有的作用来，结合我们的农场，搞个特色旅游，让我与你妈妈一起再当回老板。那样的话，说不定我们也会有意想不到的收获啊！"

"啊！那你们不想盖新房，不想圆新窠梦了？"我一脸惊愕地问道。

"是的呀,暂时来说,我真的不想再盖新房了。说不定这几间破旧的泥墙石墙房,在将来还能让我们老两口,靠它过上更好的日子呢!"

"那你的想法妈妈会同意吗?"

我从爸爸那儿转过身,头朝着妈妈,双眼盯着她等待着她给出结果——

"同意,怎么会不同意呢!这个事我与你爸爸已想来想去想过不知多少回了。自从我们去外面跑来跑去,看来看去了一番之后,对我们触动很大,启发很多啊。把这几间旧房子里面弄好,连同农场一起推出,一定会吸引很多的城里人来。让他们来住,来吃,来玩。说不定到时候他们就会不停地、大把大把地给我们送钞票来呢!所以我暂时不再想要新洋房了,现在想想你爸爸给我造的这个窠,住了那么多年,其实也真的不烂,也已有很深的感情在里面了。"

"有了这个窠,只要我们经营好了这个窠,到时我和你妈妈就开心得等着天天数钱了!"爸爸抢过话题向我补充道。

"哈哈,其实我早就想这样干了,就是怕你们不同意,所以一直不敢说。你们现在也这样想了,那我们完全想到一块儿了。"我非常兴奋,有些抑制不住内心激动地对爸妈说道。

他们听我这么一说,两人相互看了一眼,然后都大笑了起来。

这发自内心的笑声,一如春天里的雨水声,"哗哗哗"地流进了我们的农场,流向了我们的村子,流向了西太洋和古运河,同时也一刻不停地流向了唐栖古镇。

看着爸爸妈妈,听着他们的交谈,我倒陷入了沉思之中。是什么让爸爸妈妈改变了主意呢?是旅游?是时代?还是另有别的什么?

时代让人民的生活水平不断地提高了,百姓安居乐业了。爸爸妈妈在不断地走动、学习中,脑洞大开,并且好像越活越年轻越有干劲了。爸爸说:

"谁说我老了?我还年轻,我要办个像模像样的、非常有特色的农家乐,让我们那看起来不起眼的老房子,我们的那个老窠,给我们家天天生出个金蛋蛋来。"

夕阳西下,红红的晚霞让西太洋和运河的水面上披金戴银起来,鱼儿不时地跃出水面,像是要告诉我们,它们也正在准备迎接一个新的明天。

晚归的鸟儿们在屋外的枇杷树上,"叽叽喳喳"地叫着,难道它们也在向我们呼喊:

"碰上了一个好时代!碰上了一个好时代!"

是的,我爸爸说:

"只有碰上了一个好时代,才能让我们想平时不敢想的事,干平时不敢干的事,才能一把一把地赚上平时想也不敢想的钞票来!"

第二天凌晨,我在睡梦中,又听到了我家的大门"吱嘎"一声作响。"吱嘎"——是我生命中听到的最初最原始的音乐,也是我生命里最初最美妙最永恒的乐章,它让我一生受用不尽。

"吱嘎"——当这声音又一次响起时，它又一次从灵魂深处唤醒了我童年的记忆。我那爸爸起早摸黑、忍辱负重的形象又一次浮在了我的脑海之中……

我在想，今天这么早爸爸又会去哪儿呢？

【四十七】

清晨，天正在慢慢地开眼。

红红的朝霞从东边那几朵彩云中探出了头来。村口大枣树上的喜鹊开始争相歌唱。各家各户的炊烟在袅袅升起来。这一切虽然没有轰轰烈烈，但让人看了照样会心绪起伏。我们的乡村起了个大早，托举着一颗颗晶莹剔透的露珠，正在有条不紊地、精心地准备着迎接他们的——新一轮太阳的到来。

"咩、咩……"

此时，一群长着洁白羊毛的羊，在爸爸手上一段树枝的挥赶下，在村道上踏起了正步，正朝着我们的农场走来。早起的村民互相打听说：

"阿根家这农场，又有什么新鲜事要发生了吗？"

爸爸把这群羊赶到农场后，把头羊拴在了一棵枇杷树上，然后拿来菜叶子给喂上，头羊"咩咩"叫了几下，边上的小羊纷纷跟着吃了起来。趁此机会，爸爸找来了我老婆，对她说：

"上次听你学羊叫,我就知道你是个放羊高手。这次为了我们的农家乐红红火火搞起来,我早上特意去唐栖市场上扐了几头羊,正好交给你这个高手,今后这几头羊就靠你来伺候了。"

此时,一群大白鹅"呱呱呱"地叫着从边上而过,爸爸又笑着指了指那些羊和鹅,对我老婆说:

"你看看,这些都是今后我们搞农家乐必不可少的东西哦。它们在田间地头一站或一躺,都会成为城里人镜头中的焦点,在喷香的农家菜中,它们又是地地道道的农家美食。你可得要把它们照看好哦。"

我老婆听后,先是干脆利落地用一个字说道:

"行。"然后又补充道:

"爸爸,我从小就在大山里学会了伺候这些东西,早就是一个行家里手了,你就放心交给我吧。"

爸爸听后点了下头,摸了一下嘴巴,说道:

"那当然放心呀。我上次听了你'咩咩咩'学羊叫后,我就晓得你是个放羊的高手,我们家里以前也养过好多的羊,所以我对羊也算是比较了解的。"

经过一家人的齐心努力,我们家的农家乐项目进展很快,三个月后,经过对老房子的内部装修与外立面的整修,取名"西太洋野天堂"的民宿加乡村农业体验中心正式对外开张了。

这里面还有个小插曲,那是个非常有趣的故事。当请来的泥水匠准备把我家的猪圈和羊圈给敲掉后再重新包装时,他们的铁锤刚打下去,仿佛打在了爸爸的身上一样,他"啊"地大叫了起来，大声呵斥道：

"师傅，你们要是把这些东西拆了，那等于要了我的命啊！"

师傅不解地望着爸爸问道：

"你还要这些千年百古的东西干吗？"

爸爸煞费苦心地比画着，说：

"你们按照我的想法做就好了，到时你们会明白的。"

几天后我们终于看明白了，羊圈摇身变成了一个充满西方情调的"羊栏咖啡馆"，猪圈摇身变成了一个张扬着东方元素的"猪栏茶吧"。

开张那天，我从网上请了十多位城市里的试吃试住试玩者来免费体验，爸爸请来了我们西太洋村的父老乡亲们。傍晚时分，客人们都纷纷来了，我招来的第一个服务员，也就是我们村里的小软条白沙——朱头凤，站在吧台前，给大家倒着茶水，引导着路。在一阵鞭炮声中，晚宴正式开始，在各种灯光的交相辉映下，我们的"野天堂"显得格外引人注目，晚宴中觥筹交错，大家纷纷对"野天堂"的开张给予了高度认可和期待。唯独有一个人，一言不发，只是低着头吃着她的菜。这个人就是我们村细头阿宝的老婆——红种。我看到后，特意走到了她的身边，拿起酒杯跟她说道：

"红种阿姨，来，我敬你一下，今天'野天堂'开张，你得多喝点哦。"

红种勉强地站了起来，拿起杯子与我碰了一下，然后象征性地用她两片薄薄的嘴唇，在酒杯里轻轻点了一点，问道：

"元宵，这'野天堂'你真的能搞得红红火火吗？客人真的如你所说的会源源不断地来?"

"红种阿姨,只要我们诚信经营,真诚服务,同时把我们这里的野地野河野果乃至每一棵野菜野草都宣传好、保护好,我们的野天堂一定能红红火火起来,说不定到时吃饭住宿都要提前预约,不然的话还吃不上住不了哟!"

"如果真的能那样,那我真的算是服了你了。你要晓得,我红种虽是个妇道人家,在我们西太洋村里,可从来没有服过谁哦!"

我听后,拱手作揖,向她做了一个请多多包涵动作,然后客套地说道:

"红种阿姨,你慢慢吃,慢慢吃,我到隔壁的桌子也去敬一下。"

……

【四十八】

功夫不负有心人。

"野天堂"通过网上网下的双管宣传和来往客人的口口相传,正如我的预期一样,一天比一天红火起来了。

为让客人们更好地吃好住好玩好,我还在我的农场专门辟出了客人的农活体验区、果树认养区等区域,参与的客人认养或种下后,可通过网络实时查看自己的庄稼或果子的生长全过程,平时由我们农场替他们管理,到了收获季节,他们可以再次来到"野天堂"——我们的农场,和我们一起尽情享受丰收的喜悦。

"爸爸,我想把村里的白沙阿姨请到我们'野天堂'来。她由于生病,花去了好多医药费,如今身体康复了,我想让她在我们这里干些力所能及的事情,让她有个固定的收入,也让她一起来分享我们'野天堂'的快乐。"

"好啊,你这小鬼头还想得蛮周到的!电视里都这么说:'自古以来，凡要成大事者，首先要有大的胸怀，帮助了别人就等于帮了自己。'"

在爸爸的表扬声中，我有些不好意思地朝他笑了起来。可在笑的过程中，门口突然闪过了一个熟悉的人影，定睛一看，啊！那不是被叫作"猪水泡"的——朱水宝吗！

"朱水宝！"我朝门外大声叫喊了声。

朱水宝有些忐忑不安地回过头来，轻轻地朝我点了一下头。我走到了他的身边，问道：

"你回来了？"

"是的。在里面表现好，提前半年放出来了！听说你的'野天堂'搞得挺不错，所以特地过来看看。"

"哦。好好好。对了，你回来后有什么打算呢？"

"在里面关了好多年了，出来后感觉与外面脱节了，很多事情都与以前不一样了。所以也只能先走走看看，观察观察，然后再说了。"

"那这样吧，你先来我的'野天堂'里做吧，反正我这里也不多你一个人，你呢可先在我这里学习学习，觉得可以呢，自己也可回去开个农家乐，回家自己去当老板。"

"真的？那太好了，那太好了！元宵，那真要谢谢你，谢谢你！"

朱水宝在说话间，深深地向我鞠起了躬，我忙拉住他说：

"别这样，别这样。只要认真干，不怕吃苦，过不了几年，你也会是一个大老板了。"

这时，朱水宝用一种感恩的目光看着我，然后说：

"元宵，这回我一定好好干、好好干，重新做人、重新做人了……"

我上前一步，动情地握住了他的手，连忙说：

"我们一起努力，一起努力吧！"

【四十九】

随着"野天堂"的越来越红火,红种却开始病了,并且病得不轻。

她一病,细头阿宝可吃尽了苦头,整天成了个出气筒,只要红种有一点不开心,就会朝他骂上一整天。骂他无用,骂他村里面自己的资源为什么不去与人争,骂他……可是对于细头阿宝来说,她光在家里骂骂咧咧那也无所谓,可弄到后来,她整天在村口拦住这批客人说:

"'野天堂'的菜不地道。"

朝那批客人说:"'野天堂'是个杀猪宰客的地方。"

……

对这样的事,细头阿宝可看不下去,一把拉住了她,认认真真地对她说道:

"红种,好了啦,不要再去拦着客说人家坏话啦,我看你的病真当不轻,你是生了红眼病了。你这里拦那里拦有什么意思呢?人家客人不是照样多啊!我看你还不如把这点精力,用在学习'野天堂'的经营上,学好后向他们提出联营或干脆自己也办个农家乐，跟着他们一起赚点钞票不是很好吗？"

"阿宝，你这个吃里爬外的东西，他们会真心实意地教我们？教会了我们他们自己吃什么呢？难道去喝西北风？你不要把这事想得这么好，把他们想得这么善良。"红种听完细头阿宝的话，十分生气地数落着细头阿宝。

"元宵他们父子不是那样的人，这些年来你还不知道他们的为人吗？远的不说，光办农场开'野天堂'这件事上，你看，我们村里好多人家都学着他们的样干起来了。他们父子俩还经常给他们介绍客人，指导操作方法呢！你再看看，他们店里还专门安排进了我们村子里一些家庭较困难的人家，让他们有了稳定的收入。还有，他们从不计前嫌，连白沙、朱水宝等曾这样那样地让他们受过苦落过难的人，人家也当作了自己的兄弟姐妹，给了他们一份工作，让他们跟着学起了技术，并鼓励他们大胆地开出了自己的农家乐，还'包讨媳妇包养儿子'，帮助他们经营得红红火火，让他们一个个都当上了名副其实的老板了呢！"

听着听着，红种脸一红，已没有像以前那样对人家满怀敌意了，换了个口气对细头阿宝说：

"阿宝，那你说我以前对他们家做过那么多伤感情的事，他们还会真心对我好吗？"

"我不是刚才已说了吗，他们对白沙，对朱水宝都已那样了，难道还会专门对你另眼相看？"

"那我已没有脸去向他们开口说了呀。"

"你要是真心想学，我明天就去问问他们。"

红种听后，朝细头阿宝点起了头。

【五十】

"嘭啪……嘭啪……"

一阵接一阵的爆竹声响了起来。

红种在"野天堂"学习了半年左右,她家的农家乐也开起来了。她起了个店名——"野码头"。自此红种也当起了老板。同时,在我们父子俩的关心和指导下,她家的生意也非常兴隆,她与大家的关系也越来越融洽。细头阿宝乐开了花,一天,对老婆红种调侃道:

"老板娘,你什么时候要招工啊,下一个首先要考虑一下我哦!"

没出两年,我们西太洋村百分之八十的人家都办起了农家乐、渔家乐和民宿等,成了远近闻名的特色村,参观考察者络绎不绝,我们还推选老队长代表我们去县里乐哈哈地捧回来一座大奖杯。

年关将近,我组织大家一起策划了一个"西太洋村过大年"

的活动。年三十那天,我为了感谢村民对我们的支持,把各家各户及来我们村里过大年的客人都集中到了我家的"野天堂",与大家风风光光、开开心心地过起了大年,吃起了年夜饭。

酒过三巡,爸爸不由自主地站了起来,先是习惯性摸了几下自己的白头发和下巴,然后对大家说道:

"嘻嘻,我一生中最大的想法是,努力赚钱,为家里能造间像模像样的房子,能让老婆与儿子们有个像模像样的窠。没想到做了差不多一生也没能造起来。从草棚到泥房,再到石块当墙壁将就着过起日子,一路走过来那个苦,大家也都看到的。真是没有想到,就是这几间简陋的旧房子,如今也能为我赚钞票了,真是让我过上了好生活,真是碰上了好……好……"

正当我爸爸酒喝得有些过多,在"好……好……好……"地好不出来时,我看他拿起了酒杯,"咕嘟"一下喝上了一大口,喉结一闪,又急急地吞了下去。一旁的猴子队长轻轻地提示了他一下,说道:

"好时代。"

他吞下了酒后,哈哈地笑了一下,然后大声补充说道:

"对对对,就是——好时代,让我们真的碰上了好时代。金窠银窠,不及自家草窠。如今我们的草窠也不差啊,它像只老母鸡,给我们下起了蛋,我们每天可以坐着摸金蛋了。我看大家也都不错嘛,每天也一样在家捡金蛋来了。所以我今天真是好高兴、好高兴呀!"

爸爸好不激动地与大家一起分享了一番心里话。趁他一说完,我也站了起来,对大家说道:

"各位，大家好！一夜连两岁，五更分两年。在这新春佳节即将来临之际，首先我代表我们'野天堂'，也代表我们西太洋村所有的农家乐户，对远道而来的客人们表示热烈欢迎！并对一直支持与关心我们发展的各位领导、各位来宾、各位村民表示衷心的感谢！值此新春佳节之际，恭祝大家新春快乐，万事如意，身体健康！来，下面我提议，为我们过上了幸福快乐的好日子，为我们共同的农家乐及民宿，也为我们更美好的明天，一起干上一杯！"

一杯酒下肚，爸爸走到了我的身边，伸手捋了我一下后脑上的头发，然后说道：

"元宵，你不光会管农场，讲起话来一套一套的也不错呀！平时看你不太会讲，今天讲得蛮像个领导呀！看来你小时候的书没白读啊！"

众人一听，大家都"哈哈哈"笑了起来。其中猴子队长看了爸爸一眼后，朝他说道：

"是啊，那还不是你培养得好呀！"说话之中，他又伸出了大拇指，朝爸爸点起了赞。

爸爸一听一看，借着酒力，开心得摇头晃脑起来，手舞足蹈的他，看上去像个小孩子一样，成了一个十足的老顽童了。

……

几年下来，随着我们村民生态保护意识的大大提高，我们村里的各种鸟窠越来越多了。不光是村前的大枣树上，还有那些枇杷树、橘子树、梨树、梅子树上都让鸟儿们筑起了一个个窠，连我家"野天堂"的屋檐下，也到处是燕子在飞来飞去，搭满了它们的爱窠。

每天天刚开眼，各种鸟儿就会以各自的声音，在这里尽情地歌唱起来。一群快乐的喜鹊们，更是起劲地：

"喳喳，喳喳"地欢叫个不停。

每天阳光出来后，把我们整个的西太洋村的每棵树，甚至每棵小草，还有每一颗晶莹剔透的露珠，都照得五光十色。

几只大白鹅，正在河滩上慢腾腾的一摇一摇走来，并不停地曲项向天而歌起来。一群羊在一块草坪上低着头不停地啃着那一地的青翠。

微微的晨风将西太洋的水面吹起了一个接一个的涟漪，在朝霞的烘托下，一个个的涟漪像是一片片金色的鱼鳞片，在水面上不停地闪烁着。在它的上空，到处是自由地飞翔着的各式各样的鸟儿……

从来不早起的红种，今天破天荒地跟着细头阿宝来到了田间，在她家的菜园里拔起了那些鲜嫩、鲜嫩的青菜……

猴子队长、爸爸、细头阿宝等坐在"猪栏茶吧"里学着客人的样子喝起了早茶，还议论起了家事、国事、天下事……

妈妈和村子里的女人们，在"嗯哟嗯哟"地抬着摊子，正把它一个个从屋子里往外移出来。不一会儿，就把那一双双老虎头鞋子、土特产等放得整整齐齐，等着客人来挑选了。

村民们也已都早早地起了床，忙里忙外的，都在准备着迎接全新的一天，迎接着新一拨客人的到来……

【五十一】

好事一桩接一桩，让人喜出望外。春去春回，时间很快又过去了两年。

太阳越过了东边几棵枇杷树的顶端，斜斜地射向了正在田间弯腰拔着杂草的爸爸身上。此时，他站了起来，转动了一下胳膊，因手上沾着泥水，就用衣袖擦了一下挂在脸上的汗珠。灿烂的阳光不失时机地把他古铜色的脸，照得更加明亮了起来，那些刚擦过汗水留下的深浅不一的痕迹，更立体地呈现出了爸爸的沧桑，看上去非常生动、传神、有趣，甚至有些悲凉。这时一群鸟儿从他的头顶飞过，他抬起头，目送着它们向远方飞去……

此时，他突然看到几个陌生人，手里拿着长短不一的标杆，一会儿往这里竖竖，一会儿又去那儿放放，前面还有一个人用一台仪器不停地往这儿照着。他有些好奇，一瘸一拐地走过去问道：

"这位同志，你们是在？"

那人一边不停地挪动着手中的标杆，眼盯着前方发来的一个个手势，一边回答着他的提问：

"我们是在测量地标。"

"测量地标，测量地标派什么用场？"爸爸继续问。

那人可能是忙着手中的活，没有听到爸爸的提问，只是来回跑动，没有回答问题。

当那人再次把标杆移到了爸爸面前时，我爸爸清了一清嗓子、鼓了鼓勇气后，又问道：

"你们是不是测好后，要去画地图啊？"

"哈哈，以前是不是也有人来这样测过啊？他们可能是画地图用的，我们可不是画地图用的，我们的数据是为这里要造一条高铁而做准备的。"

"这里要建高铁？我们还没听说过啊！那怎么个建设法啊？"

"不是说了吗，我们是为建路而作前期准备的，具体怎么建，从哪儿过，等我们把这些测得的数据报上去后，上面会定下来的。"

那人在应付着另一头手势的间隙，这样略显心恼地回答着我爸爸。爸爸摸了下头，本来还想再问一下什么，可是看到对方特别忙碌的样子，也就没有再多问什么，只是在原地傻傻地站了好长时间，不时眨起眼睛，东张张西望望，露出了一副心神不宁、忐忑不安的样子……

【五十二】

三天后,晚饭时分。

妈妈端上了菜,又拿起了一只饭碗,盛得满满后捧着递给了已坐在饭桌旁的爸爸。哥哥看到后,双手轻轻地拍起了桌面,朝妈妈拉长了调子喊道:

"妈,我的呢?"

"你自己去盛一下吧。"

此时,妈妈正目不转睛地观察着爸爸,却还一心两用着,嘴里在回答着哥哥的喊话。

哥哥听到后,接连拍了几下桌子,露出了一脸的不高兴,朝我妈妈做了个憎恨的鬼脸,挠了挠头皮,站了起来,乖乖地自己拿起碗,盛饭去了。

"他爸,你怎么啦?"

妈妈看到爸爸端着碗却迟迟没有动筷,而且眼睛却不停地正在朝着门外看着什么,就急急地问道。

"难道今天的菜不合你胃口,还是你有别的什么心事啊?"

当我妈妈第一声问好后,发现目光专注的爸爸没有什么反应,接着加大了声音,又问上了第二句。这回还来了个双管齐下,边问边轻轻地拍打了几下他的肩膀。爸爸在被拍打了几下后,这才开始缓过神来,朝妈妈问道:

"他妈,什么事啊?"

"不是在问你吗?今天你怎么了,是菜不合你的胃口,还是你有什么心事,不停地望着门外,还不吃饭?"我妈妈有些不快地说道。

"没没没,菜很好呀。菜很好。"

"那菜很好你为什么还不吃,难道心里真的有什么心事吗?"

"没有没有,我是在等元宵,想着他为什么还没有回来。"

"爸爸,昨天晚饭时他不是说了吗,今天要去镇上开会,开好后还要去一个老同学家喝上梁酒,回来可能要迟些。"我老婆听到我爸爸的话后,接过话题,朝他解释道。

爸爸听到了我老婆的话,用手摸了几下自己的头,敲打了几下那些雪白雪白的头发后,说:

"是的是的,你看我年纪大了,这记性啊也不知道到哪里去了。"说完之后,他也就收回了目光,有点勉勉强强地动起了筷子。

妈妈看着他这几天里,吃不香睡不好的样子,也开始唠叨了几句:

"他爸,是不是又在想我们'野天堂'的事了?元宵不是说今天镇里头让他们去开会了吗,等他回来了我们就可以知道了。要是真要造高铁路,要拆也只能让他们去拆吧。要是说不拆,也完全让元宵他们小两口去好好经营吧,我们老了哦,不要再逞强了,得放手让他们小的去干了,你还这样时时挂在心上干吗!"

"他妈,你说得倒轻松,我们这'野天堂'这些年来,这样的红红火火,难道说拆就拆了?再说,真的拆了,不要说没有了这么好的收入,到时我们人住哪儿去呀?"

"人家不是都在说吗,镇子里运河边上那几幢高楼大厦,都早已为我们准备好了。这些事情还要你瞎操什么心啊!"

听到这话后,爸爸瞥了一眼妈妈,心中气鼓鼓地说道:

"你一个女人家懂得点什么呀!我们做农民的总得做做吃吃,总归得要接地气啊,难道像鸟一样的去停在半空中,要背着把锄头铁耙到高楼上吗?以前老祖宗们说'家中有粮,心里不慌',人不在田头走,我心里就是慌啊!大家都住在空中,不种田了,或者不方便种田了,这田还种得好吗?那遇上荒年灾年,大家吃什么呢?我们小时候国家有句话——'备战备荒',那说得多么在理,我到现在还死死地记着啊!"

妈妈听他啰里啰唆讲了一大通,并有些气鼓恼糟地说:

"快吃饭吧,快吃饭!这把年纪了,还想那么多干啥?人家都能过,我们也总会过得去吧。吃好了你媳妇要洗碗了!"

爸爸听到了妈妈的话后,心中更是不爽,眼乌珠突了出来,嘴巴一扁一扁起来,看上去心里压着深仇大恨之火似的。

这时,哥哥却不适时宜地朝爸爸问道:

"爸爸,我们要像鸟儿一样停在空中了?那我们打瞌睡时不要掉下来摔死啊?"

哥哥这么一问,被爸爸瞪了下,冲他大嗓门吼道:

"一边去、一边去，你懂个屁！"

哥哥突然遭到了这莫名其妙、劈头盖脸的训示，傻傻地看着爸爸，好长时间后，似乎才有些反应过来，然后也使劲地挤眉弄眼了一会，朝爸爸凶狠地怼道：

"你懂你懂，大家都不懂，只有你懂，那好了吧，你开心了吧。"

说完之后，就站了起来，嘴中还不停地念叨：

"你懂，你懂，你懂……"话间，伸手帮妈妈拿起了两只已吃完了的菜碗，跟着妈妈的屁股后面，愤愤不平、喋喋不休地管自己走开了。

晚上九点多，当我回到家时，爸爸已在门口等候我多时了，当然关于他望眼欲穿地等着我这事，他自己没有对我说，是妈妈后来才告诉我的。

那天，爸爸迟迟不肯睡，在大门口踱来踱去，一副心神不宁的样子。看到我一回来，他就急切地迎了上来，忐忑不安地问道：

"元宵，今天的会开得怎么样？那个高铁路到底要不要造？我们的'野天堂'要不要拆？"

我知道爸爸心里想的是什么，生怕一说出来让他承受不了，所以先是朝他"哈哈哈"地笑了一下，然后把他拉进了屋子里，搬了把椅子让他坐下后，说道：

"爸爸，铁路是要建的，如果把我们的'野天堂'真的拆了，你又会怎么样呢？"

"要拆了，真的要拆了？"

"哈哈，我是说如果。"

"如果真的给拆了，我宁愿死，也不跟你们一起去住到半空中！"

听到爸爸的这句话后，我心想：这个执拗的老头，对这片土地，对这"野天堂"已爱得那么深沉，要是真把这"野天堂"给拆了，到时候真的也说不好会不会发生什么事呢，看来我得要好好下点功夫，来做一下他的思想工作了。

"元宵啊，镇里到底有没有说要不要拆啊？"

"爸爸，镇里面说了，我们的'野天堂'在设计规划的边界线上，照理得拆了，但是考虑到我们对当地农家乐的拉动作用，已向上级反映了情况。如果可以的话，会尽可能给予保留，如果那还不行，那只能拆了。"

"那你为什么不跟他们求求情啊，叫他们放过了我们，让我们的'野天堂'好好地保留下来吧。"

"爸爸，这情啊话啊的，我都用上了，可人家镇上的领导说了，这可是国家的大工程，我们必须得全力支持啊！还要我们做好舍小家为大家的准备呢。"

听完了我的话，爸爸怔怔地看了我好长一会儿，接着说：

"元宵啊，你得再去跟他们说说，跟他们说说啊……"说着说着，像是受到了天大的委屈，他的脸上挂下了两行长长的泪水。

看着如此执拗的爸爸，我也心里酸酸的，但为了不伤他的心，还是朝他点了下头，嘴里说道：

"哦,好的。"

爸爸听后,两只眼睛仍然直直地盯了我好长时间,盯得我接下来不知道该说什么才好,看得我心里也有点发慌起来……

一个月后,镇里正式下达了拆迁通知书。

与此同时,开始组织我们去看几幢即将要让我们搬入的高楼大厦。我叫上了妈妈,拉着爸爸要他们一起去看看,他死活不肯去,他还是那句老话:

"我宁愿死在这里也不去那里。"望着他一副执拗的表情,我也很是无奈,于是只得叫上了老婆,一起前往了。

早春,不经意间寒流又在时不时地袭来。村东头那棵大枣树上,过了个严冬后,早已没有了叶子。一根根裸露的枝条,光秃秃的时不时传达出一份孤独和寂寞。

一个早上,村子里突然传出了爸爸疯了的消息:

"你看到没有,老船匠阿根疯了,这么冷的天,他光着脚在田塍上来回地走着呢。"

"是啊,他还说要走个够,马上没得走了,说是要好好接一下地气。"

"他还摸摸这棵树,撸撸那丛苗,嘴巴里不停地说着什么,看来是真的疯了。"

……

村子里的人们,看到了爸爸的各种情形后,你一句我一句地议论开了……

"爸爸，回家吧。这么冷的天赤着脚在这田头走来走去的，你何苦呢？"

我走进了我们的农场，看到了爸爸后走到他的身旁，拉了他一把，用一种几乎哀求的语气对他这样说道。

爸爸眉头一皱，犀利的目光咄咄逼人地射向了我，把我从上到下、从下到上地给扫了几遍，皱了皱眉后，摇起了头。正当我在猜想，他这动作传达的是什么意思的时候，他却嗓音低落、有些绝望地朝我说道：

"不要拦我。我的儿子啊，连你也都不理解我了啊！"

话撂下后，他"哈哈哈"仰天大笑又管自己走了。

这个时候，寒风呼呼地叫得更响了，目送着远去了的爸爸，我真的不知道该说什么是好。

当然，我是知道他并没有疯，只是他的那股倔犟劲又上来了。我还得说：那是他对脚下的这片土地，对他的"野天堂"爱得实在太深、太深了！

【五十三】

两个月后,一支建设大军浩浩荡荡地开进了我们西太洋村,高速铁路建设的各项筹备工作,轰轰烈烈地开展起来。

等到要拆我家的"野天堂"时,爸爸死活不肯走,说什么"野天堂"就是他的命,要是"野天堂"没有了,等于他的命也没有了。工作人员好说歹说都没有用,于是他们又会同镇里干部找到我,要我好好做好爸爸的工作。我知道爸爸的牛脾气上来了,一时是劝不了的。我对工作人员说:

"就让他在那里坐一会儿吧,坐上一会儿后,他会好受些,好受了一些后,他自己会走的。我们这里呢,我看你们是否明天再来拆?你们看怎么样呢?"

工作人员向上做了汇报,上面听取了我的建议,一时没有进行强拆。果真,爸爸坐到了夕阳西下时,看看这里没有动静了,他有些吃力地站了起来,掸了掸屁股后的灰尘,还是有些愤愤然地回家了。

意外发生在第二天的早上。

当爸爸早早起了床,他做的第一件事情,就是马上去看他的"野天堂"。当他老远地看到"野天堂"已经被夷为一块平地时,简直不相信自己的眼睛,用手揉了好几次眼皮,走近确认已没有了后,他像小孩似的蹲在地上,"呜呜呜"地号啕大哭了起来。那个伤心劲,不管什么人见了,都会被感染。他跟村里来人一把鼻涕一把眼泪地说:

"刚才天还没有开眼,我隐约听到有挖掘机开来的声音,没想到他们起这么早,是来把我的'野天堂'给拆了。"

他无比伤心地擦了一下挂在眼角的泪水,用手指了指他眼前的农场,接着又说道:

"他们还要我们那里的田呢。听说还要造很多的拆迁公寓呢!"

来人都好心地你一句我一句劝他,说:

"想开些,拆了会重新建起来的,会越来越好的。"

"我们农村里不是都在说,越拆越富呀,让他们拆吧,拆拆会更富更美的。"

……

我早上有事去了趟唐栖古镇,等我回来时,村里人已把爸爸给劝得差不多了。我看到这个情况后,就对他说:

"爸爸,拆已拆了,站在这里也没有用了。走,回家吧,该吃早饭了。"

说话的同时,一手拉了一把他,要他回家。他先是肩膀一耸，羣了一下，我第二把拉他时，他没有反抗，但是从表情上看上去，仍是极不情愿地跟着我回家的。一路上，他不停地念叨着"野天堂"，我只好顺着他的心，说些好听点的话来开导他。

一个半月后，镇里面要给我们这些拆迁户分新房子了。分之前先开了个座谈会，听取了一下大家的意见。大家一致认为要按我们村的传统方式来进行，也就是用抓阄的方式，先在纸上写上号，然后折好放到一个专用的器皿里，让大家伸手去摸，摸到几号就是几号，摸到几楼就是几楼。要分的房子在一幢二十一层高的大楼内。要抓阄那天，我老婆还特意起了个大早，学着我妈妈的样，在临时的家中点上了三支香，拜上了三拜，祈盼能抓得好一点，能抓到符合我爸爸要求，能让他心满意足的底层房子。嘴里还喋喋不休地念道：

"一宗之内的老祖宗，你们要保佑我们。天上菩萨地上菩萨你们也要统统保佑我们。保佑今天能让我们抓到底楼房子，能让我家的公公大人称心、安心。"

可是有谁知道，那天我一抓抓到了十八层上，一些不知底细的人还一个劲地在为我叫好。说什么：

"哈哈，你真会抓呀，十八，十八，要发，要发呀！"

"元宵，看来你还发得不够多呀，老天还要你再发上一发哎！"

我听着大家的"祝福"，只能生硬地对他们笑笑，心中真的是有苦难言。大家好像看出了我的不快，一个劲地问我：

"元宵，你今天怎么啦？"

我摇了摇头，对大家说：

"十八层是好，可是这不符合我爸爸的心愿呀！"

大家看着我那副苦闷的样子，都劝我说：

"那我们大家再一起做下你爸爸的工作，再一起再做下你爸爸的工作吧。"

听到这些话，我既感激又有些无可奈何地向大家点起了头……

搬家那天，尽管大家都做了很多的工作，可是我爸爸却还是死活不肯搬上去，他愁眉苦脸地说：

"像鸟一样停在半空中，我宁愿住在平房里！"

原来他早就想好，并且也已向邻村的一户人家，谈好了租住一间平房的意向。得知这样的消息后，我老婆先是不肯，她对我说：

"元宵，这怎么可以呀，我们自己去住这么好的高楼大厦了，让两个老人去住那么低矮潮湿的地方，人家会误认为我们是那么的不孝哦，这不要被村里的人，暗地里指着脊梁骨给骂死呀！"

"那倒不至于吧。事情要分开来说，不是我们不要他们老人住，现在是他们自己不愿去住。更何况村子里的人也都知道，你是个孝顺的好媳妇，这点你放心好了，不会有人会说你、骂你什么的。"

我老婆听后，无可奈何地朝我点了下头，还用一种迷茫的目光，看了我好长时间。她仿佛在对我说：

"元宵，这是真的吗？不过说真心话，我是多么希望他们能与我们住在一起，我真的不愿他俩住到那么一个低矮潮湿的地方去啊！"

我没有多说话，只是用一种非常肯定的目光与她进行了碰撞，意思是说：

"这是真的，你放心好了。大家都这么认为的，你是个相当不错的媳妇！"

此时，我老婆朝我点了下头，然后她就步履轻盈地走了。她高高兴兴地整理了一会新家后，就管自己一门心思地学做起刚跟着我妈妈学会的那些老虎头鞋子来了……

【五十四】

时间也过得真快，一下子又到了早稻开收的季节。

自从我家的"野天堂"被拆了，爸爸妈妈住进了租来的平房里，爸爸的心情一直闷闷不乐，没有好起来过。我知道这并不是我与老婆待他们不好，而是他对"野天堂"，对他的那些农田感情实在是太深了，真的是一时无法释怀。

一个阳光灿烂的上午，我开着大型收割机在收割我们农场的稻子。金黄色的稻穗大片大片地在我眼前招展，我心情非常的舒展，心想今年又是一个好年成，开着收割机，嘴里哼起了电影《上甘岭》中的主题曲《我的祖国》：

一条大河波浪宽，风吹稻花香两岸，我家就在岸上住，听惯了艄公的号子，看惯了船上的白帆……

看着眼前这一片片的丰收景象，一边唱着一边心里估摸起了今年的产量来，估着估着突然开心地大笑了起来。

机器前方的群鸟们,正跟着一波又一波的稻浪在起舞,"叽叽喳喳,叽叽喳喳"的叫声与收割的马达声,还有我时不时哼起的歌声,组成了一曲田野交响乐,在这金色的田野上,在我们的农场里,随风飘荡起来……

正在这时,我看见老远的田头,有个人在喊我,我仔细一看那是哥哥。因这机器的声音太响,我一时听不清,我就停下了机器。哥哥看到我没有反应,就拼命地朝我这里跑来。等他跑近后,我问他:

"是什么事让你这样的急呀?"

我看见他急得连气也接不上来地说道:

"弟……弟,快……快……快回去……吧,爸爸……爸爸……快……快……"

我一听,立即从收割机上跳了下来,急急地问道:

"怎么啦,哥,你别急,你别急,来,慢慢说。"哥哥听后,仍是上气不接下气地说道:

"爸爸……爸爸快……快不……不行了,妈妈叫我来……叫你快回去。"

一听到爸爸快不行了,我就飞快地跑了起来。哥哥跟在我的后头也跑了起来,等我们哥俩一前一后,刚跑到我爸爸他们住的门口时,我就听到了我妈妈的喊叫声:

"老头,再等等,再等等啊,元宵马上就要到了,你不是说有话要跟他说吗,他马上就要到了,你就可以对他说了。"

我一个箭步来到了爸爸的面前,我看到爸爸目光浑浊地躺着,一动也没动。妈妈拉着他的手哭了起来。我看到这样的境况后,立马"爸爸,爸爸"地叫了起来,哥哥也是一个劲地在一边"呜呜呜"地抽泣着。爸爸在弥留之际可能听到了我们的哭叫声吧,手指突然动了一下,然后看上去又非常艰难地半睁开了他的眼睛,放在床上的手可能是已无力举动了,只是手指朝我弯曲了一下妈妈看到后,就对我说:

"元宵,快,快,你爸爸有话要对你说,有话要对你说。"

我马上低下了头,把耳朵贴在了他的嘴边,说道:

"爸爸,你说吧,你说吧。"

爸爸的声音非常微弱,加上哥哥的哭声一时根本听不清楚他在讲什么,妈妈拉了一把一旁的哥哥,哥哥可能也明白了用意,就立马停止了哭声。

我们三人凝神屏气,看着爸爸的嘴唇虽然在一动一动,但没能说出话来。看到此时此景,大家都流起了无声的泪,眼珠子都直瞪瞪地望着他,一时,心中慌乱,不知说什么是好。妈妈用手不停地摸着爸爸的头,最后还是哭着对他说:

"他爸,你说有话要对元宵说,现在他来了呀,你就对他说呀!"

听到这话后,爸爸又奋力振作了一下,吃力地再次睁开了一小半眼,然后发出了微乎其微的声音:

"元宵,种地虽然吃力些,还要日晒雨淋,起早摸黑的……那也总得有人来做这个事呀……我们的祖上都这么说:'家中有粮,心里不……不……不……'"

当他说到第三个"不"字后,他又气急得一时说不上话来了。其实我早就明白了他的意思,替他说道:

"心里不慌。是吗?"

他听后就微微地动了下眼睫毛。

动完之后,他好像轻松了好多,嘴角边闪过了一丝宽慰。接着他又艰难而又无力地说道:

"做田庄的,就得接地气,不能像鸟一样的停在上面呀……"

说完后,他好像睡着了一样,眼睛又闭上了。我伸手拉着他的手,用力地捏着,他似乎又一次感知了我的存在,吃力地用眼朝边上的妈妈与哥哥瞄了一下,接着又十分艰难、含糊不清、上气不接下气地说道:

"爸爸……不……行……了,你……你要……要替爸爸……照顾好……照顾好他……他们……"

他的话还没有彻底说完,嘴巴异常地张了几下,突然拉着我的手也一下子松开了。看到这一切,妈妈突然惊叫了起来,在妈妈撕心裂肺的惊叫声中,我才真正地意识到爸爸已抛下了我们,管自己走了。

顷刻间,我双眼滂沱、泪如雨下……

【五十五】

在办完了爸爸的丧事后,我开始整夜地睡不着。

我开始想一些我从没想过,并且在以前我会认为,那都是些不该是我要去多想的问题,我一个劲地叨叨着:

"要是真的碰上荒年,那吃饭的事情真的会成问题吗?我们住得那么高,像爸爸说的,像鸟一样的停在半空中,是不是与大地的感情真的会一天又一天地生疏起来?那些会种地的老年人一个个过世后,农村里那么多的土地将会由谁来种呢?这做田庄的发展方向与出路到底在哪里呢?现代的农村和农业到底该怎样去打造呢……"

自从被爸爸那么一说,我也开始犯糊涂了,即使在田间,我也一句一句地追问起自己。我捧起一把泥土,使劲闻着这一直养育着我们的味道。此时此刻,我已不知道说什么才好!

初春的早上。

天开了眼后,阳光特别有劲地洒在了西太洋的水面上,金灿灿的，耀人眼目。让人浮想联翩。我划着一条小船在西太洋里随意地转悠起来，在通往运河的口子上，望着我心爱的唐栖古镇，水面的风一阵阵地吹来，脑细胞开始活泛起来。低眉沉思，我喃喃自语道：

"西太洋啊西太洋，水面上的鸟在不停地唱着欢快的歌儿，水里的鱼在不停地长着个儿，你周边各种各样的果树上，果子也在一茬一茬地成熟呢，那我的思考为什么还总是这般的青涩呢？"

此时此刻，我的耳边突然响起了诗人艾青的诗句：

我爱这土地

假如我是一只鸟，
我也应该用嘶哑的喉咙歌唱：
这被暴风雨所打击着的土地，
这永远汹涌着我们的悲愤的河流，
这无止息地吹刮着的激怒的风，
和那来自林间的无比温柔的黎明……
——然后我死了，
连羽毛也腐烂在土地里面。
为什么我的眼里常含泪水？
因为我对这土地爱得深沉……

我缓缓地抬起头，向村口望去，一只喜鹊正扇动着翅膀，直冲云霄……

村口那棵大枣树上又筑起了新鸟窠。鸟儿们齐心协力——正在试图把它筑得更漂亮,让它越来越舒适,越来越完美……

2019 年 9 月 20 日—10 月 20 日第一稿
2020 年 10 月第二稿
2023 年 3 月第三稿